이름 없는 여자들의
궁궐 기담

이름 없는 여자들의 궁궐 기담

현찬양 소설

엘릭시르

【 내명부 】

◉ 교태전 ◉

원경왕후 | 중전 |
경안궁주 | 공주 |

마노아 | 지밀나인 |
장백희 | 세답방 나인 |
감연홍 | 소주방 나인 |
장미 | 생과방 나인 |

◉ 휘영당 ◉

신녕궁주 | 후궁 |

유채선 | 지밀나인 |

◉ 안상재 ◉

효순궁주 | 후궁 |

남효진 | 세답방 나인 |
손민아 | 세답방 나인 |
송숙 | 세답방 나인 |

◉ 운경당 ◉

정의궁주 | 후궁 |

한단지 | 몸종 |

【 교태전 】

경복궁 북궐도형

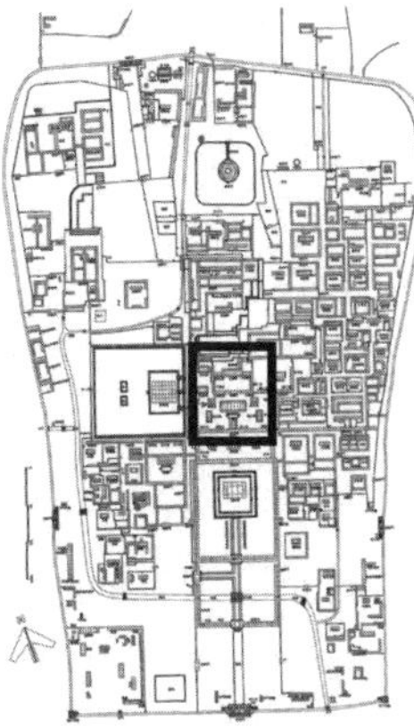

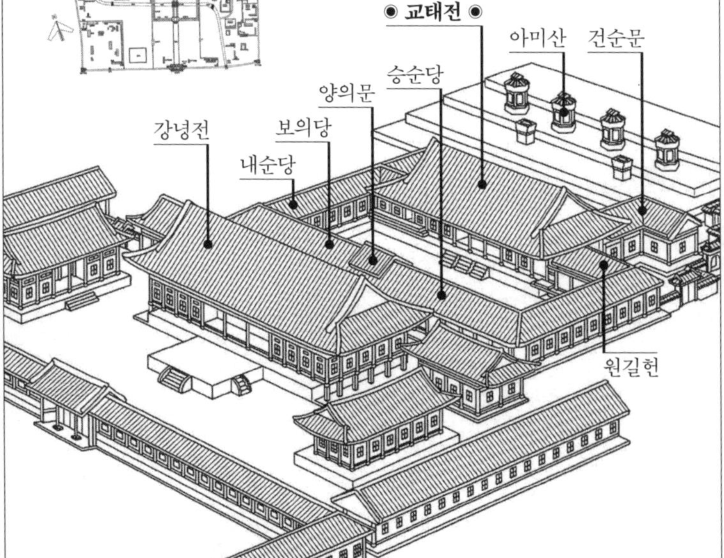

행운의 서신

이 서신은 남국에서 최초로 시작되어
일 년에 한 바퀴를 돌면서 받는 사람에게 행운을 주었노라.
지금 당신에게로 옮겨진 이 서신은
나흘 안에 그대의 곁을 떠나야 하리.
이 글을 포함한 열세 벌을 행운이 필요한 사람에게 주라.
이 글 한 벌을 전하면 자기 몸의 재앙을 면할 것이고
여섯 벌을 전하면 한 집의 재앙을 면할 것이며
열세 벌을 전한다면 크게 평안함을 얻으리니 만일 믿지 아니하고
이 글을 손안에 감추어 둔 자는 눈이 멀 것이라.
여름이 되니 고양이매가 울기 시작하는구나.
집을 부수니 갈 곳이 없어 백악 아래로 숨는 수밖에.
강철이란 놈은 본래 용이었으나 아무도 용이라 불러주지 않아
땅에 떨어졌다. 짜디짠 눈물이 강물에 흘러들었으니
소금물에서 어찌 곡식이 자랄까.
강철이 지나간 곳은 가을도 봄과 같으리라.
아홉 여자가 한 지아비와 함께 살아도
오로지 한 마리의 소를 부리니 집에는 연기가 끊어지고
곡식을 쌓아두고도 먹지 못할 것이라.

1장 ◉ 행운의 서신

행운의 서신

신녕궁주는 마가 노아의 긴 이야기를 주의깊게 들었다.

행운의 서신을 경복궁에 최초로 유포했다는 노아의, 아니 장미의 이야기는 묘한 데가 있었는데 이야기는 일단 일주일 전으로 거슬러올라간다.

마가 노아에 따르면 그날은 아침부터 어딘지 모르게 이상했다. 교태전 궁녀들은 인원이 얼마 되지 않는 것의 유일한 장점으로 원활한 소통을 꼽았는데 그날따라 전혀 손발이 맞지 않았던 것이다.

중전마마께 초조반으로 올릴 호박죽에 소금간을 해야 한다 이야기했건만 연홍은 설탕을 넣어버렸고 더운물로 세숫물을 준비하라 말했는데도 백희는 물을 데우다못해 홀랑 졸여버렸다. 머리치장을 하기 위해 늘 쓰던 동백기름을 올리라 했더니 나물을 무칠 때 쓰려고 놔둔 유채기름을 올리질 않나 식후에 갓 만든 식혜를 올리라 했더니 일주일 전에 만들어 식초로 삭혀놓은 것을 올리는 바람에 중전께선 한 모금 들고 기침까지 하셨다.

경안궁주는 궁녀들의 실수를 듣더니 깔깔 웃으며 마가 끼었다면서 괴담회를 열자고 하였는데 이 또한 준비가 지지부진했다. 평소라면 괴담회가 시작되기 한참 전부터 주전부리를 준비한다, 과일을 따온다 하며 부산을 떨던 장미가 오늘은 행각에 틀어박혀 몸이 좋지 않아 나갈 수가 없다고 하는 것부터가 말이다. 여자아이라면 누구나 한 달에 며칠 정도는 몸이 불편해지기 마련이지만 이제까지 장미는 단 한 번도 그런 내색을 한 적이 없었으니 오죽 아프면 저러겠는가 싶어 과도한 걱정을 했던 것이 도리어 문제를 키운 걸까.

장미가 아프다는데도 마침 번살이를 하느라 하나뿐인 동방 동무를 돌볼 수 없었던 연홍은 백희에게 동무의 병간호를 부탁했으며, 백희는 노아에게 아무래도 교태전에 아픈 아이가 있는 것 같으니 신경쓰는 게 좋겠다고 일렀다. 어쩌면 그것이 패착이었는지도 모른다. 노아는 본래 큰일은 별걱정 하지 않는 성미지만 작은 일은 목숨을 걸고 크게 만드는 사람이었던 것이다.

후배의 월경통을 내일 당장 죽을병 정도로 걱정했던 노아는 내수사에 궁녀를 위한 약재를 요청했다 거절당하고 재청하고 또 거절당하고 말았다. 중병도 아니고 냉궁 궁녀의 월경통에까지 줄 약재는 없다는 제법 타당한 이유였으나 노아의 귀에는 무척 야속하게만 들렸다. 자신의 무능으로 후배를 돌보지 못하게 된 것만 같았기 때문이다.

그날은 종일 일이 마음대로 되지 않았으니 노아의 속은 말이 아니었다. 자신의 존재 의의와 삶의 이유를 일 잘하는 데 두고 있었는데 이제 교태전에서도 무능한 사람이 된 것인가 하여 마음이 상했던 탓이다.

노아는 약속한 내수사에 부탁하는 대신 직접 두 시진 동안 대추와 꿀을 끓여 고아낸 대추고를 들고 장미가 앓고 있다는 보의당까지 걸음하였는데, 문을 연 순간 무언가 잘못됐다는 것을 알아챘다. 아파서 누워 있을 것이라 생각했던 장미는 소매를 걷어붙이고 잔뜩 상기된 얼굴 이곳저곳에 먹물을 묻히면서 종이에 글을 필사하고 있었으며 백희 역시 그것을 말리기는 커녕 옆에서 키득거리며 구경이나 하고 있었으니 노아의 분노는 어마어마했다.

"손 똑바로 못 들어?"

장미는 눈물이 그렁그렁한 눈으로 흐물거리는 팔에 억지로 힘을 주어 다시 들어올렸다. 그것을 지켜보던 백희는 제 일은 아니라는 듯이 우스워 죽겠다는 표정이었으나 장미 본인은 부끄러워 죽을 맛이었다. 하필 마노아에게 걸리다니. 차라리 감찰상궁이라면 어떻게든 넘어갈 수 있었을 텐데.

"감히 아프다고 거짓말을 해? 게다가 이 해괴한 것은 또 뭐란 말이야. 웃전께서 아시면 어쩌려고!"

노아는 장미가 쓰다 만 종잇장을 들고 흔들었다. 백희의 눈에는 검은 글씨가 적힌 하얀 종이일 뿐이었으나 노아는 한눈에 그것이 무언지 알아보았다.

행운의 서신.

조선에서는 처음 보지만 예전 고려의 궁에서 몇 번 유행한 적이 있다.

"이 서신은 남국에서 최초로 시작되어—" 하는 앞부분은 같으나 뒷부분은 때에 따라 달라지는데 그 내용이란 것이 알쏭달쏭하여 괜히 사람의 기분을 나쁘게 만들곤 했다.

따지고 보면 그 내용이란 것도 별것이랄 게 없다. 서신을 몇 통 적어 퍼뜨리면 사랑하는 사람에게서 연락이 온다거나 서신을 보내지 않으면 밤에 악몽을 꾼다는 등의 시답잖은 이야기들이다. 하지만 마냥 무시하기에는 기분이 나쁘고 그렇다고 시키는 대로 서신을 쓰는 것은 아무래도 지는 것 같아 언짢아지기 마련이라 영 좋은 것은 아니다. 이런 서신은 발견될 때마다 금지되었는데도 여태 명맥이 유지되고 있었구나. 역시 하지 말라는 일은 더 하고 싶어지는 법인 모양이다 하고 노아는 당시만 해도 대수롭지 않게 여겼다고 한다. 하지만 꾀병을 부린 궁녀를 가만 놔둘 수도 없으니 그냥 넘어가지는 않았고 할 수 있는 한 엄하게 혼냈다. 하나 결코 개인적인 감정이 섞인 것은 아니라고, 노아는 몇 번이고 강조했다.

"어떻게 이런 것을 여기까지 들여왔는지 말을 해야 할 거다.

장가 미. 누구한테 받은 게야?"

장미는 눈물이 그렁그렁한 채 겨우 입을 열었다.

"형님이……."

"누구 형님!"

"형님이요. 마가 노아 형님."

"내가?"

장미는 마노아를 무서워하면서도 눈을 피하지는 않으며 할 말을 다 했다.

"그래요! 이게 다 형님이 시킨 일 때문이라고요!"

장미의 변명은 이렇다.

생과방 출신 나인인 장미는 손이 빠르고 남들이 할 줄 모르는 과자를 곧잘 만들었기 때문에 이전에도 종종 다른 궁으로 부업을 나가곤 했다. 동무의 생일을 축하해주고 싶다든가, 오랜만에 궁궐 나들이를 온 가족들에게 맛있는 다과를 대접하고 싶다든가 하는 요청이 드물게 있었기 때문이다. 주로 과자를 요청한 쪽에서 재료비를 대고 수고비도 주었으며 본래 장미가 해야 하는 업무도 대신 해주었기에 장미는 이런 요청이 들어올 때마다 무척 기뻤다. 말하자면 비밀 부업 같은 것인데 적은 수고로 만족감이 높았으니 장미로서는 거절할 이유가 없었다.

물론 본래라면 있을 수 없는 일이다. 교태전 궁녀가 채신머리없이 남의 일이나 도와주도록 주인이 허락할 리가 없지 않은가. 하지만 정작 중전마마는 내실에 틀어박혀 그런 일이 있는지조차 모르시니 날벼락이 떨어지는 일은 없었으며, 동료들의 묵인 또한 있었으므로 장미의 비밀 부업은 꽤 번창하였다. 노아에게 들키기 전까지는 말이다.

"재주가 있으면 써야지. 일주일에 하루는 일을 빼줄 테니 과자 굽기에 전념해도 좋다."

불행히도 노아가 알고부터는 판이 커지기 시작했다. 가끔 업무 외적인 일을 하며 화를 풀고 재미를 느끼던 것이 노아의 개입으로 인해 장미의 비'공식'적인 일이 되어버린 것이다. 소소한 취미이자 일탈이었던 과자 만들기가 장미의 업무 외 업무가 되어버렸으니 즐겁지 않은 것은 물론, 쏠쏠하게 들어오던 돈마저 교태전의 뒷주머니로 가게 되어 장미는 이따금 흘기는 눈으로 마가 노아의 뒤통수를 보게 되었다.

마가 노아의 입장에서 변명을 하자면 사실 노아가 장미의 부업을 인정해준 것은 오로지 교태전과 중전을 위해 한 일이었다. 궁의 살림을 상궁 한 사람 없이 나인들끼리 꾸려가기 위해서는 다른 궁 궁녀들의 도움이 무엇보다 절실했던 것이다.

장미가 내수사 담당 궁녀의 처소에서 매작과를 튀겨주고 온 날에는 중전마마께 귀한 잣죽이나 흠 없는 과일을 올릴 수 있었고, 외소주방 상궁의 가족들에게 약과를 만들어준 날에는 젖은 소나무 장작 대신 바싹 마른 최상급 참나무 장작을 받기도 했다. 그러니 장미의 재주는 교태전의 재산이라고, 노아는 내심 생각하고 있었다.

젖어서 연기가 풀풀 풍기는 장작에 억지로 불을 붙이며 눈물을 흘리는 대신 몇 개만 넣으면 밤새도록 불꽃이 꺼지는 일이 없는 참나무 장작을 한번 때보고서 노아는 이전보다 더욱 적극적으로 장미의 외출을 도왔으나 정작 장미가 힘들어하고 있다는 것은 전연 눈치채지 못했다. 뭐, 눈치챘다고 해도 잊었겠지만.

그렇게 시간이 흐르고 여름이 되었을 무렵, 태상왕*께서 식음을 전폐하셨다.

그 이유에 대해서는 알 수가 없다. 교태전에서는 퍽 똑똑한 척하며 고개를 빳빳이 세우고 있는 노아도 백희도 웃전들의 고매하신 뜻은 알 방도가 없다. 장미나 연홍이 형님, 형님 불러주니 잊어버리고 있었지만 교태전에서 한 발만 벗어나도 그들은 경복궁에서 가장 어리고 낮은 신분인 '나인'에 지나지 않았으니 누구도 그들과는 그런 중대한 이야기를 나누지 않았다. 그러니 궁녀들은 그저 높으신 분들은 변덕을 부리는 것으로

* 태조 이성계를 말한다. 왕자의 난 이후 이성계의 장남인 이방과는 이방원의 뜻에 따라 왕위를 잇는다. 훗날 이방과는 이방원에게 왕위를 양위하는데, 임금이 살아있는데도 왕위를 물려주었으므로 이성계는 태상왕, 이방과는 상왕이라고 불린다.

자신의 의견을 피력하기를 좋아하는 모양이다, 하고 추측이나 하는 수밖에.

그리 생각할 수밖에 없었던 것이, 태상왕께서는 참으로 우스운 단식을 하고 계셨다. 곡기는 물렸으나 평소 좋아하던 과자는 끊지 않으셨던 것이다. 수라는 절대 올리지 못하게 하면서도 낮에 들어오는 다과상을 물리는 법은 없으시다 하니 고관대작의 아내며 딸이며 찬모들은 온갖 과자를 만들어내기 바빴다. 궁주들이며 상궁들까지도 새롭고 특이한 과자를 만들어 바치기 위해 혈안이 되었을 정도다.

태상왕의 호감을 얻고 주상에게 은혜를 지울 기회가 어디 흔한 일인가. 궁의 안팎에서는 이번 일을 그냥 흘려버리지 않았으니 장미의 일이 늘어난 것도 당연하다. 장미는 이제 주 2회를, 혹은 주 3회를 밖으로 나다니며 과자를 만들었다.

장미는 이 부분을 강조하며 이것이 절반쯤은 마노아의 잘못이기도 하다는 듯 말했으나 노아는 엄한 얼굴로 "행운의 서신 이야기를 하랬더니 엉뚱한 이야기를 하는구나" 하고 호통을 쳤다. 그러고는 어디서 언제 무슨 일이 어떠한 연유로 일어났는지를 명확하고 단순하게 정리하여 설명하라고 지시했다.

하지만 언제나 지시는 쉽고 답변은 어려운 것이라 장미의 대답은 자꾸만 논점을 비껴갔으며 중요치 않은 부분에서 늘어지기도 하고 막상 말해야 할 부분은 어물쩍 넘어가기도 하여 노아는 몇 번이나 중간에 끼어들어 채근하듯 사실관계를 알아내야만 했다. 이렇듯 지난한 진술을 참아내고 정리하여 노아가 알아낸 사실은 다음과 같다.

사흘 전 장미는 차마 이름을 말할 수 없는 어떤 분으로부터 에이…… 어쩌구 하는 과자를 만들라는 지시를 받았다. 에이…… 어쩌구라는 과자는 겉껍질은 바삭하게 얇고, 속은 텅 빈 떡 같은 것이라고 하는데 고려에서 예전에 먹던 식으로 만든 과자가 아니라 어디 다른 나라 사람들이 만들어 먹는 것이라고 했다. 생김새로는 알아채기 힘들었으나 장미의 부모는 대륙 먼 곳에 고향을 두었기에 장미 역시 그 과자 만드는 법을 알고 있다는 것이다. 순간 노아는 자신이 무엇을 추궁하고 있었는지도 잊어버리고 장미에게 얼빠진 목소리로 되물었다.

"외국인? 네가? 언제부터?"

자신이 이상하게 질문했다는 것은 장미가 웃지도 찡그리지도 않은 어정쩡한 얼굴로 "태어나면서부터겠죠?"라고 대답했을 때야 겨우 깨달았다.

물론 그렇겠지. 왜 그런 바보 같은 질문을 했을까. 노아가 벌게진 얼굴로 입을 꾹 다물고 있자 외려 장미가 작게 웃음을 터뜨렸다.

"낯설어서 그러신 거죠? 괜찮아요. 익숙하니까."

장미는 그렇게 말하고는 조그맣게 덧붙였다. 조선 사람들이야 세상 이 넓은 땅에 조선인밖에 없는 줄 알잖아요.

장미의 말마따나 노아는 외국인을 처음 보는 것이었다. 노아는 이미 다 안다고 생각했던 장미의 얼굴을 전에 없이 찬찬히 뜯어보았다.

입술이 조선인들보다 조금 도톰한가? 다른 아이들보다 턱 부분이 조금 더 각져 있는 듯도 하다. 속눈썹이 풍성하고 머리카락이 조금 더 곱슬곱슬한 듯도 하다. 노아의 시선은 장미의 익숙한 얼굴에서 자꾸만 조선인과 다른 모습을 찾아냈다.

"한데 조선말을 어찌 그리 잘하느냐."

"조선에서 태어나 자랐으니까요. 자꾸 그렇게 이상한 질문만 하실 거예요?"

"생각해본 적이 없던 일이라 놀라 그러느니라. 어째서 미리 말하지 않았느냐?"

"그런 표정으로 보실 것 같아서."

장미가 불평한 다음에야 노아는 겨우 표정을 가다듬었다. 윗사람들 앞에서는 그렇게 잘 조절되는 얼굴근육이 이 작은 아이 앞에서 통제되지 못했다는 것이 부끄럽고 한심스러웠다. 아무도 선뜻 입을 열 엄두를 내지 못하여 어색한 침묵이 이어졌는데 문득 백희가 웃기 시작했다. 뭐가 그리 재밌는지 눈물도 찔끔 흘리면서.

"네가 그렇게 당황하는 것은 오랜만에 본다. 귀신을 본대도 그렇게 놀라진 않겠다."

타당한 지적이었다. 일전에 비비를 만났을 때도 놀라긴 했지만 위화감을 느끼지는 않았다. 한데 같은 사람의 몸을 입고 있는 장미에게서 어째서 이런 느낌이 드는 걸까. 비비는 너무나 다르지만 장미는 조금 다르기 때문일까. 조금 다른 것과 아주 다른 것 중에 사실은 조금 다른 것이 더욱 '틀린' 것일까? 노아는 입맛이 썼다.

"미야, 팔을 내리고 서신에 대한 이야기를 처음부터 다시 차근차근 이야기해보렴. 노아 너도 중간에 끼어들지 말고. 어떤 이야기는 꺼내는 데 시간이 필요한 법인데 네가 자꾸 딴 이야기를 하게 만드니까 미야가 자꾸 헤매잖니."

백희의 말에 노아는 입을 꾹 다물고 고개를 끄덕였고 장미는 얼른 팔을 내리고는 함박 웃었다.

막 이야기를 시작하려는 때 문밖에서 헛기침소리가 들렸다. 기침소리라는 것도 사람마다 다른 것이라 궁녀들은 단번에 목소리 주인을 구분해낼 수 있었다. 그 소리를 어찌 헷갈릴 수 있으랴.

노아는 험상궂게 찌푸렸던 표정을 펴고 장미 역시 찔끔 흘렸던 눈물을 얼른 닦아냈다. 문이 열리고 경안궁주가 들어오자 궁녀들은 아무 일도 없었다는 듯 방글방글 웃으며 경안궁주를 반갑게 맞이했다.

“또야. 또. 나만 빼고 재미있는 이야기를 하려는 게지. 대체 다들 왜 그러는 게야? 나는 우리가 꽤 정을 쌓았다고 생각했는데 아무도 나를 기다려주지 않고 말야.”

경안궁주의 등장에 모든 궁녀가 입시하자 궁주는 늘 앉던 상석에 앉아 등을 기댔다. 궁주가 앉고 나서야 다른 궁녀들 역시 앉을 수 있었는데 비록 연홍은 비번이라 이 자리에 없었지만 경안궁주는 그를 기다려줄 마음이 없는 듯했다. 경안궁주의 정이란 아무래도 받는 것이지 주는 것은 아닌 모양이다.

“그래. 이번 것은 장미가 외국인인 것에 대한 이야기냐, 아니면 장미가 꾀를 부리다가 혼나는 것에 대한 이야기냐?”

어디서부터 들은 것인지 경안궁주가 아는 척하자 장미는 괜히 주눅이 들어 우물쭈물하는데 백희가 얼른 그의 말을 거들어주었다.

“행운을 준다는 묘한 서신에 대한 이야기입니다.”

“호오. 그거 재밌겠군. 뜸들이지 말고 어서 해보렴.”

경안궁주가 재촉하자 장미는 마뜩잖은 표정으로 이야기하기 시작했다.

●

장미의 이야기
—보랏빛 도포를 입은 사람

좋아요. 그럼 우선 소녀의 소개부터 하겠습니다. 본래 이런 것은 만난 지 얼마 안 된 사람들끼리나 하는데 새삼스럽게 소개하는 것이 우습기는 합니다.

하나 마씨 형님이 저렇게나 궁금한 것이 많은 표정으로 보고 계시니 그 이야기를 하지 않고는 도저히 다음 이야기를 할 수가 없겠어요. 소녀의 이름이 장가 미인 것은 다들 아실 것이나 그 가계에 관해서는 굳이 설명한 적이 없으니 한 번은 말해 두는 것이 좋을 듯도 합니다.

소녀는 덕수 장張씨의 후손으로 장순룡張舜龍 어르신을 시조로 두고 있사온데 그분은 회회국回回國* 출신입니다. 조상께서는 제국 공주를 따라왔다가 귀화하셨다 들었습니다. 하지만 몇 세대가 이어지는 동안 조선인의 피와 습속에 물들어 제가

---

* 당송 시대에 아라비아나 페르시아, 즉 서역을 일컫던 말이다. 이슬람문화권 국가들을 두루 말한다.

되었으므로 여러분이 저를 볼 때는 그다지 위화감을 느끼지 못하시는 것입니다.

아까도 말씀드렸듯이 제가 굳이 여러분을 속이려 한 것은 아니어요. 놀라실 줄 이미 알았기 때문에 그저 입을 다물었을 뿐이니 혹여라도 서운하게 생각지는 말아주세요. 비망록에도 그런 말이 있잖습니까.

어느 궁녀에게든 '왜 이곳에 들어왔는가'를 묻지 마십시오.
오죽했겠습니까.

그저 성실하게 규칙을 지켰다 생각해주시면 어떨지요. 소녀는 정말이지 형님들과 궁주께 미움을 받고 싶지 않답니다.

지금 생각해보면 이번 일은 들어오는 방식부터가 좀 이상했습니다.

여태까지는 주로 노아 형님이 넌지시 언질을 주곤 하셨거든요. 어느 궁에 가서 누구의 생일을 기념할 만한 과자를 빚어주어라, 어느 곳에 가서 어떤 차를 만들어주고 오너라 하면 저는 그대로 하곤 했잖습니까.

그런데 이번엔 연홍이가 제게 쪽지를 주었습니다. 누구에게 받았냐고 물어보니 물 길어다주는 머루에게 받았다더군요. 머루를 불러 물어보니 그는 또 다른 수모의 이름을 댔어요. 여러 명의 손을 거쳐서는 최초의 발신인을 숨기는 듯한 모양새였습니다.

쪽지를 열어보니 약도 하나와 축丑이라는 한 글자뿐이었어요. 하지만 밀서로는 그 정도면 충분하지요. 축시*는 늦은 시간이긴 하지만 사실 우리 궁녀들에게 자유시간이란 없는 것이나 마찬가지니 비밀 이야기 하기에는 좋은 시간이라 생각했습니다. 그렇게 무심코 넘겼던 것이 문제였을까요.

쪽지에 대해서 숨긴 것은 죄송합니다. 사실 저도 이것을 미리 보고해야 한다는 생각을 안 한 것은 아닌데…… 그것이…… 아시겠지만 정말 오랜만의 부업인지라…….

아니, 뭐 이제까지도 부업을 하긴 했습니다마는 그것은 아무래도 업무의 연장이었으니까요. 정말로 제게 돈이 들어오는 것은 아니었지요. 한데 이 일은 형님도 모르시는 것 같고 해서…… 죄송합니다. 이 일로 징계를 내리신다면 달게 받겠습니다.

아무튼 일을 수락하기로 마음먹은 저는 축시가 되기 조금 전에 행각에서 나왔습니다. 연홍이는 머리만 대면 바로 잠이 드니 그다지 어려운 일도 아니었어요. 쪽지에 그려진 약도를 따라 전각을 찾아갔는데, 제가 약도라고 했지만 사실 그건 약

---

* 오전 1시부터 3시까지.

식이 아니라 정말로 세세하게 그린 지도였습니다. 제가 있는 교태전을 기준으로 정말 잘도 그렸더군요. 어느 골목 어느 쪽으로 가야 하는지 한눈에 보일 정도였습니다. 좁은 골목 두 개가 연이어 있어 헷갈리기 쉬운 위치에는 장독대가 있다든가 화살나무가 있다든가 하는 식으로 골목의 특징도 표현되어 있어서 가독성이 좋았습니다.

하지만 길을 걷는 동안 점점 이상하다는 생각이 드는 겁니다. 밤산책 하는 것을 들킬까봐 횃불을 들고 나오지는 않았지만 그날은 보름달이 환하게 뜨고 하늘은 구름도 한 점 없이 맑았는데도 길을 찾는 내내 정말 한 치 앞도 보기 힘든 어둠 속처럼 헤맸습니다. 골목과 지도를 비교하며 걷고 싶은데 지도만 보며 겨우겨우 길을 더듬어가는 겁니다. 길은 하나도 보이지 않는데 지도에만 달빛이 비친 것처럼 오로지 그것만 하얗고 또렷하게 보였어요. 마치 제가 지도 속에 들어와 있는 기분이었습니다.

지도 속의 전각을 지나 장독대를 돌아서 두번째 화살나무가 있는 행각을 지나고, 그 너머에 있는 작은 정원을 거슬러 또 작은 연못과 연못 사이에 있는 다리를 건너고…… 경복궁에 이런 곳이 있었나 싶을 만큼 골목골목이 낯설고 넓게 느껴졌습니다.

아는 길인 듯도 하고 또 모르는 길인 듯도 하고. 제가 경복궁에서 근무한 기간이 그리 짧지도 않은데 여태도 이렇게 모르는 곳이 있었는가, 나중에 연홍이에게 물어봐야겠다 생각했을 정도입니다.

지금 생각해보니 희한하긴 합니다. 그렇게 오랫동안 궁궐을 헤맸는데도 살아 있는 사람이라곤 아무도 만나지 않았거든요. 각 전각의 입구에 지키고 서 있어야 할 별감들은 어디 갔는지 보이지 않고 화재를 걱정하여 돌아다니는 금화군도 보지 못했으니, 글쎄요, 제가 헤맨 곳이 정말로 경복궁이 맞기는 한 것일까요. 거기까지 생각이 미치자 손에 땀도 나고 돌아가고 싶어지더군요. 무섭기도 했고요. 더는 그곳을 헤매고 싶지 않아졌습니다.

에라, 모르겠다. 밤중에 잠이 들어버려 약속에 나가지 못했다고 나중에 변명하는 한이 있더라도 지금은 돌아가자, 그렇게 마음먹곤 다시 약도를 펼쳤는데 이게 이상해요. 제가 지나온 길이 이미 사라지고 제가 앞으로 걸어야 할 길만 그려져 있는 겁니다. 놀라 뒤를 돌아봤더니 마치 그믐날 밤처럼 새까만 어둠뿐이었습니다. 그제야 이거 어쩌면 여우에 홀린 것인지도 모르겠다 하는 마음이 들었습니다. 그래도 어쩌겠어요. 어둠 속으로 들어갈 용기는 없었으니 앞으로 나아가는 수밖에요. 저는 빛나는 지도 한 장에 의지하며 계속 걷고 또 걸었습니다.

얼마나 걸었는지 모르겠습니다. 다리가 후들후들 떨리고 땀이 비 오듯 쏟아졌어요. 반나절, 아니 한나절은 걸은 것 같았는데, 경복궁이 아니라 한양 도성을 한 바퀴 돈 기분이 드는데도 하늘 위의 별은 한 치도 움직이지 않고 그대로였으니 여전히 축시였습니다. 무척 피곤했어요. 뛴 것도 아니고 타박타박 걷기만 했는데도 숨이 턱까지 차올라 조금도 더 걷지 못하겠다 싶을 들 때쯤 멀리 그 전각이 보였습니다.

지붕의 기와는 다 깨지고 한때 아름다운 정원이었을 곳은 이리저리 가지가 웃자란 나무들이 기괴하게 배배 꼬인 팔을 뻗고 있었습니다. 그러나 저를 기다리는 게 분명한 사람이 하나 있었습니다.

그 사람은 등나무꽃처럼 화사한 보랏빛 도포를 입었는데 이마 위에는 갓을 쓰고 작은 초롱 하나를 들고 있었습니다. 제가 알은척하자 그는 살짝 묵례를 하더니 제게 "장 나인이 맞는가" 하고 확인을 하더군요. 그렇다고 대답하니까 과자를 만들 준비를 다 해놓았으니 부엌으로 안내하겠다고 했습니다. 그런데 다 쓰러져가는 전각으로 들어가는 겁니다. 그런 곳에 부엌이 있을 리가 없잖아요. 기왓장은 깨져 있고 손바닥만한 얼룩빼기 거미가 처마 아래로 방패연만한 거미줄을 쳐놓고 먹잇감을 기다리는 그런 전각에 무슨 부엌이 있겠습니까. 조금도 들어가고 싶지 않았지만 도저히 그 사람 앞에서는 안 가겠다는 말이 나오지 않아요. 두려워서요? 아닙니다. 다른 이유 때문이었어요. 호감……이랄까요.

이상하게 그 사람한테 호감이 가는 겁니다. 사내답지 않은 상냥한 표정 때문이었는지, 나긋나긋한 말투 때문이었는지 모르겠습니다. 정말로 따라가고 싶지 않았는데 그 사람과 말을 조금 더 섞고 얼굴 한번 더 보고 싶은 마음 때문에 자꾸만 다리가 움직였습니다.

얼굴도 말입니다, 참 묘하게 생겼습니다. 왜 여러 사람이 서 있어도 자꾸 시선이 가는 사람이 있잖습니까. 그 사람이 그랬습니다. 한번 눈동자를 마주치면 도무지 내가 먼저 눈을 뗄 수는 없는 묘한 인상의 사람이었습니다.

연정이 아니냐고요? 연심? 하하하. 저는 그런 것에 대해 잘 압니다. 우리 부모가 서로에게 하는 양을 보았기 때문에 어떤 것이 남녀 간의 정인지 잘 알고 있어요. 하지만 제가 그 사람에게 느낀 것은 뭐랄까 조금 더 원초적인 것이었어요. 그리운 듯한 느낌 같은 것 말입니다. 네, 만난 지 몇 분 되지도 않았는데요. 얼굴을 보자마자 이유 없이 그에게 잘해주고 싶어졌습니다. 우물물에 버들잎을 띄워 체하지 않도록 넘겨주는 마음이 그럴까요. 제게 많지 않은 선의를 모두 그에게 돌리고 싶었습니다.

홀린 것이 아니냐고요? 어머. 딱 마침맞은 단어를 말해주시는군요. 그래요. 저는 홀렸던 모양입니다. 마치 여우나 너구리에게 홀리듯이요. 어쨌든 저는 그 사람을 따라갔습니다. 단지 그 사람을 실망시키고 싶지 않았기 때문에요.

바닥에는 디딤돌이 깔려 있었는데 오랫동안 아무도 들지 않았는지 그 위에 초록색 이끼가 끼어 마치 거북이 등껍질 위를 걷는 기분이었습니다. 금방이라도 미끄러져 바위에 머리통을 박을 것만 같아서 얼마나 조심했는지 모릅니다. 전각 내부의 계단을 이용할 때도 정말 조금씩, 천천히 발걸음을 뗐습니다. 한 발 내디딜 때마다 계단이 얼마나 삐걱거리던지. 무서웠지만 어쩌겠어요. 만날 사람이 위에 있으니 방도가 있겠습니까. 올라가는 수밖에요.

제가 계단 하나하나를 조심스럽게 올라가는 사이에 도령은 벌써 다음 층계로 올라가고 없었습니다. 걸음이 얼마나 빠른지 열심히 쫓아가려고 서둘렀는데도 따라잡기 힘들었습니다. 그를 따라 종종걸음으로 2층을 오르고 3층을 오르고 그렇게 4층으로 올라가는 계단 중간에서 갑자기 그 생각이 나는 겁니다. 네, 비망록요. 비망록의 열 번째 조항을, 혹시 기억하십니까?

궁궐의 모든 건물은 3층 이하로 건설되어 있습니다. 간혹 웃전 마마께서 어느 건물의 4층에 다녀오라 명령하시더라도 그 말을 듣지 마시고 무시하십시오. 어차피 마마님들은 자신이 그것을 명했다는 사실조차 모르고 계실 겁니다.

경복궁에는 3층까지밖에 없다면서요. 하지만 저는 이미 4층으로 가는 계단의 중간쯤에 서 있었단 말입니다. 더 올라가야 하나? 아니면 다시 내려가야 하나? 망설이는 동안에도 4층에서 떨어진 불빛이 계단의 절반쯤을 비추고 있었고 사람 그림자가 보였습니다. 저를 부른 사람은 분명, 그 위에 있는 겁니다.

가야 하나, 말아야 하나. 고민하던 중에 위에서 목소리가 들렸습니다.

"장 나인. 왜 이렇게 발이 늦어. 얼른 들어오게."

궁녀들이란 모두 명령에 익숙하지요. 야단치는 목소리를 듣자 저는 아무런 저항도 할 수가 없었습니다. 생각을 해야 하는데 제 머리가 허락하기도 전에 이미 다리가 움직이고 있더라니까요. 속으로는 아, 이거 가면 안 될 것 같은데, 안 될 것 같은데 하면서도 제 다리가 제 말을 안 듣는데 어쩌겠습니까.

그런데 그때, 하늘이 도우셨는지 제 다리가 멈춰버렸습니다. 빗물에 쓸리고 쥐가 파먹은 나무 계단 때문이었습니다. 제가 계단을 디디자마자 다리가 움푹 빠져 그곳에 박혀버렸습니다.

위에서는 재촉하는 목소리로 "장 나인, 어서 올라오게. 어서!" 하고 저를 끊임없이 불러댔으나 아무리 해도 다리를 빼낼 수 없어 저는 올라갈 수 없었어요. 목소리의 주인은 내려올 수는 없는 모양인지 여러 말로 저를 걱정하고 달콤한 말로 꼬드기며 어서 올라오라고 말했습니다. 그 말이 얼마나 듣기가 좋던지 다리를 빼냈다면 저는 당장이라도 올라갔을 것입니다. 얼른 올라가서 저는 멀쩡합니다. 걱정 마세요. 당신이 하자는 대로 뭐든지 하겠습니다 하고 말하고 싶었습니다.

하지만 제가 꾸물거리는 사이 멀리서 닭 우는 소리가 들렸고 그길로 모든 것이 사라졌습니다. 저를 부르는 목소리도 전각도 사라졌고 나무 계단 대신 교태전 아미산의 나무뿌리에 제 발목이 걸려 있었습니다. 그런데 손에는 틀림없이 이 서신이 있었어요. 받은 기억도 없는 서신이 말입니다.

이것이 그것입니다. 알 수 없는 사람이 제게 주고 간 알 수 없는 서신이어요. 이것을 봐야 하나 말아야 하나 사흘을 고민했는데 한번 보니 또 그냥 넘길 수는 없겠더라고요. 그래서 또 사흘을 고민하다가 이렇게 베끼게 되었습니다. 안 그러면 불행이 온다는데 어째요. 네? 이걸 정말 보시려고요? 잠깐만요. 다시 생각해보셔요. 어쩌면 귀찮아지실지도 몰라요. 전 경고했습니다. 정말, 그래도 보실 거예요?

❀

그날 밤 괴담회에서는 예의 그 행운의 서신을 읽을 것인가 말 것인가 하는 사안이 도마 위에 올랐다. 한 번 읽으면 열세 벌을 베껴 써야 하는 번거로운 저주가 담겼으니 꼭 보고 싶다는 사람에게만 보여주겠다고 장미가 공언을 했는데도 경안궁주는 그 말이 떨어지기도 전에 서신을 펼쳐 보았다.

"이게 행운의 서신이라니 말도 안 된다. 누가 봐도 저주의 글이 아니냐."

그래도 장미는 고개를 내저었다.

"저주라니 당치도 않아요. 재앙을 피하게 해준다는데요. 게다가 '행운이 필요한 사람에게 주라'고 했으니 이것은 아무래도 행운의 서신이겠지요."

원래도 긍정적인 아이라고 생각은 했지만 이건 너무하지 않은가. 너는 속도 좋다. 백희는 쿡쿡대며 웃었고, 노아는 짧게 한숨을 쉬었다.

비번이라 밤늦게야 들어온 연홍은 마지막까지 볼까 말까 고민하다가 동무를 혼자 둘 수는 없다는 둥 하며 유난을 떨었지만 막상 서신을 보고는 "형님, 이게 사실이라면 어쩌지요?" 하고 울상을 지었다. 여차저차하여 소녀들은 모두 그 서신을 한 차례 돌려보았으나 그것을 베낄 것인가 말 것인가 하는 문제에 대해서는 의견이 갈렸다.

"당연히 열세 벌 전부 베껴 써야지. 무슨 일이 생길 줄 알고."

이것은 경안궁주.

"한 벌만 쓰면 되지 않을까요? 일신의 평안만 지키면 되잖아요."

이것은 연홍.

"한 벌은 불안하고 열세 벌은 많으니 여섯 벌 정도면 되지 않겠느냐. 한 집의 재앙을 면하게 해준다고 했으니 교태전에선 별일 없겠지."

마노아는 과연 합리적이었으나 아무튼 경안궁주가 우긴 덕에 교태전 궁녀들은 결국 열세 벌씩 베껴 쓰기로 결의했다. 물론 고귀하신 경안궁주 본인마저도 그 저주인지 행운인지 모를 것에서 자유로울 수는 없었으므로 그날 밤은 소란스럽기 그지없었다.

"세상에 이게 무슨 고생이래. 소학도 이렇게 열심히 쓴 적이 없는데!"

경안궁주가 툴툴대며 바닥에 엎드려서 서신을 베꼈다. 괴담을 들으러 왔다가 괴담이 되게 생겼다며 화내는 것도 잊지 않았다. 금방 끝날 줄 알았던 서신 베끼기는 좀처럼 끝나지 않았는데 중간에 획을 빼먹거나 글씨를 틀리거나 종이에 손자국을 남기는 등 자잘한 사고가 많았기 때문이다. 저주가 두려웠던 건지 행운을 기대하는 건지 되도록 깨끗하게 글씨를 베껴 쓰려다보니 속도가 영 나지 않았다.

이 소동에서 손놓고 있는 것은 백희가 유일했는데, 글을 몰라 읽을 수 없었기 때문이다. 백희는 전후 사정을 들었기 때문에 서신에 어떤 내용이 쓰여 있는지 대강은 알았으나 막상 읽지는 못했으므로 서신을 베끼는 대신 끊임없이 벼루에 먹을 갈았다.

"그대로 보고 쓰면 되는데. 내 것이라도 베껴주지."

경안궁주가 입을 툭 내밀었지만 정말로 종이와 붓을 내밀지는 않았다. 경안궁주는 버릇은 좀 없을지언정 까막눈에게 글을 베끼라는 명령을 내릴 정도로 막무가내는 아니었다. 아무튼 그날 궁녀들이 글을 쓰다가 졸다가 결국은 포기하고 하나 둘 잠에 곯아떨어질 때까지 열세 벌을 다 채운 궁녀는 아무도 없었지만 그날의 일은 즐거운 소동으로 기억될 법도 했다. 그 일만 없었다면 말이다.

다음날 아침, 연홍이 식재료를 받아 교태전에 들어왔을 때, 다들 눈밑이 거뭇거뭇하고 눈이 벌겋게 충혈된 것이 제대로 잠을 자지 못한 태가 확연했다. 아침식사는 언제나 막내인 장미와 연홍이 준비해왔으나 이날은 장미가 늦잠을 잔 것인지 나오지 않았고 연홍은 굳이 장미를 깨우는 대신 혼자 식사 준비를 마쳤다.

중전마마께 상을 올리고 남은 것으로 궁녀들이 모두 식사를 마칠 때까지도 장미는 퇴선간에 나오지 않았는데 그제야 걱정이 된 연홍이 장미를 깨우기 위해 행각으로 들어갔을 때 장미는 여전히 이부자리에 있었다.

자신은 이따금 꾀병을 부린 적도 있으나 장미는 단 한 번도 그런 적이 없었기에 연홍은 장미의 이런 모습이 외려 반가워 얼굴 가득 미소를 띠었다.

"너도 드디어 게으름 부리는 맛을 알게 됐구나. 이제 내 맘을 이해하겠지?"

연홍이 농담을 걸었는데도 장미는 대답이 없었다. 무엇을 골똘히 생각하는 모양인지 아무 소리도 들리지 않는 것 같았다. 얘가 걱정이 있나. 아니면 정말로 달거리 날짜가 바뀌어서 아프기라도 한 건가. 연홍이 신발을 벗고 방안으로 들어가자 그제야 장미가 흠칫 놀라 자세를 바르게 했다.

"나야. 뭘 그리 놀라니?"

연홍의 말에 장미가 후우 하고 길게 숨을 뱉었다. 연홍은 오늘 장미가 나오지 않아 자신이 얼마나 고단했는가를 이야기했다.

"생선을 굽고 나물을 무치고 소주방에서 국을 가져와서 데워 중전마마께 올리고 숭늉과 과일을 준비하고 설거지까지 마치는 동안 너는 나오지 않았지만 그래도 괜찮아. 가끔 게으름 부리고 싶은 날도 있는 거니까. 너도 이전에 나를 위해 그렇게 해준 적이 있잖아."

정말로 괜찮은 건지 아니면 타박을 하려는 건지 알 수 없을 만치 연홍이 조잘거리는 동안에도 장미는 아무 말이 없었다. 앉아서 졸고 있는 건가? 연홍이 장미의 곁으로 다가가 어깨에 손을 올리자 장미는 놀란 듯 바라보았으나 시선이 연홍의 눈동자를 향하지 않고 그의 가슴께를 향했다. 어디를 보는 거야. 연홍은 아래를 향한 장미의 시선을 따라 몸을 굽혀 그대로 장미의 눈동자를 바라보았다.

"미야. 어디 아파?"

장미의 이마에 손을 올린 다음에야 그가 떨고 있다는 것을 알았다. 그의 불안에는 땀이 배어 있었다. 연홍은 어떻게 해야 할지 몰라 하는 장미의 어깨를 가만히 감싸안았다.

"무슨 일 있어? 뭐든 말해봐. 비밀은 지킬게. 나는 미야 편이야."

달콤한 말을 아무리 쏟아내도 장미는 아무 대답도 하지 않았다. 연홍이 수없이 장미의 등을 쓸어주고 얼굴을 만진 다음에야 장미는 뚝뚝 눈물을 흘렸다. 무슨 일이냐고 아무리 물어도 대답도 하지 않았다. 얼마의 시간이 흐르고야 연홍은 장미가 평소와 무엇이 다른지 알아챌 수 있었다. 언제나 자신을 향해 웃고 있던 반질반질한 갈색 눈동자에 아무것도 비치지 않았던 것이다.

"제 책임입니다."

노아가 스스로를 책망하면서 신녕궁주에게 고개를 조아렸다. 수많은 변명을 했지만 그 말만큼은 진심이었다. 저 어린 것들이 누굴 믿고 따르는가. 자신들을 지켜줄 웃전도 품이 넉넉한 상궁마마도 없이 오로지 몇 살 터울 나지 않는 선진들만 믿고 따르는 애들에 대한 책임은 모두 자신에게 있었다. 그리고 중전마마를 불편없이 모시는 것에 대한 책임도.

그의 자책이나 장미의 불행과는 별개로 교태전의 모든 일상은 제대로 수행되어야 했다. 그곳은 소녀들이 모인 숙소가 아니라 조선에서 가장 고귀한 여인의 공간이었으므로 중전을 모시는 데 손이 없다는 변명을 할 수는 없었다. 그리하여 그는 곧바로 신녕궁주를 찾아온 것이다. 일손이 부족하면 새로운 손으로 채우는 수밖에 없으니 임시로라도 충원을 해달라는 요청을 하기 위해서였다. 아무 이유 없이 충원 요청을 할 수는 없으니 당연히 전후 사정을 설명해야 했고 그것은 노아에게 굉장히 자존심 상하는 일이었기에 몇 가지 거짓말을 섞어 말하는 수밖에 없었다.

궁녀 하나는 월경통이 너무 심하여 혼절했고 다른 궁녀 하나는 더위에 몸이 상했다. 내수사에 약재를 요청했는데도 거절당했으니 당연한 결과다. 혹 의심이 간다면 확인해보아도 좋다. 노아는 이같은 내용을 몇 번이나 머릿속으로 연습해보고는 신녕궁주를 만나 그대로 연기했다. 장미가 월경통이라고 거짓말을 했던 것이 이렇게 쓰일 줄은 몰랐으나 꽤 타당한 변명거리였다. 실제로도 약재가 거절당한 기록이 남아 있을 터이니 신녕이 자신을 믿지 못해 확인해본다면 더욱 좋을 것이다. 하지만 자신만만한 노아와는 달리 신녕은 시큰둥한 표정을 지었다.

"헛똑똑이구나."

무슨 뜻이지? 노아는 궁주의 말을 머릿속으로 몇 번이나 돌려보았으나 잘 이해할 수가 없어 약간 뜸을 들이다가 겨우 "송구합니다" 한마디를 뱉었다. 신녕궁주는 가볍게 한숨을 쉬더니 차를 권했다. 차는 괜히 몸을 덥게 만들기만 하여 좋아하지 않는 것이지만 궁주가 주는데 거절할 수도 없어 조금 입에만 머금었다.

"무슨 맛이 나느냐."

"쓴맛이 납니다."

"그것은 오미자차다. 다섯 가지 맛 중에 쓴맛이 유독 느껴진다면, 요즘 울화가 마음에 가득한 모양이지. 건강을 조심하거라. 궁에서는 자신이 자신을 지켜야 해. 아무도 네 몸까지 책임져주지는 않는다."

"……송구합니다."

노아는 이번에도 그 말밖에 하지 못했다. 신녕궁주는 마치 관찰이라도 하려는 듯 팔걸이에 팔꿈치를 올리고 손가락으로 이마를 가볍게 받치고는 노아를 빤히 바라보았다.

"왜 중전마마께 고하지 않고 내게 왔지?"

"내명부는 신녕궁주님의 소관이 아닙니까."

"허. 큰일날 소리를. 내명부 모든 것은 중전마마의 소관이며 나는 잠시 일해주는 사람에 불과하니 결국은 중전마마의 명을 따를 뿐이다. 네가 주인에게 말한 다음에 내게 이야기가 전해지는 것이 절차상 옳다 생각하지 않느냐."

신녕궁주의 말이 옳다. 하지만 옳지 않다. 지금 중전은 그런 사소한 일까지 신경쓸 상태가 아니다. 그 모든 상황을 신녕만큼 잘 아는 사람이 없을 텐데도 어찌 이러는가. 노아는 화를 참기 위해 손톱으로 자신의 손바닥을 짓이기듯 찔러댔다.

"제가 어찌 중전마마께 그런 말을 올리겠습니까. 궁주께서는 소녀를 놀리지 마십시오."

하지만 신녕궁주는 노아의 의도대로 행동해줄 생각은 없다는 듯 시종 뻣뻣하게 굴었다.

"자네야말로 본인과 기싸움을 하려 들지 않는가. 도움이 필요하다면 바짝 엎드려. 쓸데없는 고집으로 주변 사람을 위험에 빠뜨리지 말고."

어디까지 알고 있는 걸까. 말이 나가지 않도록 그토록 조심했는데 교태전에도 신녕궁주의 눈과 귀가 있는 것일까? 노아는 바싹 마른 목구멍에 침을 꿀꺽 삼켰다.

"헛똑똑이. 너를 보면 내 어릴 적이 생각난다. 나도 꼭 너처럼 열심히 살았지. 웃전의 명예와 소중한 사람들을 지키기 위해 욕을 먹고 상처받는 일은 오히려 기꺼웠다. 하지만 지금 생각해보니 내 모든 희생은 결국 하찮은 나의 자존심을 위해서였고 딱히 타인을 위한 것이 아니었더구나. 너처럼 그렇게 입을 꾹 다물고 있다간 모든 것을 망치기 십상이다. 내가 상냥하게 굴 때 나를 이용하려무나. 세 번은 물어보지 않겠다. 무슨 일이 있었는지 소상히 말하고 도움을 청해."

그렇게까지 말하는 데야 도리가 없었다. 마가 노아는 바짝 엎드려서 결국 행운의 서신 이야기며 장미의 눈이 어두워진 이야기까지 모조리 털어놓고 말았는데, 신녕궁주는 표정 없는 얼굴로 노아가 말하는 것을 한참 들어주더니 상전답게 사람을 불편하게 하는 말을 툭 뱉었다.

"모든 것의 원흉은 결국 너로구나. 교태전의 궁녀를 임의로 밖으로 돌리다니. 반년 치 녹봉을 감한다."

반박할 여지가 없었으므로 노아는 이를 앙다물고 고개를 숙였다.

"송구합니다."

"그래도 이번에는 네 허물을 숨기기 위해 거짓말을 늘어놓지 않았으니 그것만은 훌륭하다. 상으로 삼 개월 치 녹봉을 더해 주마."

신녕궁주는 비난 하나에 칭찬을 하나 얹어주는 것도 잊지 않았다. 그는 중전의 사람답게 시원시원한 데가 있었으나 지나치게 감정의 동요가 없었다. 사건의 무게감을 잘못 판단하고 있는 것은 아닌가. 정말로 눈이 먼 사람이 나왔는데도! 마가 노아는 초조한 듯 주먹을 쥐고서 궁주에게 한 번 더 아뢰었다.

"그 괴상망측한 서신이 정말로 저주를 일으키고 있는지도 모릅니다!"

마가 노아의 걱정에도 신녕궁주는 느긋하게 차를 마셨다.

"그럴 일은 없을 거다. 장 나인은 저주에 걸린 것이 아니라 아무래도 병을 앓고 있는 듯하구나."

마가 노아는 화들짝 놀랐다. 궁궐 한가운데서, 그것도 지척에서 중전을 모시는 궁녀가 병에 걸리다니. 그것이야말로 심각한 것이 아닌가. 아무리 냉궁이라 눈과 손이 미치지 않는다고는 하나 교태전의 관리가 그렇게나 엉망이었던가. 노아가 당황한 얼굴로 신녕궁주를 올려다보았다.

"어떤 병입니까?"

"세상에서 가장 오래된 질병 중 하나인데 고금동서를 막론하고 어린애들이라면 한 번 안 걸려본 이가 없는 질병이니라. 중신들이 낙향하는 주된 원인이며 아무리 훌륭한 의원이 와도 고칠 수가 없는 병이지."

"설마 전염병은 아니겠지요?"

노아의 말에 신녕궁주는 살짝 고개를 기울여 생각하는 듯

하더니 "어쩌면 전염병일지도 모르겠구나" 하고는 싱긋 웃었다.

"웃으실 때가 아닙니다! 전염병이라니, 큰일이 아닙니까."

하지만 신녕궁주는 느긋하기만 했다.

"걱정 마라. 양병佯病*으로 죽은 사람은 없으니."

노아는 궁주의 말에 얼굴을 찡그렸다.

"궁주께서는 그 아이를 모르시니 그런 말씀을 하시는 게지요. 거짓말을 할 아이가 아닙니다."

"너야말로 사람 볼 줄 모르는구나. 그 아이는 거짓말이 체질이야."

자신을 놀리는 것인가. 일의 심각성을 알아주기는커녕 장난이나 치려 하다니. 노아는 불평하는 대신 입을 꾹 다물었으나 얼굴에 열이 오르는 것만은 자신도 어쩔 수가 없었다. 벌게진 얼굴빛이 그가 하지 않은 말들을 대신해주는 듯했다.

신녕궁주는 합죽선을 꺼내 노아의 얼굴에도 바람이 닿도록 크게 부쳤으나 마치 아궁이의 불을 키우는 것처럼 노아의 화는 가라앉기보다는 점점 커지기만 했다. 신녕궁주는 노아의 얼굴빛을 보고 피식 웃었다.

"네 말을 진지하게 듣지 않는다고 오해하는구나. 나는 너보다 네 이야기를 더 주의깊게 이해하고 있다. 그 증거로, 나는

---

* '꾀병'을 이르는 말.

장 나인의 거짓말 두 가지를 벌써 알아냈느니라."

노아의 놀란 눈동자가 신녕궁주를 올려보았다. 자신의 이야기를 듣기 위해 남이 침묵하는 이 시간이, 신녕은 언제나 소름끼치도록 좋았지만 그것을 드러내지 않을 정도로는 경험이 있었다. 신녕은 표정을 바르게 했다.

"우선 장 나인은 서신을 볼지 보지 않을지 사흘을 고민했고 서신을 베껴야 할지 다시 사흘을 망설였다고 했어. 그렇다면 엿새 전에 그 일을 겪은 셈인데, 저기를 보아라."

신녕궁주는 바람이 통하라고 열어둔 창문 쪽을 손으로 가리켰다. 구름 한 점 없이 새파란 하늘에 손톱같이 새하얀 그믐달이 창문 틈에 걸려 있었다.

"오늘은 그믐이 아니냐. 엿새 전에는 보름달이 아니라 하현달이 하늘에 떠 있었다. 그러니 장 나인의 말은 거짓이다. 또한 그는 경복궁을 헤매지도 않았어."

노아가 얼른 신녕궁주의 말에 끼어들었다.

"압니다. 장 나인의 이야기는 괴담이니까요. 실제로 헤맨 것이 아니라 여우에 홀리기라도 한 것이겠지요."

신녕은 자신이 말하는 바는 그런 것이 아니라는 듯 고개를 저었다.

"장 나인의 묘사가 무척 세세하고 구체적이었던 것을 기억하겠지? 화살나무가 있고 장독대를 돌아 전각을 넘어가는 묘사

말이다. 꼭 함께 길을 헤매는 착각이 들 정도였다. 직접 겪지 않고야 그리 세세할 수는 없어. 그는 정말로 길을 헤맨 적이 있을 게다. 한데 이상하지. 경복궁엔 화살나무가 없거든. 대체 장 나인은 어디에 있었던 걸까."

정말로 경복궁에 화살나무가 없었나? 노아는 넓은 궁궐의 곳곳을 다 가본 것이 아니니 확신할 수가 없었다.

"화살나무가 없습니까?"

"없어. 경복궁에 조경수를 심을 때 내가 담당이었으니 확실히 알고 있지. 하나……."

신녕궁주가 잠시 뜸을 들이다가 말을 이었다.

"창덕궁에는 있단다."

노아의 입에서 작게 탄성이 터졌다. 창덕궁이라니, 그곳은 태상왕이 머무시는 곳이 아닌가. 경복궁의 궁녀가 어찌 그곳에…….

"모종의 이유로 장 나인은 창덕궁에 불려갔다. 그 등나무꽃색 도포를 입은 자가 불렀겠지. 하지만 익숙지 않은 곳이다보니 결국 조금 헤매게 되었어. 그리고 그곳에서 겪은 일을 마치 경복궁에서 겪은 양 거짓말을 한 것이야. 괴담은 없네. 경험에 거짓말 약간을 섞었을 뿐이지."

"그 말은……."

"그 아이, 보름 전에 창덕궁에서 누군가를 만나 교태전에서 소란을 일으키라는 사주를 받은 것이 아니겠느냐."

그제야 노아는 고양된 마음을 가라앉혔다. 그는 자신도 모르게 신녕을 노려보다가 이 화가 향해야 할 정당한 대상은 신녕이 아니라 장미인 것을 깨달았다. 누구라도 발로 차버리고 싶은 것을 꾹 참고 몸을 돌려 어린 궁녀들이 머무르는 보의당으로 가려는데 신녕이 얼른 소리 내어 만류했다.

"지금은 화를 아낄 때다. 작은 도둑을 잡으려다 큰 도둑을 놓치려느냐?"

그 말도 옳다. 노아는 화가 나 붉어진 얼굴을 진정시키기 위해 심호흡을 했다. 신녕은 그런 노아를 천천히 내려다보더니 다시 찻잔에 윗입술을 살짝 적시며 말했다.

"걱정 마라. 내가 세상에서 가장 신뢰하는 궁녀를 보내줄 테니 교태전으로 돌아가 있어."

신녕궁주는 그렇게 약조했다. 모든 일은 잘 해결될 것이며 교태전에서는 더이상 아무 일도 없을 것이라고. 마노아는 그 말을 믿고 교태전으로 돌아가 기다렸다.

두 시진 정도 지났을까. 해가 지고 교태전 양의문에 선 김가개시의 다리가 후들거릴 즈음 모습을 드러낸 것은 전에 없이 마노아가 다루기 어려운 궁녀였다.

그 이름하여 신가 양유, 즉 신녕궁주 본인이었으니 역시 상전의 말은 곧이곧대로 믿는 것이 아니다.

강철强鐵

지역에 따라 꽝철, 깡철로 불리기도 한다.

흉년을 상징하는 괴물이며 수련하던 영물이 용이 되려다가 못 되면 강철이 된다고 한다.

얼굴은 사자나 용과 비슷한데 불같은 기운으로 논과 밭을 헤집고 다니면서 가뭄을 불러오거나 폭풍, 번개, 우박을 일으켜서 농사를 망친다. 강철이 나타나면 농사를 망치게 되므로 "강철이 가는 곳은 가을도 봄 같다"는 속담이 있다.

2장 ◉ 거짓말 중에서도 참말

믿지 않는 사이

"신가 양유라고 하오. 교태전의 부족한 일손을 돕기 위해 임시로 발을 들였으나 업무를 허투루 하는 일은 없을 것이니 부디 많은 지도 편달을 부탁드리오이다."

신녕궁주, 아니 신가 양유가 마가 노아의 손에 이끌려 교태전 양의문에서 스스로를 소개했을 때 천 년이나 살았다던 그 남자는 말 그대로 얼어붙어버렸다. 그 오랜 기간 동안 표정을 감추는 방법은 배우지 못한 것인지 동그란 눈동자를 더욱 크게 부릅뜨고,

"아. 그. 저…… 저는 그…… 김가 개시이온데. 별감이오이다. 저야말로 잘…… 저기합니다."

하며 더듬더듬 말을 잇다가 신녕궁주, 아니 신가 양유가 부러 얼굴 근육을 찡그러뜨리며 노려보자 그제야 겨우 입을 다물고 어깻죽지를 이리저리 움직이며 부러 멋쩍은 시선을 돌리느라 몸을 가만히 놔두지 못했다.

"통성명도 하였겠다, 안면도 익히셨을 테니 별감께서는 당분간 신 나인을 교태전의 일원으로 여겨주시오."

두 사람 사이에 서서 노아가 본 강수의 표정은 퍽 우스운 것이었다.

그는 "아, 그, 저, 정말입니까?" 하는 얼빠진 소리를 냈는데 노아는 맘속으로 저 멍청한 별감은 '아, 그, 저' 없이는 아예 말을 시작도 못하는군 하고 생각했다. 자기 딴에는 속으로만 한 생각이었으나 실은 표정에 다 드러나고 있었으므로 강수는 제법 부끄러워졌으며 신녕은 속으로 차라리 이런 것이 낫다고 여겼다. 어차피 연기하지 못하는 사람이라면 바보로 여겨지는 편이 의심도 받지 않고 좋지 않은가.

하긴 강수에 대한 교태전 궁녀들의 태도는 전반적으로 마노아와 크게 다르지 않았다. 아름다움에 대한 동경이란 사실 약간의 거리감과 몰이해를 필요로 하기 때문이다. 멀리서 봤을 때 고운 얼굴이라는 것은 소중한 자산이지만 그것이 울타리 안에 있을 때는 외모보다는 그 쓰임에 신경이 쏠리기 마련이다. 따라서 외부 궁녀들이 김가 개시에 대한 동경과 칭찬을 늘어놓을 때도 교태전 궁녀들은,

"김가 개시 별감 말이야? 하아. 그 사람. 그래. 좋은 사람 같긴 하더라만. 하지만 좀 바보 같아 보이지 않나?"

하는 반응만 보이고는 입을 다물어버리기 일쑤였다. 괜히 혼자 안달이 난 외부 궁녀들이 곶감이라도 입에 물려주고 김별감에 대한 아무 이야기라도 해달라고 재촉하면 교태전 궁녀

들은 이 정도의 말을 덧붙였다.

"몰라. 팔뚝이 세답방 궁녀들보다도 가느다란 사내를 어디다가 쓰니? 물동이 하나 들 힘도 없게 생겼으니 뭐 하나 부탁할 수도 없고."

교태전 궁녀들이 시큰둥하게 대하는 것과는 반대로 새로 온 신가 양유는 김가 개시를 높이 평가하는 듯 보였다. 앞으로 도움이 필요하면 의지해도 되겠느냐고 물었을 정도니까. 저런 시원치 않은 남자가 무슨 도움이 되겠는가 하고 노아는 생각했으나 신녕궁주가 아무 말도 하지 않았으므로 역시 입을 다물었다.

사실 노아는 지금 마음이 편치 않았다. 이런 때에 굳이, 하필이면, 한심하게도, 백희와 싸우고 말았던 것이다. 마음이 심란해서 백희와 의논을 하던 도중 백희가 노아의 편을 들어주었는데도 그의 위로가 그날따라 노아의 마음에 차지 않았던 탓이다.

"미신 따위에 신경쓰지 마라. 장미의 눈은 꼭 저주 탓이라고 할 수도 없어. 모든 일의 원인이 괴력난신일 리가 없지 않아? 장미를 이리 꽁꽁 숨겨두지 말고 제대로 의원에게라도 보인다면 어떤 수가 있으리라 생각한다."

몇 마디 안 되는 저 말이 무척이나 신경에 거슬렸다.

우선, 의원에게 보이지 않는 것은 냉궁이라 그럴 수가 없는 탓이지 자신의 고집이나 의지가 아니다. 월경통에 좋은 약재 하나 얻는 것도 내수사에서 거절을 하지 않았나. 중전마마를 위한 의원이나 약재라면 물론 받을 수 있었겠으나 누가 냉궁의 궁녀를 신경쓴다는 말인가. 얕은수를 써서 거짓말이라도 한다면 주상에게까지 보고가 올라가고 만다.

어찌됐든 이곳은 냉궁이고, 냉궁이 냉궁인 이유는 주상이 화가 났다는 것을 굳이 만인에게 보이기 위함이니 교태전의 궁녀를 위한 상냥함이나 배려 같은 것이 포함될 리가 없었다. 그것을 백희가 모를 리 없을 텐데도 굳이 모르쇠로 일관하는 것이 노아는 마음에 들지 않았다. 미신 따위에 신경쓰지 말라는 말 또한 그러하다.

백희는 미신이나 괴력난신을 혐오하는 듯이 군다. 어릴 적부터 사람들 앞에서는 그런 것을 모른다는 듯이 굴었다. 궁녀들끼리 신년 점을 치는 자리에도 절대 끼지 않았고, 악귀를 물리치는 자수를 놓거나 유명한 스님에게 부적을 받아오는 일도 없었다.

'비망록이 만들어진 날' 이후 백희는 지나가는 말로도 그날의 일을 언급한 적이 없다. 노아가 장난으로라도 그날에 대한 이야기를 꺼내려 하면 마치 기억나지 않는 듯이 굴거나 얼른 다른 이야기를 꺼내 묻어버리려 했다.

노아는 처음에는 그것이 백희의 노력이라 생각했다. 비비를 인정하고 싶지 않기 때문에 도리어 부정하려는 것이라 여긴 것이다. 그래서 처음에는 장단을 맞춰주었다. 그들 사이에 아무런 비밀도 없는 듯이 행동했다. 하지만 그날에 대한 이야기를 제외하고 나니 백희와는 늘 피상적인 이야기밖에는 할 수가 없었고 그것은 생각보다 꽤 괴로운 일이었다.

노아는 구체적으로 세세하게 백희가 궁금했다. 백희식의 특별한 식단을 챙기는 데 어려움은 없는지, 비비는 여전히 그곳에 살고 있는지, 어쩌면 지금쯤 떠났는지, 그리고 정말로 나의 도움은 더이상 필요 없는지.

하지만 노아의 입에서 튀어나온 말은 그의 생각과는 영 달랐다.

"미신의 주체가 그런 말은 하면 안 되지."

그제야 백희는 고개를 빤히 들어 노아를 바라보았으나 섣부르게 말하는 대신 침묵을 지켰다. 대답하기 싫은 듯한 표정이었다. 또 없던 일로 하려는 것인가. 노아는 초조해져서 아무 말이나 덧붙였다.

"형님은 항상 괴력난신에 대한 이야기만 나오면 한 걸음 뒤로 물러서서 관망하려고 하니 오히려 의심스럽더이다. 내게 숨기는 것이 있지 않소?"

노아는 자신의 목소리에 스스로 놀랐다. 내가 형님에게 이렇게 단호하게도 말할 수 있는 사람이었던가. 백희는 머릿속으로 단어를 고르듯이 얼마간 말이 없더니 천천히 입술을 뗐다.

"무엇이 궁금한데."

"장미의 일에 대해 정말로 할 말이 없소?"

노아의 물음에 백희는 짧게 탄식했다.

"내가 장미의 일에 대해 무엇을 말해야 하는데?"

"그냥 나는 형님이라면 뭔가 아는 것이 있을까 해서……."

당황한 노아가 얼른 몇 마디 변명을 덧붙였으나 백희는 끝까지 듣지도 않고 자신의 말을 이었다.

"그래. 내가 그랬다. 밤중에 고양이매가 날아다니는 것도 우물가에서 궁녀가 사라진 것도 다 내가 벌인 일이야. 장미의 일? 그것도 물론 내가 했지. 비망록을 어겼으니 응당 대가를 치러야 하지 않겠어?"

목소리가 전에 없이 싸늘했다. 노아는 백희가 화내는 것을 처음 보았다. 억양에 높낮이는 없었으나 색이 옅은 백희의 눈동자가 순간 뱀의 것처럼 샛노랗게 보여 마치 처음 만난 사람 같았다. 노아는 후회했다. 이렇게까지 몰아붙일 생각은 아니었다. 노아는 사과를 해야겠다고 생각했다.

정말이다. 그러려고 했었다. 하지만 사과하려고 입을 떼려던 순간에 갑자기 이런 마음이 들었다.

교태전의 지밀로서 조금 더 추궁해야 하는 것이 아닐까?

그래서 노아는 사과 대신 결국 이런 말을 해버리고 말았다.

"……정말이요?"

노아의 말을 들은 백희는 뱀처럼 미끄러지듯이 교태전을 빠져나가 해가 질 때까지 그놈의 빨래터에서 돌아오지 않았다. 그것이 어제의 일이며 노아가 홀로 중전을 돌보다가 도저히 안 되겠다는 판단하에 신녕궁주를 만난 것이 오늘의 일이다. 오늘 새벽에도 백희는 빨래터로 떠났는데 정말로 빨래를 하러 간 건지 어떤지는 몰라도 아직도 돌아오지 않고 있었다.

노아의 머릿속은 여전히 어제 화를 내고 떠나버린 백희로 가득차 있었으므로 신녕궁주가 강수와 어떤 눈빛을 나누는지, 어떤 비언어적 수신호를 보내는지 전혀 알아차릴 수가 없었다.

때문에 신녕이 선심쓰듯이,

"잠시 둘러보니 부족한 물자가 많더군. 별감과 내수사에 가서 필요한 물건을 보충한 후 교태전 전반의 일을 내가 맡아 할 테니 마 나인은 내실을 신경쓰시오. 중전마마께서 당장에 불렀을 때 곁에 아무도 없다면 얼마나 불편하시겠소."

하고 운을 떼었을 때는 도리어 감동했을 정도다. 노아는 두 사람을 그대로 남겨두고 그 자리를 떠났으니 사실상 교태전은 신녕과 강수의 손에 떨어진 것이나 다름없게 되었다.

신녕궁주는 떠나는 노아의 뒷모습을 보며 강수에게 눈을 찡긋했는데 강수는 그것이 무슨 뜻인지 알아들을 수 없었지만 그의 기분이 좋아 보이니 다행이라 여겼다.

"조용한 곳으로."

신녕의 말에 강수는 어둠이 나린 행각의 그림자 안으로 그를 끌어들였다.

신녕의 옷자락을 멀찍이 잡은 강수는 그림자를 타고 원길헌 쪽으로 이동했는데 연홍과 장미가 있는 보의당輔宜堂은 서쪽이며 노아와 백희가 쓰는 승순당承順堂이나 체인당體仁堂은 동쪽 원길헌과 붙어 있었으니 고민할 것도 없었다. 체인당은 평시에 비어 있는데다 연접해 있는 원길헌 역시 잠긴 지 오래되어 이곳이라면 누구에게도 말소리를 들키지 않을 것이다. 강수가 멈춰 서자 신녕 역시 자연스럽게 승순당 앞마루에 걸터앉았다.

"또 그런 복색입니까."

강수의 타박에도 신녕궁주는 그게 뭐 어떠냐는 듯한 표정으로 입을 씰룩거렸다.

"농부가 흙바지를 입듯이 업무에 걸맞은 옷차림을 한 것뿐입니다. 머리를 높이 올리고 무거운 비단옷을 몇 겹이나 껴입고서는 할 수 있는 것이 많지 않아요."

"자신의 처소에서야 궁주께서 어떤 모습으로 있건 제가 상관할 바는 아니지만 여긴 교태전이 아닙니까. 비단옷을 입고 할 수 없는 일은 믿을 만한 다른 궁녀들에게 맡기는 게 좋지 않겠습니까? 궁주께서는 시원하고 편안한 곳에 앉아 명령만 내리시고요."

"믿을 만한?"

강수의 말에 신녕궁주는 피식하고 웃었는데 어찌나 그 웃음이 서늘해 보이던지 강수는 순간 딸꾹질을 할 뻔했다.

"강수 선생께서 친히 양의문을 지키고 계신데도 눈이 먼 궁녀가 나왔으니 별수 있습니까. 저도 누군가를 믿을 수 있다면 참 좋겠습니다."

그런 말까지 들었으니 아무리 강수라도 더는 할말이 없었다. 물론 변명할 거리야 많았지만 무슨 말을 한들 정말로 변명이 될 뿐이었다. 하지만 침묵은 오래 지속되지 않았다. 다행히도 신녕궁주가 먼저 말을 꺼내주었기 때문이다.

"서신을 읽어보셨습니까?"

강수는 약간 머뭇거렸다. 그걸 읽었다고 해도 될는지.

그는 양의문에서 궁녀들이 작당하는 소리를 모두 훔쳐 들었고 그래서 서신의 내용도 알고는 있었다. 하지만 직접 종이로 보지는 않았으니 즉답을 못하는 것이다. 신녕도 그것을 알고 있는지 소매 안에서 상자로 밀봉한 서신 뭉치를 꺼냈다. 예의 그 행운의 서신이었다.

"사실 구 할쯤은 꾀병일 거라 확신하고 있습니다마는…… 그래도 혹시 모르니 이 서신에 저주나 못된 귀신이 붙어 있는 건 아닌지 확인을 해주세요."

강수는 신녕궁주에게서 상자를 건네받았으나 신녕은 아직

도 반대편 끄트머리를 꾹 쥐고 있었다. 놓으라는 듯이 강수가 손에 힘을 주었는데도 신녕은 여전히 힘을 빼지 않고 강수의 얼굴을 똑바로 바라보았다.

"조심하셔야 합니다."

강수는 어깨를 으쓱하더니 상자를 열었다. 상자 안에는 장갑도 하나 동봉되어 있었기 때문에 강수는 신녕궁주의 준비성에 웃음이 났다. 준비해준 것을 쓰지 않을 이유가 없지.

강수는 장갑을 끼고 글씨가 적혀 있는 곳을 커다란 손바닥으로 덮고는 가장자리의 여백만 펼쳐 몇 장을 보더니 흐음, 집중하는 소리를 냈다.

"선생. 제가 듣기로는 눈을 멀게 하는 실 같은 것이 있다던데요. 공, 뭐라더라."

"공리비사."

"그래요, 그거."

신녕궁주는 자신이 공부한 성과를 알아주는 선생을 만난 착한 학생처럼 기분좋게 웃으며 고개를 끄덕였다.

"서신에 그런 말이 있잖습니까. 나흘간 서신을 전달하지 않으면 눈이 멀 것이라고요. 그래서 제가 생각을 해보았는데 최초의 서신에 눈을 멀게 하는 실타래 같은 것이 있던 게 아닐까요? 그러면 그 서신을 보고 서신을 베낀 사본에도 실이 붙을 테고, 그 서신을 보고 베낀 서신에 또 실이 붙고…… 결국 온

궁궐에 역병이라도 돌듯이 실타래가 창궐하여 눈을 멀게 할 수 있습니다."

신녕의 걱정에 강수가 피식 웃었다.

"꾀병일 거라 생각하는 것치곤 꽤나 무서워하시는군요."

신녕궁주는 대답하지 않았고 강수는 할말이 있는 듯 신녕궁주를 힐끗 보았지만 말을 더 잇지는 않았다. 강수는 달빛이 겨우 손바닥만큼 들어오는 행각의 끄트머리에 쪼그리고 앉아 서신의 여백 부분을 한 장 한 장 유심히 살폈고 신녕 역시 강수만큼은 아니지만 한 번은 훑어보았다.

"아무것도 붙어 있지 않습니다. 궁주님의 말대로라면 서신을 베껴 쓰든 말든 눈이 멀게 될 테니 서신 속 저주와도 맞지는 않아요. 한데 궁주께서는 범인을 이미 알고 있으신가 봅니다."

강수의 말에 신녕의 얼굴에서 표정이 사라졌다.

"왜 그렇게 생각하십니까?"

"범인에 대해 묻지 않으시잖습니까. 감히 누가 교태전에 대고 술수를 부린단 말인가, 화도 내지 않으시고요."

강수는 신녕궁주가 입을 열기까지 얼마간 기다렸으나 궁주가 스스로 입을 열 것 같지 않자 짧게 한숨을 쉬고는 말을 덧붙였다.

"억지로 묻지는 않습니다. 저는 어디까지나 궁주님을 돕는 역할이니까요. 스스로 정리할 수 있는 이야기에 사족을 붙이는 취미는 없습니다. 홀로 할 수 있다면 오히려 기꺼운 일이지요."

나름은 배려하느라 말을 아낀 것인데 신녕궁주는 그것을 아는지 모르는지 입을 툭 내밀더니 변명 같지도 않은 변명을 했다.

"……대답하기 싫어서가 아니라 말해줘도 모를 것이니 안 하는 것입니다."

그 말에 강수의 눈매가 날카로워졌다.

"모를 거라고요? 제가요?"

평소 어떤 일에도 발끈하는 법이 없는 강수가 울컥했는지 목소리를 높였다가 놀란 신녕의 표정을 보고는 되레 꼬리를 내렸다.

"죄송합니다."

신녕궁주는 강수에 대해서는 늘 보고를 받고 있으니 그가 쉽게 흥분하는 성격이 아니라는 것도, 무언가에 집착하지 않는다는 것도 알고 있다. 하지만 '지성'을 무시당하는 것에는 이 평온한 남자도 화를 내는구나. 신녕은 그를 화나게 만든 것이 즐거워 아무도 눈치채지 못하도록 속으로만 웃었다.

"정말 화가 난 것은 아닙니다. 그저…… 저는…… 아닙니다. 용서하십시오."

신녕은 강수의 담백한 사과가 듣기 좋았다. 그가 아는 한 자신이 소리지르는 것이 위협이 된다는 것을 아는 남자는 여태 없었다. 신녕은 강수를 빤히 바라보았다. 그 시선이 부담스러워질 즈음 강수 역시 신녕과 시선을 맞추었는데 신녕은 마주친 눈을 피하지도 않고 말했다.

"선생과는 편안하네요."

갑자기 무슨 소린가. 강수가 의혹 가득한 얼굴로 신녕을 바라보자 신녕은 자신의 말에 정치가의 복안 따위는 없다는 듯 어깨를 으쓱했다.

"선생과 저 사이엔 아무것도 없으니 도리어 대하기가 편하다는 말입니다. 우리는 아무 사이가 아니니 서로에게 잘 보이거나 잘 보아야 할 필요도 없습니다. 하니 화를 주고받아도 상관없지요."

강수가 복잡한 표정으로 신녕을 쳐다보았는데 신녕은 신경도 쓰이지 않는다는 듯 강수의 뜨거운 시선을 외면하고는 건네받은 서신들을 차례대로 정리하면서 그중 가장 글씨가 깨끗하게 쓰인 것을 들어 펼쳤다. 필체가 아름답고 선이 얇아서 알아보기가 쉬운 것을 보면 노아가 쓴 것인 모양이었다.

"이것을 해석하실 수 있으시다면 작금의 평가는 수정하도록 하겠습니다."

강수는 단정한 얼굴로 서신을 뚫어져라 바라보더니 손을 뻗어 빼앗듯이 그것을 잡았다. 그러고는 곧바로 서신의 문구 속으로 빠져들었다.

여름이 되니 고양이매가 울기 시작하는구나.
집을 부수니 갈 곳이 없어 백악 아래로 숨는 수밖에.
강철이란 놈은 본래 용이었으나 아무도 용이라 불러주지 않아 땅에 떨어졌다. 짜디짠 눈물이 강물에 흘러들었으니 소금물에서 어찌 곡식이 자랄까. 강철이 지나간 곳은 가을도 봄과 같으리라.
아홉 여자가 한 지아비와 함께 살아도 오로지 한 마리의 소를 부리니 집에는 연기가 끊어지고 곡식을 쌓아두고도 먹지 못할 것이라.

강수는 마치 산술 문제를 암산으로 풀듯이 "고양이매……" 하고 중얼거리고는 몇몇 단어에 손을 짚어 생각을 정리하려는 듯 입술을 웅얼거리며 문제에 달려들었다.

강수는 『구장산술』*에서 이런 문제를 풀어본 일이 있었다. 수를 포함한 식에서 미리 알고 있는 몇 가지 공식을 기반으로

---

* 고대 중국의 수학서로 고려에서도 산학(산수)을 다룰 때 사용하였다. 평면도형의 넓이와 입체도형의 부피 계산, 연립 일차, 이차 방정식의 풀이가 포함되어 있다.

문자를 숫자로 대입하거나 숫자를 문자로 대입하여 푸는 것인데, 그러면 미리 알고 있는 몇 가지 공식으로부터 새로운 식을 얻을 수 있다. 그러니까 모든 모호한 것은 자신이 미리 알고 있는 형식으로부터 시작해야 한다. 알고 있는 것에서 조금씩 미지의 것을 지워가는 것이 요령이다. 이것이 서신이라면 그것 자체로도 문제 해결의 실마리가 된다는 뜻이다.

서신의 형식은 무엇인가. 맨 첫 줄에는 반드시 받는 사람의 이름을 적는 법이다. 그러니 서신의 첫 줄은 어쩌면 수신자를 가리키는 것이리라.

여름이 되니 고양이매가 울기 시작하는구나.

주상이 고양이매를 피하고 있다는 것을 모르는 사람이 있던가. 고양이매란 불효하는 새로서 주상이 볼 때마다 움츠러드는 것이다.

말하자면 서신의 수신자는 고양이매라는 단어를 보고 떠올리면 오금이 저릴 사람들이다. 어쩌면 주상이거나 주상과 가까운 사람들일 수 있다.

주상과 가까운 사람이 누가 있나. 무인년에 세자를 죽이는 일에 가담한 하륜, 이숙번과 같은 이들인가. 강수는 생각을 뻗는 대신 다음 행으로 넘어가기로 한다.

집을 부수니 갈 곳이 없어 백악 아래로 숨는 수밖에.

강수는 '백악'이라는 단어를 손가락으로 짚었다. 백악산 아래엔 경복궁이 있으므로 앞서 짐작했던 수신자의 가설과 일치한다. 앞 행의 추론과 같은 맥락에서 본다면 이것은 주상에게 보내는 서신이 확실하다.

'집을 부수니'라는 문구는 발신인을 상징하는 듯하지만 일단은 놔두자. 주상이 부순 집이 어디 한두 채던가. 집이란 것은 문자 그대로 가택을 의미할 수도 있으나 어쩌면 한 가정, 한 집안, 한 성씨를 의미하는 수도 있다.

이를테면 주상에게 가장 원한을 가졌을 이가 누가 있을까. 그래, 어쩌면 삼봉*일 수도 있을 테지. 삼봉의 집안은 멸문지화를 당했으니 원한을 가졌대도 이상하지 않다. 서신에서는 "여름이 되니 고양이매가 울었다"고 했다. 마침 삼봉이 죽은 것도 여름이 아닌가. 하지만 처음부터 너무 세세한 가지치기를 한다면 편견에 싸여 나중의 정보를 놓치기 쉬우니 일단은 확언을 피한다.

강수는 세번째 문장을 손으로 짚는다.

---

* 삼봉 정도전. 이방석의 편에 섰다가 왕자의 난 때 이방원에게 죽임을 당한다.

아. 여기서 막히는 건가. 이거 잘 모르겠는걸. 강수는 고개를 갸웃하고 기울인다.

강철이란 놈은 본래 용이었으나 아무도 용이라 불러주지 않아 땅에 떨어졌다. 짜디짠 눈물이 강물에 흘러들었으니 소금물에서 어찌 곡식이 자랄까. 강철이 지나간 곳은 가을도 봄과 같으리라.

갑자기 강철이 등장했다.

강철이란 용이 되지 못한 이무기인데 뜨거운 바람을 몰고 논과 밭을 헤집고 다니며 가뭄을 일으키는 괴물이다. 연못이나 강 아래 살면서 폭풍과 번개, 우박을 일으켜 농사를 망치기도 한다.

말하자면 강철은 용이 되지 못한 자이고 용은 통상적으로는 임금을 의미하니까, 강철이란 용을 거스르려는…… 혹 역모를 의미하는 것인가? 그러면 '땅에 떨어졌다'는 것은 역모가 실패했다는 뜻으로 읽을 수도 있겠다. 역모라는 의심을 받고 멸문지화를 당했다는 뜻인지도.

그다음 문장은 "강철이 지나간 곳은 가을도 봄과 같으리라"다.

발신인은 조선땅의 가뭄이 모두 임금이 부덕한 탓이라고 말하고 있는 것인가?

강수는 자신이 너무 단정적으로 생각하는 것이 아닌지 잠시 고민하다가 해석을 미룬다. 이 부분은 마지막 수수께끼와 함께 읽는 것이 좋겠다. 강수는 다음 문장으로 넘어가기로 한다.

> 아홉 여자가 한 지아비와 함께 살아도 오로지 한 마리의 소를 부리니 집에는 연기가 끊어지고 곡식을 쌓아두고도 먹지 못할 것이라.

아아, 그렇군. 이렇게 된 것이로군. 오로지 이 문장만을 가지고도 모든 것을 해석할 수 있겠어.

강수는 자신감이 생긴다. 조선땅에서 아홉 여자를 거느리고 살 수 있는 것은 오로지 임금뿐이니 이것은 임금에게 보내는 서신이 확실하다.

그렇다면 이것은 왕자의 난으로 사망한 이방석과 삼봉을 추종하는 무리가 임금에게 보낸 서신일 것이다. 그렇게 많은 피를 흘리게 해서 정권을 잡아놓고 겨우 한다는 일이 아홉 여자의 치마폭에 싸여 있는 것이니 어찌 조선에 가뭄이 들지 않고 배기겠는가, 라고 비꼬는 글임이 분명하다.

강수는 고개를 들어 신녕궁주를 바라보며 자신이 풀어낸 산술 문제의 답과 증명을 떠벌떠벌 늘어놓았다. 그리고 마지막으로 '아홉 여자'라고 쓰인 부분을 손으로 짚으며 설명을 보충했다.

"그러니까 이 부분이 아주 명징합니다. '아홉 여자'와 '한 지아비'라는 것은 주상과 후궁들을 가리키는 말이겠지요?"

강수의 말에 신녕궁주가 오만한 턱을 치켜들고 소매 안에서 합죽선을 꺼내 얼굴에 바람을 부쳤다. 강수에게는 바람이 한 끝도 스치지 않도록 주의하면서.

"선생의 생각에 이 서신의 발신인은 누구일 것 같습니까?"

"이방석과 삼봉을 추종하는 반역자의 무리 중 하나겠지요."

"불통."

"어째서요!"

나름의 자신이 있었는데 불통을 받자 강수는 마치 만족스럽지 않은 성적을 받아 교수에게 대드는 학생처럼 바로 발끈하였다. 신녕궁주는 그것이 무척 재미있다는 듯이 정말로 교수라도 된 것처럼 허리를 꼿꼿이 세우고 한껏 잘난 척했다.

"이 나라엔 왕이 셋인데* 아홉 여자를 가진 자가 어찌 금상 하나뿐이겠습니까? 선생은 머리는 좋은데 새로운 정보를 얻는 데는 게으르신 것 같습니다. 어디 초야에 묻혀 후학 양성을 하시거나 농사라도 지으실 거라면 옛날 지식으로도 천 년은 더

---

* 현시점에서는 태상왕 이성계, 상왕 이방과, 금상 이방원, 세 명의 왕이 생존해 있다.

행복하실 수 있겠으나 이곳은 경복궁이 아닙니까. 매일 새로운 소식이 창궐하는데 온갖 궁인의 잠꼬대 소리도 들을 수 있는 분께서 이러하시니 이것은 다만 알아낼 의지가 없어서 그런 게지요."

강수의 얼굴이 새하얗게 질렸다. 학업의 의지가 없다든가 게으르다는 소리를 마지막으로 들어본 지 오백 년은 넘은 것 같다. 아니, 언제 살면서 이런 혹독한 스승을 둔 적이 있던가. 강수는 길게 목을 빼고 충격받은 얼굴로 신녕궁주를 쳐다보곤 부끄러운 듯 모기만한 소리로 겨우 질문 하나를 할 수 있었다.

"하나도 안 맞고 다 틀렸습니까? 오 할이나 삼 할이라도 맞는 부분이 없어요?"

"그쯤은 스스로 고민하세요. 제가 다 알려드릴 것이면 뭐하러 선생을 그 자리에 두겠습니까."

신녕궁주의 말에 강수는 입이 한 자나 튀어나오도록 심통난 얼굴을 했으나 다시 곧 의기양양한 표정으로 돌아왔다.

"하나 궁주님도 결국은 짐작하는 사람이 있다 뿐이지 범인에 대한 확실한 증좌를 갖고 계신 것은 아니지요? 증좌가 있다면 벌써 범인을 잡거나 외려 사건을 덮어서 문제를 해결하셨겠지 제게 물어볼 리가 없으니까요. 그렇게 보면 그 불통이라는 말도 궁주님의 마음과 통하지 않는다는 것뿐이지 답이 아니라는 말은 또 아닐 것 같은데요."

신녕궁주가 순순히 고개를 끄덕이자 강수는 자기 혼자만 답을 모르는 것이 아니라는 사실이 퍽이나 안심이 되는지 해사하게 웃었는데, 그의 미색이 전에 없이 도드라져 보였다. 신녕은 자기도 모르게 침을 꿀꺽 삼켰다. 그는 자기 얼굴이 어찌 생겼는지도 모르는 것이 분명했다.

"궁주께서는 제 의견을 듣고 자신의 의견을 보완할 기회를 얻으셨으나 저는 그렇지 못하니 몹시 불공평합니다. 궁주께서도 당신이 직접 해석한 것을 들려주십시오. 그러면 서로 보완하고 보충할 수 있어 좋지 않겠습니까."

아무튼 학구열 하나는 정말 대단한 사람이다. 자존심도 뭣도 없이 이렇게 헤실거리면서 의견을 구하다니. 신녕궁주는 별수 없이 자신의 머릿속을 열어 보였다.

"올여름, 금상께선 신덕왕후께서 묻히신 정릉을 파훼하였습니다. 본래는 한양 한가운데에 있던 능을 한양 밖으로 밀어낸 것입니다. 태상왕께서는 그 일로 마음이 상하시어 단식투쟁까지 불사하셨는데, 선생도 그 정도는 들으셨지요?"

강수는 고개를 끄덕였다. 태상왕의 단식은 들어보았다. 물론 그것이 정릉 때문이라는 것은 미처 알지 못했으나 아마 알아내려면 못 알아낼 것도 없었을 것이다. 신녕궁주의 말대로 그는 아무런 정보도 얻으려 하지 않았다. 강수의 마음이 뜨끔하였다.

"'여름이 되니 고양이매가 울기 시작하는구나. 집을 부수니 갈 곳이 없어 백악 아래로 숨는 수밖에.' 저는 그 문장을 보자마자 신덕왕후마마가 떠오르더군요. 신덕왕후께서는 집을, 즉 자신의 무덤을 잃으신 셈이니 이 서신은 직접적이든 간접적이든 신덕왕후와 연결이 된 자가 쓴 것이 틀림없다 여겼습니다. 선생께서는 어찌 생각하십니까."

강수의 생각에도 삼봉보다는 이쪽에 더 신빙성이 있어 보였다. 강수는 애써 고개를 끄덕였다.

"선생의 뛰어난 머리와 탁월한 추론에는 늘 감탄하고 있습니다. 하지만 이번에는 제가 온 곳까지 도달하지 못하셨어요. 왜냐하면 선생은 내명부의 일을 하시면서도 내명부의 일에는 조금의 관심도 없기 때문입니다. 선생께서는 혹 내명부의 모든 일이 후궁의 시기나 질투 때문에 벌어지는 것이라고만 생각하시는 것이 아닙니까?"

궁주의 말에 강수의 얼굴이 붉어졌다.

사실이다. 강수는 자신의 머리를 과신하는 경향이 있었으며 내명부에서 일어나는 사건의 원인에 대해서는 그다지 관심을 기울이지 않았다. 그리고 사실은…… 그래, 누가 누구와 친하고 누구와는 원수 사이인, 얽히고설킨 후궁전의 관계 따위를 알고 싶은 마음도 없었다. 궁주의 말은 틀린 것이 없었으므로 강수는 자신이 게을렀음을 인정할 수밖에 없었다. 비록 억지로 떠맡았을지언정 정당한 의뢰를 받아 하게 된 일에 최선을 다하지 않았다.

"죄송합니다. 제가 모자랐습니다."

강수가 손을 모으고 허리를 굽혀 인사하자 신녕궁주는 자기도 모르게 입꼬리가 올라가는 것을 느꼈다. 잘못을 인정하는 남자가 있기는 하구나. 조선에는 없으나 신라에는 있었나보다. 신녕궁주는 왜 어른들이 '옛날이 좋았지' 같은 말을 늘 하고 다니는지 이제야 조금 알 것 같은 기분이 들었다.

"이번만은 아량을 베풀어 그저 넘어가주신다면 앞으로 정진하겠습니다."

"정진해주세요."

신녕궁주는 자신의 웃음을 들킬까봐 손으로 입을 가리고 최대한 낮은 목소리로 단호하게 말했다. 강수는 풀죽은 듯 어깨를 동그랗게 말고는 힘없이 고개를 끄덕였다.

그의 태도가 꽤나 마음에 들어 신녕은 몇 가지 정보를 더 주기로 마음먹었다. 신녕은 금방 노아를 만나서 나누었던 이야기를 강수에게 들려주었다. 예상대로 강수는 몹시 주의를 기울여 이야기를 들었고 장가 미가 누군가에게 사주를 받아 행운의 서신을 퍼뜨렸을 가능성에 대해서도 긍정적으로 반응했다.

"궁주께서는 배후로 누구를 의심하고 계십니까?"

신녕은 이번에는 대답하지 않았다. 대답을 기대하고 한 질문은 아니었는지 강수는 이번에도 다시 질문으로 대화를 이끌었다.

"신덕왕후와 연결이 되어 있고 구중궁궐에서 무려 교태전의 궁녀를 몰래 부를 수 있는 자라면 어느 정도 지위가 있는 사람이겠지요. 참, 그러고 보니 능소화 궁주께서도 신덕왕후를 주인으로 두셨던가요?"

능소화 궁주에 대한 이야기를 들은 신녕의 표정이 한순간에 굳었다. 신녕궁주가 유난히 어떤 문제에 대해 의뭉스럽게 군다면 거기에는 반드시 안상재의 궁주가 끼여 있었다.

"효순궁주는 창덕궁엔 가본 일도 없습니다!"

"그것은 모를 일이지요. 변복을 하고 일부러 경복궁 밖에서 만남을 가졌다면 누가 알겠습니까. 내명부에 대해 아는 것이 없는 저 같은 사람도 일개 중전의 몸종이던 효순궁주가 어떻게 승은을 입었는지는 기억하고 있습니다."

효순궁주는 신덕왕후가 직접 며느리 민씨에게 하사한 몸종이었다. 하지만 일 년도 되지 않아 감히 주인의 남편과 정을 통해버렸으니 대단한 사건이었으며 누구도 원치 않았던 결과였다.

금상의 여인이 된 이후 그는 신덕왕후와 중전 모두에게 미움을 받아 그야말로 생명이 위태로웠다. 단 한 번의 기회로 얻은 용종이 아들이 아니었던들, 효순궁주가 궁 안에서 살기는 힘들었을 것이다. 하지만 또 혹시 모르는 일이다. 그가 끝까지 신덕왕후의 충실한 종이었으며 이방원의 후궁이 된 것도 신덕왕후의 지시였을지. 강수의 의심에 대해 바로 아니라고 말할 수는 없었는지 신녕궁주는 눈동자를 이리저리 굴리면서 속으로 말을 고르더니 영 입이 떨어지지 않는 듯 몇 번을 또 망설이다가 겨우 입을 뗐다.

"효순궁주는 아닙니다. 제가 보증하지요."

무엇을 어떻게 보증하겠다는 걸까. 효순궁주는 이제까지의 추론에 모두 걸맞은 훌륭한 범인이니 강수는 신녕궁주의 말일랑은 조금도 믿지 않고 효순궁주를 일단 용의선상에 올려두기로 한다. 물론 기우일 뿐인지도 모르지만 본래 모든 일은 기우에서 시작되는 법이다.

"근거 없는 추측보다는 확실한 증거를 바탕으로 한 논리적 사고를 보여주시면 고맙겠습니다."

신녕궁주가 표정을 단단하게 여몄다. 그는 웬만큼 확실한 증거가 아니고는 효순궁주를 결코 범인으로 몰지 않겠다는 뜻을 확실히 했다. 강수는 자신의 속생각을 들키고 싶지 않아 여느 때처럼 웃으며 "물론입니다" 하고 대답했다. 신녕궁주 역시 고개를 까딱 숙여 그 인사를 받았으나 두 사람 모두 서로의 말이라곤 털끝만큼도 믿지 않고 각자 독자적으로 범인을 찾으리라 다짐하였다.

장미의 이야기
—장 나인의 참말

한편 연홍과 장미가 있는 보의당에서는 어린 궁녀 둘이 장기판을 앞에 둔 채 머리를 맞대고 얕은 고민에 빠져 있었다. 밖에서 신녕궁주와 강수가 어떤 대단한 고뇌를 하든 노야가 어떻게 화를 식히고 있든 그런 것은 그들의 작은 머리통에는 들어 있지 않았다. 외려 머리만 숨기면 온몸을 다 숨겼다고 여기는 병아리처럼 그들 생각에 그들은 안전했다. 이 행각 안에서 위험한 일은 일어나지 않으리라.

하지만 안전하다는 것은 어느 정도는 필수 불가결하게 지루한 법이라 연홍은 장기말로 공기놀이를 하듯 돌을 던졌다가 손바닥 안으로 숨겼다.

"언제까지 이러고 있어야 해?"

연홍이 이제 슬슬 지겨워지기 시작한 모양이다. 하도 오래 장기말을 만지작거리던 터라 자신이 둬야 할 차례인지 장미가 두어야 할 차례인지 잊어버렸는지도 모른다. 연홍의 이마에서, 그리고 콧등과 구레나룻에서 비질비질 땀이 흘렀다. 혹 장미와 나누는 이야기가 새어나갈까봐 벼락문도 다 닫았고 두 겹이나 되는 덧문도 꼭 닫아두었기 때문이다.

한여름의 행각 안. 공기가 한껏 데워진데다 뚝뚝 떨어지는 땀방울이 밖으로 나가지 못해 수증기로만 맴돌았으므로 방안은 마치 한증막같이 후끈후끈했다. 연한 안개가 낀 것처럼 눈앞이 뿌옇게 흐렸다.

"몰라, 나도. 연통을 주신다고 했어. 그때까진 참아야지. 지금 들키면 우리 둘 다 죽은 목숨이야."

장미 역시 장기말을 만지작거리다가 드러누웠다. 하긴 여섯 판이나 연달아 두었으니 이제 지겨울 법도 하지. 뜨끈한 공기와는 달리 바닥만은 차가웠기 때문에 장미는 자신의 팔뚝을 손가락으로 툭툭 쳤다. 연홍 보고 누우라는 뜻이었다. 연홍은 장미의 팔뚝 안으로 파고드는 대신 장미 옆에 나란히 누웠다. 더운 여름에 살이 맞닿는 것은 질색이다.

"대체 누군데 그래?"

"말 못해."

"나라면 거절했을 텐데."

연홍의 말에 장미가 풉, 웃었다.

"그렇게 눈에 띄는 노리개를 옷고름에 떡하니 묶고 다니던 네가?"

연홍이 그 말을 듣고 얼굴을 붉혔다.

"그만해. 안 그래도 그 일로 엄청 혼났고 반성하고 있으니까. 근데 정말 나한테도 말 안 해줄 거야?"

"그때 그 호박 노리개를 누구한테 받았는지 말해주면 나도 대답해줄게."

장미의 말에 연홍은 금세 얼굴을 찡그리며 더는 캐묻지 않았다.

"넌 세상에 어쩜 그런 커다란 거짓말을 턱턱 하니? 들키면 어쩌려고."

장미는 연홍의 흘러내린 앞머리를 귀 뒤로 넘겨주었다. 연홍은 영악한 척은 다 하면서도 실은 순진한 구석이 있다.

"안 들켜. 누구랑은 달리 평소 성실하게 살았으니까."

"네가 제일 못됐어."

연홍이 장미의 볼을 손가락으로 찔렀다. 장미는 히히덕거리며 볼을 부풀리더니 연홍의 손가락을 왕 하고 입속으로 넣었다. 이로 깨물지는 않았지만 깜짝 놀란 연홍은 꺅 하고 작게 소리지르려다가 누가 들을까 두려워 얼른 손으로 제 입을 틀어막고는 볼이 샐쭉해져선 몸을 일으켜 앉았다.

"왜 상전들은 자꾸 우리에게 거짓말을 시키는 걸까. 자기들이 하면 될 걸."

연홍이 중얼거리자 장미가 풉 하고 웃었다.

"거짓말이라고 생각도 하지 않을 거다. 자신이 말했다는 이유만으로도 진짜라고 생각하는 사람들이니까."

장미의 갈색 눈이 확실하게 연홍을 향하자 그는 한참 동안 말이 없었다. 무슨 생각을 하는 모양이었다. 그리고 그것이 어느 정도 정리가 됐는지 얼른 자세를 고쳐 팔꿈치를 바닥에 대고 엎드려서 장미를 내려다보았다. 심술궂은 표정이었다.

"네 이야기, 어디까지가 참말이고 어디까지가 거짓말이야?"

장미는 단번에 대답하는 대신 연홍의 머리 위에 손을 얹었다. 손가락을 촘촘히 해서 참빗처럼 머리 가닥가닥을 모아 꽁하고 틀어올리려고 연홍의 목덜미에 손을 대자 축축한 땀이 만져졌다.

"대부분은 거짓말. 조금만 참말."

"참말을 이야기해줘."

"못해."

"나한테도?"

연홍의 입가에 미소가 피어올랐다.

"나 감연홍인데?"

장미는 자신이 졌다는 것을 알았다. 연홍이 그렇게까지 말하는데 어떻게 거절하겠는가. 연홍은 어떻게 해야 장미를 휘두를 수 있는지 그 방법을 잘 알았다.

"비겁해."

장미가 등을 벽에 기대고 앉자, 연홍은 방금 머리를 정돈했다는 것도 잊어버리고 얼른 장미의 허벅지 위에 누웠다. 이야기가 시작될 모양이었다.

❀

그날 네가 전해준 쪽지 기억하니? 약도와 축자가 적혀 있던 그것 말이야. 누구에게 받았냐고 물었더니 너는 무수리 머루에게 받았다 하였지.

그래서 나는 머루에게 가서 누가 그 쪽지를 주었냐고 물어보았어. 그랬더니 소주방에 물 길어다주는 다른 수모의 이름을 대더란 말이야. 나랑은 일면식도 없는데 이상하다 싶어 다시 캐물었더니 자기도 누구한테 전달을 부탁받았다면서 침방 나인의 이름을 대더라고. 그래서 침방 나인에게 물어보니 건천문을 지키는 별감의 이름을 대더라.

그렇게 조금씩 거슬러올라가보니 경복궁을 뱅뱅 돌기는 했어도 결국은 북쪽으로 올라가더란 말야. 북쪽으로, 북쪽으로. 후궁전을 지나 새로 짓고 있다는 북문에 닿을 때까지.

북문을 지키고 섰던 별감이 마지막이었어. 그는 누구에게 받았는지 말할 수 없다고 했지만 그쯤 되면 어렴풋이 짐작을 하게 되지. 아. 이 쪽지는 궁궐 너머에서 왔구나. 두려움보다는 호기심이 더 컸으니 나는 그 쪽지가 부르는 대로 약속 장소에

나가는 수밖에 없었어.

그곳은, 그래. 경복궁은 아니었어. 어떻게 궁녀의 몸으로 출입 기록도 없이 궁 밖에 나갈 수 있었는지는 비밀이야. 하지만 어떻게든 방법이 있더라. 쪽지에 적힌 약도를 보고 갈 수 있는 곳이기는 했는데…….

연홍아. 세상의 모든 것은 어쩌면 거짓말로 이루어졌는지도 몰라.

어릴 때는 세상이 꼼꼼하게 짜인 옷감 같은 것이라 생각했는데, 지금 보니 듬성듬성 구멍이 나고 군데군데 탄 자국도 있는 누더기 같은 것이더라. 하지만 누더기 옷감으로 얼기설기 지은 옷이라 해도 누가 그것을 옷이 아니라 하겠니.

그러니까 말야. 비망록부터가 틀림없이 거짓말이야. 경복궁에 있는 건물은 죄 3층까지밖에 없단 것부터가 말이 안 돼. 땅 위에서부터 세면 3층까지밖에 없을지 모르지만 땅 아래에도 층을 만든다면 그것을 몇 층짜리 건물이라 하겠니.

아니, 이런 이야기를 하려던 것이 아니고.

아무튼 나는 그날 그곳에서 남자도 아니고 여자도 아닌 사람을 만났어. 그 사람은 등나무꽃색 도포를 입고 이마 위에는 갓을 쓰고 작은 초롱 하나를 들고 나를 기다렸지.

"장 나인" 하고 부르는데 말투가 꼭 윗사람이 아랫사람에게 하는 것 같았어. 우리는 늘 마마님들로부터 명령을 받잖니. 그러니까 그런 말투에 익숙해진 것인지 나도 모르게 "네, 마마" 할 뻔했다니까. 마마님이 아니라는 걸 알면서도 바보같이.

날 어찌 알고 불렀냐고 했더니 내가 꽤 유명하다고 하더라. 내 과자 만드는 솜씨가 그렇게나 유명했나? 조금 기분이 좋아져서 내가 왜 유명한지 물었더니 대답은 안 하고 나를 빤히 보면서 "장씨 항아님을 어찌 모르겠습니까" 하고 웃기나 하잖아. 뭐야. 장씨가 궁궐에 나 하나만 있는 것도 아닌데. 혹 착각이라도 한 것이 아닌가 해서 다시 물어봤어. 내 이름이 뭐냐고. 그랬더니, "내가 이름도 모르고 불렀을까" 하더니 이러더라고.

"장가 백희."

백희 형님이랑 착각한 거였어. 교태전에서 백희 형님은 '형님'이잖아? 나도 그렇고 너도 그렇고 물 길어다 주는 수모들이며 마씨 형님까지도 백희 형님은 모두 그냥 형님이라고만 부르니까, 장 나인이라고 불리는 건 사실은 교태전에서 나 혼자뿐이지. 그러니 우리끼리는 헷갈릴 일이 없는데 바깥사람들이 보기엔 나나 형님이나 모두 장 나인이잖아. 그러니 형님에게 갈 쪽지가 나에게 왔던 거야. 바깥에서 "장 나인에게 전해달라"고 했으면 본래는 "어느 장 나인이요?" 하고 되물었겠지만 교태전에서 장 나인은 오로지 나를 가리키는 말이니까.

그러고 보니 쪽지엔 과자를 만들어달란 말이 없었어. 그저 모두 멋대로 오해한 거지. 내게 그런 연락이 자주 오니까 '교태전의 장 나인에게 전하는 쪽지'라는 것은 모두 내 것이라 다들 지레짐작했던 거야.

그래서 아아, 이건 실수구나. 형님을 부르려 했는데 나를 잘못 불렀구나. 바로 깨달았는데도 이상하게 내가 백희 형님이 아니란 말을 하기가 싫은 거야. 어째선지 서운하더라고. 그 짧은 순간에 말이야. 그래서 거짓말을 했어. 거창한 거짓말이 필요하지도 않았지. “네” 한 마디면 충분했으니까.

있잖아. 궁에 오기 전에 말야, 내가 사가에서 자랄 때는 좁아터진 마을 골목골목에서 내가 외국인이라는 것을 모르는 아이가 하나도 없었어. 하지만 궁에서는 아무도 날 외국인이라고 생각 안 하지. 내가 말을 안 했으니까.

외국인이라는 거, 의외로 말을 안 하면 모르는 거더라고. 조선 사람은 말야, 눈앞에 있는 사람이 조선인이 아닐 거란 생각을 한 번도 해본 적이 없어. 그러니 잠자코 있으면 나는 그냥 조선인이 돼. 그러니 그 사람도 내가 잠자코 있으면 날 장가 백희라고 생각할 것 아냐. 그래서 거짓말을 한 거였는데 그 사람이 웃더라고. 처음엔 그 사람이 왜 웃는지도 몰랐어. 바짝 얼어서 가만 보고 있는데 그 사람이 그러더라.

“장 나인은 거짓말을 잘하니 이 일을 맡기에 적임이군.”

다 알고 있었던 거야. 내가 장가 백희가 아니라는 것도, 그럼에도 내가 장가 백희인 척을 해서라도 그와 함께 있고 싶어한다는 것도 벌써 알고 있었어. 그 짧은 시간에 나는 그에게 홀렸다가 속였다가 또 속았고 결국 비참해졌어. 나는 너무 부끄러워서 그 자리에서 죽어버리고 싶었어. 그가 나를 경멸할지도 모른다고 생각하니까 기분이 널뛰더라고. 마치 어른 앞에서 모든 속임수를 들켜버린 어린애가 된 것 같았어. 어떻게 처음 본 사람에게, 그것도 만난 지 몇 분 되지도 않은 사람에게 그런 감정을 느끼게 된 걸까. 나는 지금도 이해할 수가 없어.

아니야. 연정은 절대로 아니야. 지난번에도 말했잖아. 나는 우리 부모가 서로에게 하는 양을 보았기에 연정이 무엇인지 안다고.

연정이란 네가 아는 것과 달라. 그건 이야기책에 나오는 상냥하고 따듯한 것이 아냐. 파괴적이고 이기적인 것이지. 상대를 갖기 위해 수단 방법을 가리지 않는 것이야.

잠시 지나간 외국, 그것도 산간벽지의 말도 안 통하는 처자를 갖기 위해 마을을 불살라버리는 것이 연정이야. 다시 돌아가지 못하도록 양발을 옭아매어 집 밖으로 나가지 못하게 하는 것이 연정이고. 결국 떠나지 못하게 되어 모든 희망을 포기한 뒤에 이것 역시 정이겠거니 하며 그 자식까지 옭아매는 것이 바로 연정이란 말야. 나는 그것을 질리도록 보았고 평생 연정 따위는 품지 않기 위해 구중궁궐에 들어온 거야. 그러니 지금 내가 그 사람에게 품는 감정이 연정일 수는 없어. 그를 다시 만나고 싶지 않아. 두 번 다시는.

……아니……. 실은 그가 다시 불러준다면 몇 번이라도 다시 그를 만날 거야.

근데 말이야, 그 얼굴. 그 얼굴이, 기억이 안 나. 한참 이야기를 나누고도 뒤를 돌면 정작 그가 어떤 얼굴이었는지 생각이 나질 않는 거야. 한번 스치듯이 보기만 해도 알아볼 수 있을 것 같은데 어째서인지 영 떠오르지 않아.

지금도 말야, 아무리 기억을 떠올리려 애써봐도 얼굴은 까맣게 먹칠을 한 듯이 떠올려지지가 않아. 오로지 그와 나누었던 대화만이 허공에서 내려오는 목소리처럼 느껴져. 그의 한마디 한마디가 부처님이 내려주는 말처럼 의미 있게 느껴지니 어찌 그의 말에 반박을 하겠니. 그것을 무어라고 할까.

이건 위험해. 분명 위험하다는 신호가 온몸으로 감지가 되는데, 팔뚝에 털 한 올까지도 빳빳해져서 더 다가가지 말라고 하는데도 내 몸은 말을 듣지 않아. 그가 불쾌한데도 싫지 않고 무서운데도 다가가길 원해. 그 사람이 말하는 모든 것을 들어주고 싶은 거야.

이리 오라고 하면 오고 가라면 가고, 아마 그 사람이 죽으라고 했으면 나는 정말로 그렇게 했을 거다. 나는 그 사람에게 잘못한 것이 없고 그 사람이 나한테 뭐 잘못한 것도 없는데 우리 사이에 무엇이 마치 있는 것만 같고. 이것 봐라. 나, 그 사람과

나를 '우리'라고 부른다. 그전에도 본 적이 없고 후에도 본 적이 없는데.

미안. 어디까지 이야기했지? 그래. 그 사람이 내게 그 서신을 주었어. 알쏭달쏭한 이야기가 적혀 있는 행운의 서신 말이야.

하지만 연홍아. 이걸 어떻게 말해야 할지. 그 서신에서 중요한 것은 내용이 아니었어. 아무리 누더기 옷감이라도 걸치기만 하면 옷이라고 부르듯이 형식이 갖춰지면 내용 같은 것은 하나도 중요하지 않는 경우도 있는 거야.

나는 그 서신을 보는 순간 그가 원하는 모든 것을 이룰 수 있도록 도와주어야만 한다는 것을 깨달았어. 그가 이 서신을 퍼뜨리고 싶어한다면 나는 그렇게 해야 해. 그의 의도가 뭐든 목적이 무엇이든 하나도 중요하지 않아. 나는 그 일을 해야만 했어.

그가 누군지 어떤 사람인지 상관없어. 그런 건 중요하지 않아. 아무 관심도 없어. 하나 나는 반드시 그를 도와야만 해. 그래서 나는 장님인 척 연기를 했던 거야. 교태전에서 행운의 서신을 무시했다가 장님이 된 궁녀가 있다는 소문이 난다면 사람들은 어떻게든 그 서신을 읽고 싶어서 안달을 낼 것 아니겠어? 마씨 형님이 서신을 모두 회수해 갔을 때는 정말 화가 났지만 괜찮아. 내게는 다른 방법이 있으니까.

조선말로는 뭐라고 해야 할지 모르겠는데 회회국에는 'شيع

حرحرم'라는 과자가 있어. 발음이 꼭 새소리 같지. 글씨도 마치 날아가는 새와 같단다.

'حرحرم شيع'를 만드는 방법은 간단해. 시간이 좀 걸려서 그렇지.

막걸리 누룩 같은 것을 넣고 반죽한 다음 따듯한 곳에 두면 반죽이 부풀거든. 그럼 그것을 아기 주먹만한 크기로 떼어서 밀대로 밀어 납작하게 해두어. 잘 달군 회벽에 붙여서 구우면 속에 저절로 바람이 차서는 껍질이 마치 복어 배처럼 부풀어 딱딱하게 돼. 그럼 속은 비고 겉은 달덩이처럼 동그란 과자가 되는 거야.

쪽지 하나쯤은 거뜬히 들어가지. 조선에선 흔치 않은 과자이니 누가 이걸 보더라도 안에 쪽지가 있을 거라고는 상상하기 힘들어. 눈에 띄지 않게 말을 전하고 싶다면 그런 과자를 구워서 전하는 것도 방법이겠지. 나는 송편의 소를 넣듯이 쪽지를 넣고 과자를 만들었어. 모두 아홉 개를.

지금쯤 각 처소의 궁주님들이 그것을 받았을 텐데, 만약 한 글자라도 읽었으면 퍼뜨리지 않고는 못 배길걸. 보는 순간 앞다투어 필사할 것이고 며칠만 지나면 경복궁의 가장 어린 궁녀부터 금상까지도 서신에 대해 알게 될 거야. 알게 된다면 반드시 그것을 읽을 수밖에는 없어. 호기심을 이길 수 있는 것은 아무것도 없으니.

연홍아. 나는 네 말대로 모든 것을 진실하게 말했어. 말하지 않은 부분이 있다 한들 그것을 거짓이라 할 수는 없겠지. 우리가 좋아하는 장기 놀이처럼 말야. 이 정방형의 전쟁터에서는 권모와 술수가 난무하지만 누구도 그것을 진짜 전쟁이라고 할 수는 없을 거야.

진짜 싸움판에선 이렇게 모든 것을 훤히 볼 수가 없잖니. 감추는 것부터가 전쟁의 시작이니까.

하지만 장미의 참말은 전해지지 않았다. 장미의 허벅지를 베고 누운 연홍은 금방 잠에 빠졌고 다음날 아침이 올 때까지 한 번도 깨지 않았기 때문이다. 듣는 귀가 없는 진실은 결코 진실 될 수 없다. 그래서 장미의 참말은 장미의 마음속에만 남았다.

농담과 진심

장가 미가 보의당에서 제 발로 걸어나오기만을 기다리면서 강수와 신녕은 한참 동안 말이 없었다. 이 더위에 언제까지나 방에 박혀 있을 수는 없으니 나오기는 나올 텐데, 어떻게 해야 꾀병을 부리는 궁녀를 자수하게 만들지 좋은 수가 떠오르지 않았다.

강수는 양의문 앞을 지키고 신녕궁주는 그 근처 마루에 주저앉아 시간을 때우다가 아무래도 심심했는지 서신을 다시 다 펼쳤다. 그러고는 궁녀들의 글씨를 비교해보고 하나씩 품평을 했는데 그것도 무척 재미난 일이었다. 글씨에 궁녀들의 성격이 다 담겨 있기에 누가 서신을 썼는지 이름을 적지 않아도 누구의 것인지 알 수 있었기 때문이다.

"보시오. 해서체로 반듯하게 쓴 것이 아마 경안궁주의 것인 모양이오."

신녕궁주가 서신을 보여주자 강수는 말없이 웃었다.

경안의 글씨는 아무 특색이 없는 듯하지만 알아보기 쉽고 형태가 반듯하니 사각형을 이루고 있어서 보기 좋았으며 붓놀림에 망설임이 없었다.

곡선으로 춤을 추듯이 경쾌한 행서체는 아마 연홍의 것이리라. 머리 회전이 빠르고 성격이 급한 아이라고 들었다. 장미는 초서체를 써서 거의 알아보기 힘들 정도다. 두 글자 이상을 연결하듯이 획을 길게 쓰는데 각각의 행을 삐뚤게 쓰다가 반듯하게 쓰다가 하는 것이 겉보기와는 달리 마음이 참으로 복잡한 아이인가 싶었다.

마노아의 글씨가 참으로 특이했는데 이것은 비백飛白이라는 것으로 예서체의 변형이다. 당나라에서 많이 쓰던 것인데 어떻게 이렇게 어린 궁녀가 이런 글씨를 쓰는지 알 수 없을 정도였다. 어? 그런데 한 사람이 더 있었나? 희한하네. 전서체를 쓰다니. 그것은 신녕궁주가 가진 서신 중 가장 가장자리가 더럽고 손때가 묻은 것이었다. 보아하니 그것이 장미가 받아온 첫번째 서신인 모양이다. 모든 것이 시작되도록 한 그 서신 말이다. 멀찍이서 신녕궁주를 지켜보던 강수의 표정이 굳었다.

"왜 그러십니까?"

강수는 신녕의 말에 대답하지 않고 서신을 잡아 글씨를 손으로 한번 쓸었다. 마치 손으로 만지면 만질 수 있는 것처럼.

"아는 글씨인가요?"

신녕이 물었지만 강수는 고개를 내저으며 작게 웃었다.

"아닙니다. 하도 악필이라 꼭 도깨비가 쓴 줄 알았습니다."

신녕궁주가 같이 웃었다.

"아는 도깨비라도 있으신 모양입니다."

신녕의 말에 강수가 눈썹을 찡긋 올렸다.

"제가 아는 도깨비 글씨 중에서 제일 깔끔하긴 하네요."

강수는 도깨비 글자를 정말 본 적이 있다는 것처럼 말했다. 그는 농담인 듯한 진담과 진담인 듯한 농담을 잘도 섞어댔는데 무엇이 진심인지 전혀 알 수가 없어 신녕궁주는 동그란 눈동자를 이리저리 굴렸다.

“한데 말입니다, 궁주님. 혹 우리는 지금 잘못된 방향의 추론을 하고 있는 게 아닐까요?”

강수의 말에 신녕이 고개를 기울였다.

“무슨 뜻입니까?”

“행운의 서신을 해석하는 것이 정말로 필요한 일인가를 묻는 것입니다.”

강수의 말에 신녕궁주가 손가락으로 턱을 괴고 잠시 생각에 빠졌다. 강수는 말을 이었다.

“제가 기억하기로 행운의 서신이란 것은 신라 때에도 고려 때에도 있었는데 내용에 대해서는 잘 기억나지 않습니다. 워낙 시답잖은 것들이어서요. 그때도 사람들이 행운의 서신에 쓰인 알쏭달쏭한 문구를 수수께끼라 생각지는 않았지요. 해석하려 하기보다는 억지로 서신을 베껴 쓰면서 ‘이것은 종이 장수가 종이를 팔아먹으려고 만들어낸 상술이다’ 하는 말을 했었던 것 같습니다.”

강수가 신녕의 옆에 걸터앉자 신녕은 얼른 한 걸음 비껴 앉았다.

“수수께끼가 중한 게 아니라 서신 자체를 퍼뜨리는 데에 목적이 있을 겁니다. 눈을 멀게 하는 실타래 대신 다른 것을 퍼뜨리려는 것은 아닐지요.”

"다른 것이라니, 어떤 것 말입니까?"

"불안감."

강수는 낮은 목소리로 대답했다.

"비가 오지 않는 것에 무슨 이유가 숨겨져 있을지도 모른다는 의혹. 어쩌면 그것이 수수께끼의 해답 아닐까요."

신녕궁주는 한참 대답이 없었다. 그는 머릿속으로 이것저것을 끼워 맞춰보며 무언가를 생각해보는 듯했다.

"글쎄요. 선생이 옳을 수도 있겠지요. 하지만 그렇게 모호한 것은 제 주인께서 원하시는 답이 아니니 기각하겠습니다."

강수의 얼굴이 찌푸려졌다.

"가장 그럴싸한 답이 아니라 금상이 원하는 답을 들고 가야 하는 겁니까?"

강수의 말에 신녕궁주가 뭘 당연한 걸 묻느냐는 듯 입꼬리를 씰룩였다.

"그럼요. 그래야 두 번 일하지 않거든요. 저는 진실을 찾는 사람이 아니라 전하의 신하일 뿐이니까요."

"그럼 어떤 답을 가져가시렵니까?"

강수의 뾰족한 질문에 신녕궁주는 그것도 모르느냐는 듯이 세상 제일가는 바보를 보듯 강수를 보았다.

"확실하게 책임을 물을 수 있는 한 사람의 범인을 일러드려야지요."

“장가 미에게 책임을 물으실 생각입니까?”

강수가 보의당을 턱으로 가리키며 묻자 신녕궁주는 무슨 그런 끔찍한 말을 하느냐는 듯이 얼굴을 찌푸렸다.

“무슨 말씀을. 누군가 반드시 한 명은 책임져야 한다면 이미 죽은 사람이 좋지 않겠습니까.”

“죽은 사람요?”

“예. 신덕왕후께 맡기시지요.”

신녕의 말에 강수가 얼굴을 한껏 찡그리고는 길게 한숨을 쉬었다. 뭐하러 이런 수수께끼를 진심으로 대했던가. 정말로 바보가 된 기분이었다.

“……애초에 답이 정해진 문제였군요. 그러면 대체 여기까진 왜 오신 겁니까? 장가 미를 잡을 생각도 없으시다면서.”

강수가 투덜거리자 신녕궁주는 합죽선을 꺼내 크게 부치며 심드렁하게 말했다.

“선생과 이야기하는 것이 편안해서요.”

“농담도.”

“농담입니다.”

강수는 정색을 하고 신녕을 쳐다보았고 신녕 역시 웃음기 없는 얼굴로 그를 빤히 바라보았다.

밤새 보의당 문은 열리지 않았고 결국 신녕궁주와 강수는 오랜 시간 함께 있으며 해가 뜨는 것을 보았다. 아침부터 구름이 끼어 구중궁궐 담장 너머로 떠오르는 해님은 특별히 아름답지는 않았으나 맨눈으로 보아도 될 만큼 색이 연해서 꼭 달님처럼 편안했다.

공리비사空裏飛絲

어떻게 생겨났으며 왜 있는지 알 수 없는 실 토막 같은 것. 바람을 따라 허공을 날아다닌다.

이것이 사람이나 동물의 눈에 들어가면 파고들고 상하게 하여 시력을 잃게 한다.

3장

용이라 부르면 용이 될 것이나

김가 개시

출신과 나이를 알 수 없는 미남자인 김가 개시가 교태전 양의문으로 배속되어 낮으로 근무시간을 옮긴 지 열흘 정도 지났을 무렵, 교태전을 오가는 궁인의 숫자가 미묘하게 늘어났다. 평소 냉궁을 가까이해서 좋을 것이 없다며 교태전 쪽으로는 지나가지도 않던 궁인들이 목적지가 다른데도 굳이 양의문을 한 번씩 경유해 가는 일이 있었던 것이다.

별감들이란 본래 궁에서도 특별하게 아름답다. 유학자가 화려하게 꾸민다면 비난받을 일이고 궁녀나 후궁이 지나치게 아름답다면 경계할 만한 일이지만 임금의 지근거리에서 활동하는 젊은 남성에게는 모든 꾸밈이 허용된 까닭이다. 궁내에서 아름다워도 되는 자는 오로지 별감뿐이었기에 그들은 낮은 지위에도 불구하고 자존심이 높았으며 궁궐 안에서는 물론 밖에서도 지나칠 정도로 사랑받았다.

그들은 발목까지 내려오는 붉은 비단으로 온몸을 휘감는 철릭을 두른다. 푸른 비단 안감을 덧대어 걸어갈 때마다 색깔이 언뜻언뜻 대비되도록 한 다음 머리에 황초립을 얹어내는데, 화려한 색의 조합이 퍽 멋져서 키만 멀쑥한 남자라 해도 호남형으로 보이게 하는 마술을 부릴 정도니 김가 개시의 유난한 아름다움에도 옷이 다소간은 한몫을 했을 것이다. 근육이 탄탄하고 키가 훤칠한 다른 별감들과 달리 햇빛이나 본 적 있을까 싶을 정도로 흰 피부와 가지런한 눈썹 탓에 다소 유약해 보이는 김가 개시에게 별감복은 다소 버겁고 무거워 보였으나, 그것이 도리어 사람의 마음을 찡하게 만들어 호감을 끌어냈다.

근자에는 십 년을 경복궁에서 숙식한 궁인들조차 양의문이 시야에 들어오기만 하면 전에 없이 자주 길을 잃어버렸고 그 핑계로 강수에게 말을 걸었다.

"소인이 길눈이 어두워서 그런데 여기서 궐내각사/뒷간/소주방/출구/입구로 가려면 어디로 가야 합니까?"

장소는 늘 바뀌었어도 질문을 위한 질문이라는 점에서는 대동소이한 수많은 질문에도 김가 개시는 생글생글 웃는 낯으로 언제나 친절하게 길을 일러주었다. 그뿐이랴. 하릴없고 목적 없는 궁인들의 의혹 어린 시선에도 일일이 눈을 마주치며 미소로 목례를 해대는 김가 개시의 다정함은 신라 남자에게는 있었는지 몰라도 조선 남자에게선 도무지 찾아볼 수가 없는 것이라 날이 갈수록 양의문 주위를 배회하는 궁인의 숫자는 늘어나기만 했다.

그들은 생각시이거나 나인이기도 했으나 간혹 상궁이나 환관이기도 했으며 궁 밖에 터를 둔 수모나 무수리 혹은 숙수 같은 궁중 노비들이기도 했다. 신분의 고하와 성별과 연령을 불문하고 모두 강수의 얼굴을 보고 싶어했던 것이다.

어제가 오늘 같고 오늘이 내일 같은 궁궐에서 그는 확실히 새로운 볼거리였다. 만일 그가 처음 명 받았던 대로 통행금지 시간에 양의문을 지켰더라면 아무도 그가 어떤 얼굴을 가졌는지 알 수 없었겠지만 사람 일이란 것이 그렇게 계획한 대로 흘러가주지를 않았던 까닭이다. 어둠 아래 숨은 미남자란 달맞이꽃에게나 인기가 있겠으나 한낮의 미남자를 무엇으로 가리겠는가.

그와 함께 근무하게 된, 이를테면 선진 별감이라 할 수 있는 자들은 처음엔 이 연약하고 가녀린데다 잘생기기까지 한 신진을 무척 귀애하려 했다. 저잣거리 주막집에 일부러 끌고 가서 술을 먹이고 기생들을 불러 적당히 손때를 묻힌 다음 임금에 대한 욕도 좀 하고 일거리에 대한 불평불만도 나눔직하게 친해져서 서로 진흙탕에 발 담근 사람들끼리 비밀도 좀 만들고 나면 그제야 사내들은 친구가 되는 법이니까.

그러나 김가 개시는 겉보기엔 낭창낭창하여 제법 쉬워 보였으나 몇 마디 대화를 나누는 순간부터는 뻣뻣하고 영 가까이하기가 쉽지 않았다. "예가 아니면 보지 않고, 예가 아니면 듣지 말며, 예가 아니면 말하지 말고, 예가 아니면 행동에 옮기지 마라"* 같은 말을 하며 선진들을 우습게 만들어버리는 데야, 제아무리 상감마마라 하더라도 김가 개시를 별감들 사이에 녹아들도록 할 수는 없었을 것이다.

하긴, 그가 물에 뜬 기름처럼 동료들 사이에서 겉도는 것은 어느 정도 그의 의지이기도 했다. 그가 처음 교태전으로 배속받은 날 선진들은 그에게 으레 하는 말로 "궁금한 것이 있으면 물어보라"고 말했다. 김가 개시는 "어떻게 하면 궁인들과 잘 지낼 수 있습니까?" 하고 물었는데, 선진은 개시의 질문에 대한 해답으로 목젖이 다 보이도록 크게 웃으며 육모방망이를 내밀어 휘둘렀던 것이다.

"친할 필요가 무어야. 이것만 잘 휘두르면 그만이지."

그 이후로 개시는 그를 선진으로도 사람으로도 취급하지 않았다. 당시에는 그를 혐오하는 표정으로 올려본 것이 전부였으나 이후에 만났을 때는 인사를 하기는커녕 같은 공간에 있더라도 마치 없는 사람 대하듯 했던 것이다.

그 일로 인해 개시는 선진들에게 붙들려 몇 번을 그림자 속으로 사라져서는 겉으로 보기에는 아무런 상처도 없이 돌아오는 것을 수차례 반복하였다. 원래 별것 없는 조직일수록 자존심과 아집만 남아 쓸데없는 법칙을 만들어내고 강요하고 오로

---

* 『논어』 제12편 「안연」에서 인용.

지 그 보잘것없는 곳에서만 통용되는 못난 문화를 만들어내는 법이다.

그 이상한 분위기에 녹아들지 못한 탓으로 김가 개시는 편안한 새벽 근무에서 쫓겨나 한여름의 햇볕이 가장 뜨거운 시간에 양의문을 홀로 지키게 되었다. 밤중의 기담회를 기대하고 들어온 그에게는 무척 안타까운 일이었기에 처음에는 그를 이곳으로 보낸 웃전들이 어떻게든 일을 해결해주지 않을까 하는 일말의 기대를 품기도 했으나 이제 와선 기대도 하지 않고 있다.

사실 이런 것들은 같이 일하는 사람들이나 금방 알아채지 위에서 보면 잘 보이지 않는 것이라, 든든한 버팀목이 될 줄 알았던 주상도 신녕궁주도 전혀 관여하지 않았던 탓에 그는 가느다랗고 길쭉한 몸뚱이 하나로 한낮의 여름을 버티는 수밖에 없었다.

자글자글한 모래를 머금은 후덥지근한 바람이 양의문에 선 강수의 뺨을 스쳤다. 물기라고는 조금도 없는 것이 마치 서역의 사막에 서 있는 듯 입안이 꺼끌꺼끌하다. 강수는 바싹 마른 입술에 침을 발랐다. 비라도 와주면 좋겠는데. 지난 두 달간 한양에는 비 한 방울 떨어지지 않았다.

괴이한 것들이 창궐하기 때문에 비가 오지 않는 것인지, 비가 오지 않기 때문에 괴이한 것들이 기승을 부리는 것인지, 천심이란 그런 것들과는 아무 상관 없는 것인지. 강수는 알 수 없다. 남들보다 조금 오래 살았다 한들 땅에 태어난 몸이 어찌 하늘의 마음을 알겠는가.

하지만 주상은 강수에게 '뭔가 다른 것'을 기대했고 그것은 마음의 짐이 되어 강수의 어깨를 무겁게 했다. 애초에 자신을 부른 것은 괴이함에 대한 경계보다 비에 대한 갈망 탓이었는지도 모른다.

"어제 도사들을 불러 물어보았더니 비가 오지 않는 것은 강씨의 저주 때문이라 하였소. 내가 그이를 어머니 취급하지 않기 때문에 화가 났다 이거지. 감히 죽어서도 나라를 뒤흔들다니 이토록 요사스러운 것에게 어찌 국모의 대우를 하겠소? 그래, 죽은 이의 한을 누를 수 있는 좋은 방법이 없겠소?"

강수는 그가 원하는 대답을 줄 수가 없었다.

"유덕 선생. 저는 도사가 아니라 학자이며 심지어 유학자입니다."

그는 기껏 이런 말 밖에는 할 수가 없었는데 정말로 금상이 그의 말을 이해한 것 같지는 않았다. 언제는 괴력난신을 없애라 하더니 왜 사람은 꼭대기에 서면 자기가 했던 말을 잊어버리는지 모르겠다.

매해의 강수량을 측정하여 저수지를 만들고 싶다던 사람은 이제 소복을 입고 기우제를 지내러 다닌다. 용한 무당이라면 누구든지 만나고 비가 내린다는 주술은 무엇이든 행한다. 온갖 명산을 찾아가 토룡에게 빌고, 화룡에게 빌며 멀쩡한 산에 불을 지르거나 용소에 피를 뿌리며 제사를 지낸다. 온갖 점쟁이에게 둘러싸여 자신이 듣고 싶어하는 말만 듣는 주상에게 강수는 진절머리가 났으며 그것은 주상도 마찬가지인 듯했다.

아무런 주문도 부적도 알려주지 않은 탓인지 주상은 더이상 강수를 찾지 않았다. 그가 한낮의 땡볕 아래 양의문에 서서 의미 없는 고통의 시간을 보내고 있다는 것을 알고 있으면서도.

하긴, 어쩌면 모를 수도 있겠지. 그에 대한 관심 따위는 애초에 끊어졌는지도.

"본래 밤에만 근무하지 않았소? 요즘 들어 낮에도 밤에도 뵙는구려."

문득 교태전 궁녀가 물었다. 얼굴이 낯이 익었으나 누군지는 정확히 알 수 없었다. 강수는 늘 사람의 얼굴과 이름을 제대로 기억하지 못했다. 누구였더라. 이름을 잊어버린 궁녀의 질문에 강수는 그림자도 없는 태양 아래서 위태위태한 몸뚱이를 억지로 꼿꼿이 세우려 노력하며 대꾸했다.

"제가, 선진이 아니라, 신진이라……."

"그게 이유가 되오?"

"지금은, 여름이고……."

강수는 뭐라고 더 말을 이으려는 듯 보였지만 곧 한숨을 내

쉬고는 거기서 멈추었다. 입이 바짝바짝 말라서 말을 길게 하는 것이 쉽지 않았던 탓인데, 그가 원래 하고 싶었던 말은 이러했다.

'지금은 여름이고 고생은 선진이 아니라 신진이 하는 법이지요. 그림자도 없는 이 시간에 누가 밖에 서 있고 싶겠습니까. 본래 모든 나쁜 것은 신참이 떠안는 법입니다.'

강수는 띄엄띄엄 단어를 골랐을 뿐이지만 궁녀는 그 말을 다 알아들었다는 듯 강수의 말을 보충했다.

"신진이라 선진이 하기 싫은 일을 떠맡았다 이것이로군. 타당하오."

강수는 고개를 끄덕였다. 짧은 대화를 하는데도 한 마디씩 겨우 끊어 말하며 숨을 골라 쉬는 강수는 마치 달리기라도 하고 온 사람처럼 보였지만 궁녀는 부러 그를 무시하며 보글보글 끓는 기름에 반죽을 던져넣었다.

그렇다. 끓는 기름 말이다. 그냥 서 있어도 더운 이 여름에, 궁녀는 돌을 쌓아 임시 화덕을 만든 다음 가마솥을 걸어놓고 기름을 끓이고 있었다. 열기는 착실히 바람을 타고 강수의 얼굴을 달구었다.

궁녀가 던져넣은 반죽은 샛노란 참기름 안에서 위아래로 몇 번 회전하더니 얼마 지나지 않아 충분히 맛있어 보일 정도의 갈색이 되었다. 부젓가락으로 건져내어 확인해본 과자는 봄날

민들레 씨앗처럼 공기를 잔뜩 머금어 부푼 것이 아주 먹음직스러웠다.

"대체, 왜, 여기서……."

"그야 안에서 튀기면 덥지 않겠소."

"타당하군요. 그런데……."

혹시 아시는지 모르겠지만 여기까지 열기가 느껴집니다. 강수는 열기 때문에 벌겋게 익어버린 한쪽 뺨을 보이며 말을 이으려 했지만 궁녀는 눈썹을 살짝 올렸다 내렸을 뿐 아무 조치도 취해주지 않고 계속해서 동그란 반죽을 달군 기름에 던져 넣었다. 하긴 이곳에 이미 돌을 쌓아 아궁이를 만들었는데 굳이 다른 곳으로 옮길 생각은 없을 것이다. 비록 별감 하나가 기름 열기에 함께 튀겨지고 있다고 해도 말이다.

반죽을 몇 번 기름에 넣었다 건져서 한 냄비 분량이 튀겨지자, 궁녀는 그제야 소매로 땀을 닦고는 튀겨낸 것들을 체 위에 비스듬히 늘어놓았다. 과자를 체로 받쳐 기름을 빼려는 것이다. 그러고는 기름이 빠지는 동안 수다를 떨기로 마음먹었는지 강수를 보며 입꼬리를 살짝 올려 웃었다.

"비가 오지 않는 것이 신덕왕후의 저주 때문이란 소리 들었소? 요즘 다들 그 이야기뿐인데."

강수가 무슨 소린지 모르겠다는 듯 대꾸하지 않았는데도 궁녀는 멋대로 말을 이었다.

"얼마 전까지는 행운의 서신인지 뭔지로 궁궐이 시끄러웠잖소. 한데 그것이 신덕왕후를 따르던 이가 만들어낸 주술이라더이다."

"그렇군요."

"한데 이제는 좀 지겹소. 어떤 것으로 시작해도 결국은 신덕왕후의 저주 때문이라니. 잘못된 것은 죄다 여자 탓이지. 남자들은 책임질 때만 쏙 빠지잖소. 여자가 없었으면 탓할 사람 없어서 남자들이 어찌 정치를 할지 모르겠군."

땡볕 아래서 파리한 얼굴로 양의문을 지키고 섰던 강수는 아무 대답이 없었는데도 궁녀는 그의 추임새가 중요했던 것은 아니었는지 이야기를 멈추지 않았다.

"정릉을 파훼한 후로 태상왕께서는 신덕왕후가 안쓰러워 밤마다 눈물을 흘리신다더라오. 임금께선 그를 위로하겠다고 어린 여자아이들을 데려다가 남장을 시켜 창덕궁에 들였다지요?"

늙은이의 성벽에 대해서는 알 바 아니다. 마음에 들지 않는 일투성이라 한들 어쩌겠는가. 이 나라에 그의 지분은 없으므로 강수는 이번에도 대화에 끼어들지 않고 "그렇군요" 하고 하나 마나 한 추임새를 넣었으나 속으로는 생각이 많았다.

대체 경복궁의 목소리들은 어디서 시작해서 어디로 흘러가는가. 임금에게 보고한 내용이 벌써 돌고 돌아 냉궁의 궁녀에게까지 온 것은 아무래도 중간에 이야기가 새는 구멍이 있다는 뜻일 게다. 그런 것이 아니라면 누군가 의도적으로 소문을 만들고 있거나.

만약 후자라면 '그 누군가'가 자신에게 미리 귀띔이라도 해 주면 좋으련만. 강수는 시끄러운 마음을 달래기 위해 겉으로는 표정을 더욱 단단하게 갈무리했다.

"내가 너무 말이 많소?"

"아니라고 할 수는 없네요."

"좀 줄여야 할까. 나는 언제나 건방지단 말을 듣는다오."

"여러 사람이 그렇게 말한다면 사실일지도 모르지요."

궁녀는 강수의 말에 풉 하고 웃음을 터뜨렸다. '그렇군요'와 '그럴지도 모르겠군요' 단 두 마디로 궁녀를 상대하는 강수는 마치 귀 씻은 물을 버릴 때 들르는 대나무숲 같은 데가 있었다. 그러니까 안전한 대화 상대 말이다. 강수의 안온한 얼굴은 사람을 방심하게 만드는 구석이 있었다.

저 어벙한 표정을 믿고 내가 너무 말을 많이 한 것은 아닌가? 궁녀의 머릿속이 번다해질 즈음 바람이 불었다. 시원했다. 문득 고개를 들어보니 정오가 겨우 지나 차양 그늘 그림자가 움직이면서 자신과 김가 개시의 머리를 가려주었다.

"이제야 겨우 그늘이 좀 나는구려."

행각의 차양에 그늘막이 생기자 강수의 호흡도 편해졌다.

궁녀는 충분히 식은 과자를 꿀물에 담갔다가 한지에 싸서 김가 개시의 손에 쥐여주었다.

"여름엔 단것만한 보양식도 없다오."

"고맙습니다. 우메기떡은 오랜만이네요."

강수는 웃으며 과자를 받았다. 궁녀는 그의 말에 흠칫 놀란 듯했다.

"한양 사람들은 주악이라 부르오만. 개경 사람이셨소?"

"중원경 사량부* 출신입니다."

"하면 이게 우메기떡인지는 어찌 아오?"

"출사한 사내가 고향에서만 사는 법이 있습니까. 개경에선 사백 년 정도 살았으니 습속을 알기에는 충분했습니다."

"끔찍하게도 오래 사셨군."

버드나무 흔들리는 소리가 파도 소리처럼 멀찍이서부터 물결쳐 들리더니 다시 한번 바람이 휩쓸고 지나갔다.

"그다지 끔찍하진 않았습니다."

"그래요?"

"매일이 새로워서요."

"다 잊어버리니 매일이 새로운 게지."

"네?"

---

* 신라의 소경小京. 고려 때 충주忠州로 개칭하여 지금에 이른다.

궁녀의 말에 강수가 드물게도 놀라 되물었지만 궁녀는 대답 대신 기름이 적당히 빠진 우메기를 졸여둔 꿀물에 빠뜨리고는 충분히 적셔질 때까지 집게로 꾹꾹 눌렀다.

"혹시 절 아십니까?"

강수가 재차 물었다.

"알지요. 세상 천지에 모르는 것이 없다는 강수 선생이 개똥이가 되었다는 것 정도는 궁궐 안에서는 큰 비밀도 아니라오. 그보다 이것 좀 들어보시오. 맛이 좋은가 어떤가."

궁녀의 강권에 강수는 아직 온기가 가시지 않은 우메기를 베어 물었다. 폭신폭신한 식감에 결도 쫀득하여 씹을 맛이 났다. 수세미처럼 구멍이 숭숭 뚫린 우메기에 꿀물이 촘촘히도 가득차서 한입 맛만 보았을 뿐인데도 온몸 구석구석에 당분이 스미는 느낌이었다. 얼마 만에 먹는 단것인지 머릿속에 폭죽이라도 터진 것처럼 입안이 얼얼했다. 지난 이십 년 동안 조밥에 나물 정도나 먹으며 근근이 명줄만 이어왔던지라 사치스러운 과자는 아주 오랫동안 접할 일이 없었던 것이다. 이런 보상이 있으면 더위 쯤이야 참을 만도 하지. 강수는 생각했다.

"훌륭하군요."

"마른 사람이 음식에 대해 칭찬하는 말은 믿을 만하니 중전마마께 드려도 문제없겠구려."

"태상왕께 드리는 것이 아닙니까?"

"교태전에서 만든 과자를 왜 태상왕께 드려야 하오? 태상왕께서는 온갖 궁주며 정경부인들이 올린 과자로도 일 년은 드시겠소만."

궁녀는 그렇게 말했다가 문득 입을 다물었다. 이번에도 말을 너무 많이 한 것인가 하는 생각이 들었던지 궁녀는 싱긋 웃으며 덧붙였다.

"이번 것은 역시 좀 건방졌지요? 그건 입을 무겁게 다물어주신 값이오."

아무 약속도 하지 않았는데 입다문 값을 주는군. 강수는 궁녀가 노련한 것인지 성급한 것인지 알 수 없어졌다. 이럴 때는 그저 웃는 것이 상책이지. 강수는 웃었고 궁녀는 볼일이 끝났다는 듯 금방 퇴선간으로 사라져버렸다.

누가 유덕 선생의 여자들 아니랄까봐 어릴 때의 그 녀석을 쏙 닮았군. 강수는 진득한 꿀이 묻은 손가락을 혀로 핥았다. 이름을 물어볼 것을. 뒤늦은 후회를 했지만 얼마 지나지 않아 후회를 했다는 사실조차 잊어버렸다.

태상왕의 후궁

그날 저녁 승순당에서는 장미가 새로 눈을 뜬 것을 기념하는 모임이 열렸다.

괴담을 나눈다는 목적 없이도 이렇게 경안궁주가 들이닥친 것은 처음 있는 일이다. 어린 궁녀들과 정이라도 들었던 것인지 경안궁주 나름대로는 장미를 걱정했던 모양이다. 단지처럼 사라져버리거나 효진처럼 벼락이라도 맞지는 않을까 전전긍긍했던지 경안궁주가 전에 없이 상냥하게 굴며 개성주악과 막걸리를 잔뜩 들고 와서는 장미 앞에 산처럼 쌓아두었다.

그리고 자신은 물론 다른 선진들도 손대지 않은 주악을 장미가 가장 먼저 집어먹을 수 있도록 했다. 장미는 처음에는 조금 부끄러워했지만 이런 호사를 누릴 기회가 자주 오는 것은 아닌지라 곧 용기를 내어 제일 크고 맛있어 보이는 주악을 골라잡았고 경안궁주가 따라주는 막걸리도 신나게 들이켰다.

"너무 그러지 마십시오. 버릇 나빠집니다."

부끄러운 줄도 모르고 끈적끈적한 손가락을 마음껏 입에 집어넣는 장미를 노아가 못마땅한 얼굴로 쳐다보았지만 경안궁주는 그런 말에는 꿈쩍도 하지 않았다.

"죽었다 살아났는데 그런 것이 대수냐."

"죽다니요. 그저 눈이 좀 침침해진 것을요."

"몸이 천 냥이면 눈이 구백 냥이랬다. 너는 같은 궁녀면서 어쩜 그렇게 정이 없니."

경안궁주의 타박에 장미는 말은 안 했지만 꽤나 기분이 좋아졌는지 헤벌쭉 자꾸 올라가려는 입꼬리를 겨우 손으로 눌렀다.

"그런데 이렇게 귀한 음식을 제가 먹어도 되는지 모르겠어요."

"먹어도 되니까 가지고 왔지."

장미의 말에 경안궁주는 삐기는 웃음을 지으며 자신도 주악을 집었다. 장미와는 달리 한지로 감싸서 과자를 집었는데 입에 옮길 때도 얼마나 깔끔하고 작게 베어 무는지 오물거리는 모양새가 하나도 게걸스럽지 않고 우아했다. 입에 있는 것을 다 삼킨 다음에야 경안궁주는 말을 이었다.

"어마마마께서 드시고 싶다 하셔서 오랜만에 교태전에서 기름 냄새를 풍겼더니 하나만 겨우 드시곤 다 너희에게 나눠주라 하시더라. 좋은 상전 만난 줄 알아."

"중전마마께서도 단것을 드세요? 이제껏 과자를 올렸을 때는 한 번도 접시를 비우지 않기에 전 단것을 싫어하시는 줄로만 알았어요. 혹시 여름이라 기력이 없으신 것은 아니어요?"

기분이 좋아진 장미가 제법 친근하게 걱정하는 소리를 했지만 이번에는 경안궁주도 아무 대답을 하지 않았다. 자연스러운 수순으로 노아에게로 시선이 옮겨갔지만 노아 역시 대답을 망설이는 듯 시선을 멀리 두었는데 의외로 백희가 의문을 풀어주었다.

"궁에서도 곧 기우제가 열린다고 한다. 당분간 술도, 기름도, 단 음식과 고기도 금지될 테니 드시고 싶으셨던 게지. 평소에 먹지 않는 것이라 해도 금지되었다고 생각하면 괜히 입맛이 당기는 경우가 있지 않니."

아아. 그렇군요. 연홍과 장미가 고개를 끄덕였다. 기우제는 큰 행사이므로 며칠 전부터는 임금께서도 반찬 가짓수를 줄이거나 채식을 하곤 하신다. 그러니 아마 중전마마의 식사에도 고기 조각 하나 나오지 않을 것이다. 중전마마께서 남긴 음식을 들어야 하는 궁녀들 역시 당분간은 어떤 살코기도 먹을 수 없을 것이라, 맛있는 것을 좋아하는 장미는 괜히 실망스러웠지만 그런 내색을 하는 대신 얼른 주악 쪽으로 손을 뻗었다. 개수를 세어보니 한 사람 당 두 개 혹은 세 개 정도가 돌아가는 모양새였고, 그 말은 얼른 먹어야 세 개를 먹을 수 있다는 뜻이었다. 장미가 서두르는 모양을 보더니 노아가 괜히 장미 쪽 잔으로 술병을 가져갔다. 장미는 하는 수 없이 과자를 집는 대신 술잔을 양손으로 잡고는 노아 쪽으로 잔을 기울였다.

"천천히 먹어라. 체할라. 눈이 나은 지 얼마 되지도 않았는데 몸까지 상하면 어쩌니."

걱정하는 듯한 노아의 말에 장미는 아무렇지도 않다는 듯 한 번에 잔을 비워냈다.

"위장은 튼튼하니 괜찮습니다."

경안궁주가 장미의 빈 잔을 채워주기 위해 술병을 들자 장미가 다시 두 손으로 잔을 고쳐 잡았다. 경안궁주가 잔 꼭대기까지 찰랑찰랑하게 막걸리를 따르며 물었다.

"나한테만 말해봐라. 장님이 되었다가 무엇을 했기에 다시 눈을 떴느냐?"

경안궁주의 의문은 지당한 것이었다. 행운의 서신의 경고를 무시했다가 하루아침에 눈이 멀어버린 궁녀에 대한 소문은 경복궁 담장을 넘어 한양에까지 퍼져서 행운의 서신이 널리 퍼지는 기폭제가 되었을 정도다. 그런데 정작 괴담의 당사자는 이렇게 멀쩡히 눈을 뜨고 다니지 않는가. 경안궁주는 그의 속사정이 궁금했다. 하지만 장미는 그런 경안궁주의 마음을 아는지 모르는지 별일 아니라는 듯이 덤덤하게 대답했다.

"아무래도 계절 꽃가루 때문인가 봐요. 여기 버드나무가 많잖아요. 그 솜털 같은 씨앗이 눈에 얼마나 안 좋은지 아시지요?"

장미의 말에 경안궁주는 고개를 끄덕였지만 나머지 궁녀들은 겉으로 말은 안 했어도 웃기다고 생각했다.

버드나무 씨앗은 부푼 민들레 꽃씨처럼 몰랑몰랑한 솜뭉치 안에 숨겨져 있어 비질로도 잘 쓸리지 않고 일일이 손으로 주워도 끝이 없어서 철마다 궁녀들을 괴롭히는 것이 사실이다.

하지만 그것도 오월의 이야기고 아무리 늦어봐야 유월이면 사라지는 것이다. 지금이 벌써 팔월인데 어디 버드나무 핑계야. 하지만 경안궁주는 자기 손으로 그런 것을 처리해본 적이 없어서 그런지 지난주에 버드나무 씨앗이 굴러다녔는지 어땠는지 기억도 못하는 것 같았다. 순진한 말투로 "그렇구나" 하고 말기에 노아는 자기도 모르게 헛웃음을 지었다.

"버드나무 씨앗이 위험하구나. 처음 알았네. 나도 조심해야겠다. 한데 다른 사람 눈에는 꽃가루가 들어가지 않고 꼭 장미네 눈에만 들어간 것을 보면 역시 행운의 서신이 영험한 것이겠지? 암만 생각해봐도 베껴 쓰길 잘했다 싶다니까."

그때 팔이 아프던 것이 다시 생각났는지 경안궁주가 자신의 오른팔을 주물렀다. 열세 벌을 꼬박 베껴 썼는데도 이런 재수 없는 주술에 혹하는 것이 더 위험하다며 노아에게 모두 빼앗겼을 때는 무척 화가 났지만 아무튼 자신의 손을 떠나기는 했으므로 행운의 서신에 쓰인 금기는 하나도 어기지 않았다.

"그저 장미가 운이 나빴을지도 모릅니다. 경복궁 사람들이 다 그 서신을 읽었는데도 눈이 먼 사람은 장미 하나뿐인 걸요."

"그건 그렇지만."

경안궁주는 그렇게 말했다가 그제야 생각이 났다는 듯 아리송하다는 표정을 지으며 물었다.

"근데 말이다. 분명 노아가 서신을 모두 회수해 갔는데도 어떻게 교태전 밖으로도 행운의 서신이 돌았을까?"

경안궁주가 궁녀들과 눈을 마주치며 한 명씩 보았는데 연홍의 얼굴이 새빨개졌다. 연홍은 약삭빠른 머리를 가진 것치곤 항상 벌렁벌렁대는 작은 심장을 가지고 있었기 때문에 하찮은 거짓말을 많이도 하면서도 그것들을 죄다 들키곤 했다.

"네가 남들한테 옮겼니?"

경안궁주는 물론 다른 궁녀들이 빤히 자신을 쳐다보고 있음을 깨닫고 연홍은 그제서야 변명하려는 듯 당황한 얼굴로 손을 내저었지만, 표정만으로도 벌써 들켰다는 것을 본인 혼자만 모르는 것 같았다. 연홍은 아니라고 딱 잡아떼지도 못하고는 우물쭈물하더니 노아가 험악한 얼굴로 조금 겁을 주자 결국 자신의 잘못을 실토하고 말았다. 내 이럴 줄 알고 비밀로 한다고 했던 거였는데. 장미는 연홍을 보고 속으로만 혀를 찼다.

"내가 다 압수했는데 어떻게 베꼈다는 거지?"

"몇 줄이나 된다고요. 그 정도는 외우죠……."

"내가 위험하니 하지 말라고 했던 것은 잊어버리고 그깟 문장은 기억했단 말이야?"

노아의 말에도 일리가 있었으나 연홍은 굽히지 않았다.

"하지만 장님이 될 수는 없잖아요……."

노아가 꿀밤이라도 먹일 듯이 연홍에게로 가까이 다가왔지만 경안공주가 연홍의 편을 들어 앞을 가로막아주었다.

"난 이해한다. 누가 장님이 되고 싶겠니?"

공주가 이렇게까지 말하는 데야 어쩔 수가 있겠는가. 노아는 씩씩거리며 팔을 내리곤 때릴 생각까진 없었다는 듯이 치마 안으로 손을 쏙 밀어넣었지만 아무튼 속은 썩어 문드러지고 있었다. 그것을 아는지 모르는지 연홍은 저가 잘났다는 듯이 턱끝을 한껏 치켜올리며 말을 이었다.

"어차피 퍼질 것이었어요. 창덕궁 궁녀들도 알던걸요."

그러니 제가 명령을 어긴 것은 죄도 아니라는 듯이 연홍은 고개를 빳빳이 들었다.

연홍의 말이야 틀린 데가 없을지도 모른다. 하지만 지금 분명하게 사람을 열받게 하고 있지 않은가. 경안공주가 언제까지 제 편을 들어줄 거라 생각하는지 모르겠지만 아무튼 오늘 꿀밤이라도 한 대 맞는 게 나중에 따로 나가 야단을 맞는 것보단 나을 텐데 하고 백희는 생각했다.

동시에 저것을 언제 한번은 따로 불러야겠다, 라고 노아 역시 생각했다. 노아는 사람 좋은 얼굴로 웃고 있었지만 입꼬리는 파르르 떨리고 있었는데 그것은 무언가 결심했을 때의 얼굴이었다. 그런 노아의 표정을 읽어낸 것은 오로지 백희뿐이었으니 백희는 역시 이번에도 솜옷을 입으라고 몰래 귀띔을 해줘야 하나, 하고 잠시 생각에 잠겼으나 곧 어깨를 으쓱 들어올리는 것을 끝으로 더는 상관하지 말자고 결론지었다.

하지만 노아의 입꼬리를 파르르 떨게 만든 사람은 생각한 것이 몽땅 얼굴에 드러나는 연홍이 아니라 입을 무겁게 꾹 닫고 능청스럽게 앉아 있는 장미였다.

직위가 올라가면 아무래도 온갖 이상한 사람에 대한 경험이 많아져서 연홍 정도로 머리를 굴리는 아이는 오히려 쉽고 장미 같은 아이가 더욱 어렵다. 말도 허투루 하지 않고 생각한 만큼만 자신을 보여주는 데 익숙하기 때문에 자잘한 실수를 하는 대신 언젠가는 반드시 큰 실수를 하고 만다. 보란듯이 호박 노리개를 허리춤에 차고 다니던 연홍과는 달리 장미는 겉으로는 아무 변화도 없어 보였으나 어딘가 뭔가가 달라진 것도 같았다.

어디지? 어디가 바뀐 거야.

누군가에게 사주를 받아 서신을 퍼뜨렸다면 분명 보상을 받았을 터였다. 그것은 어디 있는가. 장미 같은 성격의 아이라면 연홍처럼 몸에 달기보다는 함에 담아 어디 이불 속에라도 보관할 것임을 알면서도 노아는 왠지 모를 위화감에 장미의 외관을 살폈다.

단정한 무명 저고리 아래에 목각 노리개를 달았고 그 밑에는 무명천을 덧대어 만든 향낭. 그래. 장미의 무명 향낭에서 평소처럼 곽향의 냄새가 나지 않았다.

곽향은 방아 잎을 주재료로 만드는데 구토를 멎게 하고 벌레를 쫓는 기능에 충실한 실용적인 재료라 어린 궁녀들이 향낭에 즐겨 넣는다. 급한 환자가 생기면 얼른 주머니를 열어 응급약으로 쓰기 위한 것이다. 하지만 실용적인 것이 대개 그렇듯이 냄새가 좋지만은 않아 장미의 주변에서는 늘 조금은 역한 냄새가 났었는데, 지금 장미에게서는 곽향 냄새가 나지 않는다.

그리고 또 무엇이 바뀌었을까. 언뜻 봐서는 변한 것이 없어 보였으나 묘하게 인상이 또렷해졌다. 무엇을 한 거지? 아. 그래. 눈썹을 반듯하게 깎았군. 얼굴에 보송보송하던 솜털도 정리했고 평소 늘 한두 가닥씩 삐져나오던 잔머리도 아주까리기름으로 잘 발라 넘겼다.

그러니까 정리하여보자면 장미는 지금 조심스럽게도 멋을 부렸다. 제딴은 티가 나지 않게 하려고 애를 썼지만 분명하다. 지난번에 등나무꽃색 옷을 입은 도령 이야기를 하더니 정말 연심이라도 생긴 것인가. 부디 궁 생활에 활력을 주는 정도로만 즐기고 말아야 할 텐데 하는 생각이 들었으나 이게 어쭙잖은 참견이라는 것도 잘 알았다. 노아는 장미에게서 고개를 돌렸다.

궁녀들이 마음속에 각자 무슨 생각을 하고 있든 간에 지금 이 순간 그들은 큰 고민도 없이 행복한 일상을 살고 있는 듯이 보였다. 궁녀들은 그저 허허실실 웃으며 주악을 입에 크게 베어 물고 막걸리를 나누어 마셨다. 마치 오늘이 세상에서 가장 좋은 날인 것처럼.

"그나저나 오늘 아바마마께 문안 인사를 드리러 갔다가 내가 누굴 만났는지 아니?"

자신의 내밀한 이야기는 결코 하는 법이 없는 경안궁주가 이런 식으로 말문을 여는 것은 드문 일이라 궁녀들은 귀를 쫑긋 세웠다. 드디어 경안궁주가 열네 살 소녀답게 대하기 쉬운 사람이 되려나.

하지만 궁주의 이어지는 말은 무척 의외로 태상왕의 후궁을 만났다는 것이었다. 문안 인사를 드리러 갔더니 먼저 온 손님이 있다고 상궁이 막아섰더란다. 감히 누가 궁주의 앞길을 막나 싶어 굳이 복도 밖 창가로 가서 몰래 훔쳐보았는데 선비 복장으로 변복한 여인이었다고.

"그럼 두 번 생각할 것도 없이 할바마마의 후궁이 분명하잖느냐. 할바마마는 사가에 있을 적부터 첩에겐 반드시 남장을 시키셨거든."

처음에는 할바마마의 궁녀가 경복궁까지 오다니 희한하다 정도로만 생각하고 별로 신경쓰지 않았다고 한다. 그리고 문안 인사를 마치고 나와 교태전으로 돌아오려는데 그 후궁이 자신을 기다리고 있더라는 것이다.

"나를 안다더구나."

그야 알겠지. 본래 정실은 측실을 죄다 기억하지 못하더라도 측실은 정실을 기억하는 법이니 태상왕의 후궁이라 해도 금상의 왕자와 공주들 이름자 정도는 외웠을 것이다. 그런데도 경안궁주는 그것이 무척이나 기쁘다는 듯이 상기된 얼굴로 웃었다. 일반적으로야 할아버지의 측실과 만나는 것이 유쾌할 리 없다. 하지만 경안궁주의 표정을 보면 오랜만에 해후한 동무에 대해서 하는 말 같지 않은가. 대체 후궁의 어떤 점이 그리 좋아보였는지 모르겠지만 아무튼 경안궁주가 그 후궁에게 홀딱 빠진 것은 알겠다. 이번에 새로 들어온 후궁이라 하니 아름답고 또 젊을 것이다. 경안궁주와 몇 살 차이가 나지 않을지도 모르고.

"장미, 네 말대로였다."

장미는 입에 넣은 주악을 채 삼키지도 못하고 "제가요?" 하고 되물었다. 장미가 태상왕의 후궁을 만나보았을 리 없는데 그게 무슨 소리인가 하고 다른 궁녀들도 장미와 경안궁주를 번갈아가며 보았다.

애초에 교태전에서 일을 하면서 태상왕의 후궁을 만날 일이 있을 리 없지 않은가. 태상왕께서는 경복궁에 머무르고 계시지도 않는다. 개경에서 돌아온 이후로는 동궐*에서만 지내시니 아무리 생각해도 이것은 경안궁주가 무언가 단단히 착각한 것이 아닌가 싶다. 연홍이 입을 열었다.

"그럴 리가 없습니다, 궁주님. 장미는 경복궁에서 나간 일이 없는데 어찌 태상왕 전하의 후궁 자가를 뵈었겠습니까."

"하나 장미의 설명과 하나도 다르지 않았기에 금방 알아보았는걸. 등나무꽃처럼 화사한 보랏빛 옷에 이마 위에는 갓을 쓰고……."

장미가 깜짝 놀라 얼어붙었다. 그것은 며칠 전 장미가 말했던 괴기담이 아닌가.

"너, 사실은 창덕궁에 간 것이지?"

"그게……."

몹시 당황한 장미가 뭐라 대답해야 할지 몰라 더듬거렸으나 경안궁주는 그런 것 따위 큰일도 아니라는 듯 덤덤하게 말했다.

"괜찮다. 네 이야기가 완전히 진솔할 것이라 생각한 적 없으니. 어느 정도 숨김이 있는 것이 당연하다. 네가 여자인지 남자인지 모를 사람을 만났다기에 당연히 할바마마의 후궁이라 생각했다. 내가 짐작하기로는 그분이 행운의 서신을 주신 듯한데 맞느냐?"

---

* 경복궁의 동쪽에 있는 궁궐, 즉 창덕궁을 말한다.

장미의 얼굴이 굳었다. 궁주의 추측이 정말인지 아니면 틀린 것인지, 다른 궁녀들이 호기심 어린 눈으로 그를 바라보았으나 장미는 손을 내저을 뿐 가타부타 말을 하지는 않았다.

아마 하지 못한 것이리라. 무슨 말을 하겠는가. 궁주의 말이 맞다면 교태전의 사람이면서 주인의 허락도 받지 않고 다른 후궁의 손바닥 위에서 움직인 셈이니 큰 죄고 궁주의 말이 틀리다면 자신이 겪은 일에 대해 제대로 진상규명을 해야 할 텐데 그런 것이 가능하다면 이미 기담이 아니니 역시 궁주를 기만한 큰 죄다.

장미는 모르쇠로 일관했고 궁녀들은 궁금해하면서도 상전 앞이라 대놓고 묻지를 못해 말똥말똥한 눈만 장미에게로 향했다. 경안궁주가 그를 더 몰아붙여주기를 바라면서 말이다. 하지만 정작 경안궁주는 거기까지 생각이 미쳤으면서도 그것의 사실 여부에 대해 장미를 채근하지도 책망하지도 않았다.

"그런 표정 할 것 없다. 본래 내가 듣기를 원한 것은 괴기담이지 네가 궁녀로서의 직분을 얼마나 잘 수행하느냐가 아니야. 나는 네 주인도 이 궁의 주인도 아니고 그저 청자일 뿐이니. 태상왕의 후궁을 만나자마자 네가 해준 이야기가 생각나서 나도 모르게 '덕분에 행운의 서신을 베껴 쓰느라 오른팔을 못 쓰고 있답니다' 했더니 웃더군."

장미의 손바닥에서 땀이 배어나오기 시작했다. 한낮에 모든 문을 닫고 보의당에 숨었을 때도 이리 덥지는 않았는데.

"이야기를 몇 마디 나눠보니 아주 좋은 사람이더라. 본인도 괴기담을 무척 좋아한다더군. 무섭고 황당무계할수록 더 좋다 하는 거야. 이런저런 일상의 찌꺼기와도 같은 감정들이 괴기담의 소름과 함께 사라지는 것이 얼마나 멋진 일이냐고 말이야. 사람이 참으로 취향이 좋아. 이 사람과는 친하게 지낼 만하다고 생각했다. 하긴 행운의 서신처럼 멋진 생각을 한 사람이니 오죽하겠냐마는."

그게 무슨 소리인가. 이상한 서신으로 궁인들을 우롱한 것을 두고 설마 멋진 생각이라 한 것은 아니겠지? 노아는 불평이 많은 표정을 숨기지도 못하고 경안궁주를 빤히 바라보았고 궁주는 곧 노아의 말없는 질문에 대답해주었다.

"왕명이 아니고야 누가 며칠 만에 경복궁 전체가 같은 문장을 쓰도록 할 수 있겠니? 하나 그분은 하셨어. 누구에게도 윽박지르지 않고, 명령하지도 않았는데 사람들을 움직이셨다. 자발적으로 팔이 아프도록 서신을 써서 퍼뜨리게 했단 말이야. 이 얼마나 굉장한 일이냐."

찬탄해 마지않는 경안궁주와는 달리 노아는 뚱한 얼굴이었다. 그게 왜? 기껏해야 아무 말도 아닌 허상을 퍼뜨렸을 뿐인데. 행운의 서신에 숨겨진 함의가 있다 한들 그리 꽁꽁 감추어서는 어떤 행동을 촉발하거나 반향을 일으키지도 못한다. 그것은 그냥 괴담일 뿐이지 않은가.

"너무 과대평가하시는 것 아닙니까? 몇 마디 흥미로운 문장으로 사람을 우롱한 것일 뿐인데요."

노아의 의혹 어린 시선에도 경안궁주는 자신의 의견을 접지 않았다.

"두고 보렴. 이 이야기는 아마 수없이 덧대어지고 바뀌어서 새로운 이야기를 만들어낼 테니. 그것들은 성장하고 변화해서 마치 생명이라도 얻은 것처럼 사람들 사이에서 살게 될 게야."

"어찌 그리 확신하십니까?"

백희가 묻자 경안궁주는 확신에 가득찬 얼굴로 웃었다.

"어찌 모르겠느냐. 나는 이야기를 듣는 자인데."

그러고는 한참을 후궁의 훌륭한 괴담 취향에 대해 찬탄하였는데 그것이 전에 없이 퍽 어린애다워서 신기할 정도였다. 꼭 동네 골목길에서 친해지고 싶은 이웃집 규수를 우연히 마주치고 그에 대해 이야기하는 소녀같았다. 이제껏 나이에 맞지 않게 성숙하고 똑똑하여 모두를 우습게 보는 왕녀라고만 생각했는데 어쩌면 궁주는 생각보다 더 어린애인지도 모르겠다. 어쩌면 그에겐 이 모든 것이 놀이로만 보이는지도 모르고.

경복궁에서 일어난 일련의 일들이 자신이 몸담고 있는 세상에서 벌어진 사건이 아니라는 듯이, 마치 언제까지고 구경꾼이자 청자로서만 있을 수 있다는 듯이 경안궁주는 신이 나 있었다. 그것은 어리기 때문인가 아니면 그가 임금의 딸이기 때문인가. 백희는 알 수가 없었지만 물어볼 수도 없었다. 경안궁주의 입은 쉬지 않았다.

"나는 많은 괴담을 들었지만 강철에 대한 이야기는 들은 바가 없어. 그래서 강철에 대해 이야기를 해줄 수 있느냐 요청했더니 쾌히 승낙하더구나. 그래서 오늘 이곳으로 초청하였단다."

그 말에는 늘 침착한 노아마저 놀라버렸다. 아니, 무슨 냉궁에서 손님맞이를 한단 말인가.

"궁주님. 송구하오나 주상 전하의 허락 없이는 누구도 양의문을 함부로 오갈 수 없나이다."

하지만 궁주는 누가 그런 것을 모르겠냐는 듯 눈을 동그랗게 떴다.

"그래서 양의문이 아니라 원길헌을 통해 오시라 했다."

그게 무슨 말인지 몰라 노아가 눈을 끔뻑끔뻑하고 있자 궁주는 그제야 무언가 알아차렸다는 듯 말을 덧붙였다.

"모르느냐? 원길헌의 지하와 궁 바깥은 연결되어 있잖느냐. 그래서 평소에는 원길헌을 잠가두는 것인데……."

"처음 듣사옵니다."

노아가 충격받은 얼굴로 대답했다.

"몰랐다고? 본래 교태전 궁녀라면 다 알던 것인데. 인수인계를 받지 않았니?"

물론 받지 않았다. 교태전의 전임 궁녀들은 하루아침에 궁궐 밖으로 쫓겨났으니 마음 편하게 인수인계를 주고받을 시간 따윈 없었다. 하나 이런 중요한 것을 어찌 아무도 말해주지 않았단 말인가. 심지어는 매일 지근거리에서 뫼시고 있는 중전조차 아무 말씀이 없으셨다. 궁녀들은 마치 배신이라도 당한 듯한 기분이 들어 무슨 말이라도 하고 싶었으나 아무 말도 할 수 없어 입을 꾹 다물었다.

그때 발소리가 들렸다. 멀리서부터 조금씩 가까워지는 그 소리는 문 앞까지 와서야 멈추었다. 하얀 창호지 너머로 갓을 쓴 남자의 그림자가 비쳤는데 자신의 존재를 알리려는 듯 어색한 헛기침소리를 몇 번 내었다. 경안궁주는 해사하게 웃는 얼굴로 얼른 달려가 문을 열어주었다. 등나무꽃처럼 화사한 옷을 입은 사람이었다. 이미 말을 듣기는 했으나 젊은 사내의 복색을 한 이가 이런 내밀한 곳까지 들어온 것은 처음이었기 때문에 무척이나 이상한 기분이 들었다. 하나 경안궁주는 그런 것일랑은 아무래도 상관없었는지 마치 어린 동생이 오라버니에게 하듯 여자 도령의 팔에 매달려서 모시 소매에 얼굴을 부비며 반겼다.

"늦었구나. 얼마나 기다렸는데."

후궁은 망극하게도 경안궁주의 머리를 쓰다듬었는데 정작

궁주는 그런 무례쯤 아무렇지도 않다는 듯 웃으며 그를 방의 중앙으로 이끌었다.

"뭣들 하고 섰느냐. 인사하지 않고."

궁주의 추궁에 노아가 먼저 허리를 굽혀 인사하자 나머지 궁녀들도 그대로 따라 했다. 오로지 장미의 얼굴만 굳어 있었다.

"교태전의 궁녀들을 소개하마. 저쪽부터 장가 백희, 감가 연홍, 그리고……."

"장가 미입니다."

장미가 감히 궁주의 말을 끊고는 스스로를 소개했다. 궁주는 얼굴을 찌푸렸으나 손님 앞이라 그런지 그를 혼내지는 않았는데 손님은 장미를 빤히 보더니 작게 웃었다.

"항아님들의 환대에 감사드리오."

그가 앉으려는데 노아가 끼어들었다.

"실례지만 궁호가 어찌 되시는지요."

그러고 보니 경안궁주는 저 후궁의 궁호도 알려주지 않았다. 여자 도령은 갓을 살짝 들어올리며 웃었다.

"그런 것은 없소."

궁호가 없을 수도 있나? 노아가 의혹 어린 눈으로 쳐다보자 경안궁주가 뭘 그런 것을 묻느냐는 듯 대답했다.

"할바마마는 격식을 좋아하지 않으셔. 굳이 궁호를 내리지 않는 경우도 있단다."

궁호도 없는 사람을 후궁이라 할 수도 있나? 노아는 그렇게 생각했지만 경안공주가 데려온 사람의 신원을 의심하는 말은 할 수가 없어 겨우 이렇게만 물었다.

"하면 저희가 어찌 불러드려야 하오리까."

이렇게까지 물었으니 이쯤에서 이름이나 성씨라도 말해줄 법하다. 그러면 그것을 바탕으로 사람을 풀어 저 여자 도령에 대한 정보를 모을 수도 있으리라. 하지만 여자 도령은 그리 호락호락하지 않았다. 그는 노아의 생각을 꿰뚫어보기라도 하는 듯 사람 좋은 웃음을 지으며,

"부르지 않는 것은 어떠하오" 하고 말했다.

당황한 노아가 뭐라고 대답해야 할지 몰라 금붕어처럼 입을 뻐끔거리자 도령은 팽팽히 당겨진 긴장감을 느슨하게 만들더니 경안공주가 마련해준 중앙 자리에 앉으며 선언하듯 말했다.

"앉아서 이야기하는 것을 허락해주시겠나이까. 다리가 아픈지라."

이미 앉은 후에 허락을 구하는 것이 아니꼬워 노아는 뭐라 한소리를 하려 했으나 궁호 없는 그 후궁과 눈을 마주치고 나자 아무 말도 할 수 없었다. 오히려 장미의 말을 이해할 수 있게 되었다.

그의 말을 거부할 수 없다. 누가 그의 얼굴에 대고 거부를 할 수 있단 말인가. 마치 엿으로 붙여두기라도 한 것처럼 노아

는 후궁의 얼굴에서 눈을 뗄 수가 없었는데 그런 느낌은 처음이었기 때문에 그는 몹시 당황했다.

당황한 노아와는 달리 궁주는 마치 친한 가족의 옆에라도 앉은 듯 그의 옆에 착 달라붙었는데, 그 모습이 전에 없이 정말로 어린애처럼 보였으므로 궁녀들은 당황할 수밖에 없었다. 도령은 옆에 앉아 몇 마디로 경안궁주를 편안하게 해주더니 입을 열어 천천히 자신을 소개했다.

그의 목소리는 높낮이가 없이 나긋나긋하지만 또렷해서 아주 듣기 좋았는데 마치 불경을 읽는 듯이 차분했다.

아무도 아닌 원

궁주님의 환대에 감사드리옵고 항아님들의 질문에 답하지 못하는 것에 대해 송구하오. 글쎄, 이 사람은 어찌 불려야 할지 알 수 없으니 소개를 하는 것도 어렵구려.

말장난을 하는 것이 아니오. 교태전의 항아님들이 이 사람을 부를 일이 있어야 하는가에 대해 묻는 것이지. 사람에겐 적절한 호칭이 늘 필요한 법이나 적절치 않다면 아예 없어야 하는 것이 옳다오.

잘 알아듣지 못하시는군. 예를 들겠소.

이를테면 남자가 혼인을 하여 아내가 있다 합시다. 새로운 가족이 생긴 남자에게는 수많은 관계와 그에 따른 이름표가 생깁니다. 일단 장인과 장모라 하는 새로운 부모님이 생기지요. 아내의 자매는 처제거나 처형이 될 테고요. 형제가 있다면 처남이라 하겠지요. 아내의 오빠나 동생의 아내는 처남댁이라 부르며 처제의 남편은 동서라 부를 것이오. 하면 동서의 여동생은 무어라 부르겠소?

아무도 대답하는 이가 없구려. 당연하오. 그런 호칭은 없기 때문이외다. 남자는 동서의 여동생을 만날 이유가 없소. 장례를 치른다면 그제야 한번 보려나. 하지만 불러서는 안 되지. 남의 집안, 남의 여인이니 부를 일이 없어 호칭 또한 없다오.

지금도 마찬가지. 우리는 인연을 맺을 일이 없는 사람들이고 아무 이름도, 관계도 있어서는 안 되는 사람들이니 굳이 통성명을 할 필요도 관계에 이름을 붙일 필요도 없소이다. 그러니 적절한 호칭에 대해 고민하는 일도 필요가 없소. 다만 지금 이곳에서 이야기를 나누면서 구분할 이름이 필요하시다면, 그래요, 원이라 하십시오. 원이라 하는 것은 이년의 성씨도 이름도 아니고 자나 호도 아니며 그저 부르는 소리로서 아명에 불과

한 것이니 이제는 아무도 부르지 않는 것이오. 하니 목적없는 관계에는 어울릴 법도 하오.

하긴 뭐, 작금의 이름 역시 쓸모가 없기는 매한가지이오마는…… 누구도 부르지 않으며 어디에도 기록되지 못하는 이름자 따위, 훗날 저승사자가 이 생을 거두러 올 때나 필요할는가.

이년이 궁에 들어오기 전, 비천한 몸을 의탁하던 곳은 청도에 있는 대비사라는 곳이오. 그곳은 동화사라는 큰 절에 속한 작은 사찰인데 신라 진흥왕 때 세워져서 여러 이야기와 괴기담이 넘치도록 많은 곳이오마는, 시시콜콜한 이야기를 모두 들려드리기에는 밤이 너무 짧으니 오늘은 궁주님이 궁금해하셨던 강철이에 대한 이야기만 하겠소.

중국에는 황하라는 강이 있다지요. 하도 물살이 빠르고 험하여 강바닥의 흙먼지가 가라앉지 못해서 늘 황색 물빛을 띠기에 황하라고 부른다 하오. 그렇게 물살이 빠른 강의 상류에는 용문이라는 골짜기가 있는데 황하에서도 그곳의 계곡은 유독 물길이 험하여 아무리 커다란 물고기라 해도 물살을 거스르지 못한다오. 하지만 그 용문을 뛰어넘기만 하면 물고기라 할지라도 용이 된다는 전설이 있소.

잉어라도, 붕어라도, 한낱 피라미라도 말이오. 하나 등용문에 오르고자 하는 모두가 성공하는 것은 아니니 그것이 비극이겠지요. 세상 사람이라면 누구나 불성을 가졌으나 아무나 부처가 되는 것이 아니듯, 귀물들 역시 수양을 한다 하여 모두 용이 되지는 못하니 실패한 귀물들을 강철이라 부르는 것이 아닐까 하오. 강철을 본 일이 있냐고요? 본 일은 없어도 들은 일은 있소.

지금부터 이년이 머물렀던 대비사에 강철이 났던 이야기를 들려주리다.

강철 이야기

옛날 옛날 청도에 있는 작은 사찰 대비사에 여우 상좌* 하나가 살았는데 어찌나 사람 같았는지 모두 그를 사람으로 대우해주었다오.

여우 상좌는 수행자들 가운데서도 가장 본보기가 되었는데 천성이 온화하고 베풀기를 좋아해서 그를 싫어하는 사람은 아

* 사승師僧의 대를 이을 여러 제자 가운데 높은 사람. 스승의 제자 중 가장 높은 이를 가리킨다.

무도 없었소.

여우 상좌는 매일 수행을 하면서도 일상의 일을 게을리하지 않았소. 사실 상좌쯤 되면 동자승이나 어린 사미沙彌, 사미니沙彌尼*들에게 방 청소나 빨래를 맡기기도 하고 자신이 응당 해야 할 자질구레한 일들을 떠맡기기도 하는 법인데 그는 그러지 않았소. 그는 아침부터 밤까지 부지런히 몸을 움직였고 무엇도 탐내지 않았으며 자기 주변을 늘 정결히 하였기에 그가 몇십 년간 묵어온 작은 방을 언제고 들여다보아도 아무도 살지 않는 듯했다오. 그는 언제든 떠나갈 수 있다는 듯이 무엇에도 집착하지 않았소.

여우 상좌에게는 따르는 사미가 하나 있었는데 속세에서 온 지 얼마 되지 않아 거칠고 다듬어지지 않았다오. 하지만 상좌는 그를 특별히 어여삐 여겨 자기 방에서 재우고 불도를 가르쳤소.

두 사람은 새벽부터 일어나 다시 새벽이 오기까지 쉬지 않고 일했소. 상좌는 절의 일과중에는 수행을 하고 일과가 끝나면 사미를 데리고 농사를 지었다오. 두 사람의 일과란 단조롭다면 무척 단조롭지만 힘든 것이었소. 하루종일 괭이로 흙을

---

* 출가하였으나 정식 승려가 되기 전의 예비 승려로, 남자를 사미, 여자를 사미니라고 부른다.

파내 돌을 골라내고 씨앗을 심어 채마밭을 일구고 잡초를 뽑아내는 일은 매일 반복된다는 점에서 불도를 수행하는 일과 무척 닮았지요.

여우 상좌는 물을 가두어 벼를 심고 너른 땅에는 보리를 심었소. 두 사람이 하기에는 제법 힘든 노동이었으나 사미는 그것 역시 수행이라 생각하며 버텼소. 하나 이해는 가지 않았소. 작은 절이라 하나 시주는 충분했으니 혹 가뭄이 든다 해도 절간에서 승려가 굶어죽을 일은 없었소. 아마 세상 부자 다 굶어죽은 다음날에야 중이 굶어죽을 것이라고 사미는 생각했다오. 그래서 사미는 여우 상좌에게 물었소.

"농사를 짓는 것은 수행을 위함입니까?"

상좌가 대답했소.

"먹기 위함이다. 곧 가뭄이 들 테니 보리를 베어 창고에 보관했다가 빈민들이 오면 지체 말고 구제하여라."

사미는 그러겠다 대답했으나 자신의 배가 고프지 않았으므로 곧 잊어버렸소.

여우 상좌의 말대로 그해에는 가뭄이 들었소. 꼭 올해의 조선처럼 말이오. 아니, 어쩌면 더했는지도 모르오. 이야기 속의 비참함은 언제나 현실보다 조금 더한 법이니.

눈이 따가울 만큼 맑은 하늘에는 비는커녕 먹구름 한 점 끼지 않았고 새벽이 되어도 풀잎마다 이슬이 맺히는 대신 뿌연

먼지만 가득했으니 쩍쩍 갈라진 논두렁을 보는 농부의 마음이란 말할 수 없이 처참하였을 것이오.

냇가에선 물이 흐르지 않고 우물은 말랐는데 설상가상으로 한여름에 서리가 내려 겨우 움튼 싹을 얼리더니 이번에는 우박이 내려 그나마 남은 작물마저 엉망이 되었소. 사람들은 하늘님이 노한 것이라 여겨 기우제를 지냈으나 재난은 거기서 그치지 않았소.

이번엔 메뚜기떼가 나타났다오. 대체 어디서 그런 괴물들이 그리도 많이 태어났는지 날개 달린 그놈들은 겨우내 베어둔 지푸라기까지 먹어치워서는 초가집의 지붕마저 이을 수가 없을 지경이라 풍요로운 대비사에서도 아랫마을에 가뭄이 일어난 것을 알아챌 정도였소.

몇몇 승려가 곡식을 풀어 빈민을 구제해야 하는 것이 아닌가 말을 했으나 똑똑했던 사미는 그들의 의견을 받아들이지 않았소.

"두 사람이 기른 밭에서 식량이 나오면 얼마나 나오겠습니까. 그것으로 마을 사람 전부를 먹일 수는 없습니다. 가뭄이 들면 인심이 흉흉해지는 법이온데 어설프게 마을 사람들 몇 명을 도왔다가 절간에 식량이 있다는 소문이 돌면 모든 것을 빼앗길 것입니다. 그러면 도리어 우리가 굶게 되겠지요. 스님들께서는 안전한 절간에 오래 계셔 민심을 모르시오나 흉년에는 한 줌 쌀로도 살인이 나는 법입니다. 모두를 충분히 먹이지 못한다면 누구에게도 베풀지 않는 것이 옳습니다."

그래서 대비사의 모든 승려는 입을 꾹 다물고 창고를 단단히 잠갔다오.

한동안은 아무 일도 없는 듯이 보였소. 시절은 평온하고 햇살은 따사로웠으며 대비사의 일상은 평화로웠소. 마을에서 무슨 일이 일어났는지 그들은 알지 못했소.

굶주림이라는 것은 칼에 베인 상처와 같이 한순간 고통스럽다가 천천히 낫는 것이 아니라 오래도록 조금씩 더욱 고통스러워지는 것이오. 사람의 부피가 조금씩 조금씩 줄어들어 세상에서 그 사람의 존재가 조금씩 조금씩 지워지는 거요. 그와 같이 기아 상태에 빠진 사람은 인의예지를 가장 먼저 식량으로 삼는다오.

처음에는 인의와 예지를, 그다음에는 염치를, 그리고 배려를 먹어 없애고 애정과 인간으로서의 도리마저 전부 먹어치우고 나면 축생과 인간의 구분이란 사라지고 만다오. 자신의 혼을 양분으로 삼아 모조리 태워버렸으니 이제 남은 것은 몸뚱이 하나뿐.

세상 천지에 혼이라곤 없이 피와 살만 남은 몸이 먹을 수 있는 것이라고는 약자들, 가장 어리고 힘이 없어 거절도 못하는 것들뿐이지요. 하나 배가 찬 다음에는 곧 자신의 잘못을 깨닫게 되오. 배가 고팠으면 영원히 알지 못했을 것을 배가 찼으니 잘못인 줄 알고 슬퍼하게 되는 것이오.

살과 정기를 모두 빨아먹고 오로지 뼈로만 남은 자식을 모시 치마에 곱게 싸서 극락왕생을 빌기 위해 대비사에 온 젊은 여인이 있었소. 여인은 승려들의 포동포동한 얼굴을 보고 충격을 받고는 혹시 곡식을 나누어줄 수 있느냐 물었소. 하지만 사미는 대답했소.

"이 가뭄에 어디서 식량을 구하겠습니까. 저희는 오로지 부처님의 은덕으로 목숨을 이을 따름입니다."

마을 사람들이 사람으로 태어나 아귀로 죽어가는 동안 대비사의 승려들은 매일 두 끼니를, 혹은 세 끼니를 꼬박꼬박 잘 챙겨 먹었으니 몸도 정신도 건강하여 아귀들의 마음을 이해하지 못했소. 배고픔을, 그 채워지지 않는 비참함을 배가 부른 사람들이 어찌 알겠소.

남의 고통은 눈으로 본다고 해서, 벽을 보고 수행한다고 해서 알 수 있는 것이 아니라오. 그것은 이해하려고 마음먹지 않고서는 도저히 이해할 수 없는 것일진데 배가 부른 사람들이 뭐하러 마음까지 먹겠소. 그런 것을 먹는 사람은 오로지 먹을 것이 없는 사람들뿐인 것을.

아이를 마음에 묻은 여인은 그날 밤늦도록 산을 내려가지 않았소.

그는 승려들의 말을 믿지 않았소. 그들이 부처님이 아니라 피와 살이 있는 인간이라면 음식을 먹지 않을 리가 없으니 음식을 먹는 순간 끼어들어 자신도 곡식을 나누어 받을 생각이었소.

한데 공양 시간이 한참 지났는데도 굴뚝에 연기가 오르지 않는 거요. 슬쩍 보았더니 승려들은 모두 땀을 송골송골 흘리며 그 더운 여름에도 면벽수행을 하느라 여념이 없었소. 바람이 통하는 마당에 앉아 있어도 저절로 땀이 흐르는 여름에 사방이 꽉 막힌 방에 틀어 앉아 벽을 보며 불경을 외우고 해탈을 바라는 그들의 간절함은 농사를 지으며 비를 바라는 농군으로서는 알 수 없는 것이었소.

달이 산중턱에 올랐을 무렵, 여인은 면벽수행하던 승려들이 줄을 지어 나오는 것을 보았소. 드디어 무언가 먹으러 가는 구나. 여인은 그렇게 짐작하고는 뒤를 밟았소. 너무 가까운 거리를 두고 따라가면 혹여 들킬까봐 여인은 스무 걸음쯤 뒤에서 천천히 꽁무니를 쫓았다오.

처음에는 그리 어렵지 않았소. 하지만 곧 키 큰 나무와 우거진 수풀이 앞서가는 사람을 가리기 시작하니 어쩔 수 없이 뒤처지게 되었소. 오래 굶어 힘이 없는 몸은 자꾸만 앞으로 쏠렸는데 산길이 익숙한 승려들의 걸음은 너무나 빨랐소. 그들의 걸음을 따라잡지 못해 서른 걸음 넘게 멀어졌다가 겨우겨우 뒤를 쫓는 일을 반복하던 여인은 결국 앞서가던 승려들의 무리를 놓치고 말았소.

이렇게나 바보 같을 데가 있는가. 여인은 자책하며 바닥에 머리를 박고 울음을 터뜨렸는데, 진득한 흙바닥에 승려들의 발자국이 선명하게 드러나 있었소. 산아래 마을에는 공기에도 습기가 없이 바싹 말라서 흙먼지가 흩날리는데도 여기서는 어쩐 일인지 풀뿌리가 물기를 머금고 있었던 거요. 그 덕에 진흙이 생겨 앞서간 사람들의 발자국을 드러내고 있었소.

아아, 이 발자국을 따라가면 되겠구나. 여인은 안심하면서 발자국 위로 자신의 발자국을 새로 덮어가며 승려들의 뒤를 따라갔다오.

그런데 어느 순간 승려들의 발자국이 조금 이상해 보이는 거요. 두툼한 새끼줄로 이루어진 짚신 발자국들 사이로 짐승의 발자국이 하나 있었소. 고양이라기엔 크고 개의 것이라기엔 발톱이 또렷한 이것은 꼭…….

"여우 같지 않은가."

이해할 수 없었소. 승려들이 여우를 기르는 것이 아니라면 여우가 승려들을 따라갔다는 소리인데 어찌 그럴 수 있겠소. 하지만 궁금증은 사치였소. 생각이 길어지다간 앞서간 사람을 놓치기 십상이지. 여인은 걸음을 서둘렀소.

여인이 발자국을 따라 도착한 곳은 깊은 산속의 계곡이었소. 평생 이 마을에 살았는데 숲 깊은 곳에 이런 곳이 있을 줄은 상상도 하지 못했소. 그도 그럴 것이 맑은 물이, 마을 어디서도 볼 수 없었던 깨끗한 물이 계곡에 가득했던 거요. 수정처럼 맑고 얼음처럼 차가운 물이.

여인은 감격하여 승려를 쫓던 것도 잊어버린 채 계곡물에 몸을 담그고 정신없이 물을 들이켜 해갈하기 시작했소. 양껏 목을 축였을 때 어디선가 중얼중얼 무언가를 외우는 목소리가 들리는 것 아니겠소. 수풀 속에 몸을 감추고 훔쳐보자 승려 무리가 가부좌를 틀고 앉아 염주알을 굴리고 있었소. 처음에는 염불이라도 외우는 것이라 생각했는데 그것이 아니었소. 그것은 칭송하는 소리였소.

"상좌님의 혜안으로 곡식을 충분히 마련하였으니 이 가뭄에도 마을 사람들을 모두 구제할 수 있었습니다. 이리도 시절이 험한 와중에 굶어죽는 이가 하나도 나오지 않았으니 이 어찌 상좌님의 덕이 아니라 하겠습니까. 그 덕이 하늘에 닿았으니 이제 용이 되실 수 있을 것입니다."

승려들은 여우를 둘러싸고 온갖 찬탄 섞인 말들을 뱉었소. 그러자 여우의 몸이 바뀌기 시작했소.

보리밭을 닮은 털빛은 매끈매끈하고 빛이 나는 비늘로 바뀌었으며 발톱은 길게 자라 땅에 닿았고 가느다랗던 수염은 마치 메기의 것처럼 힘있게 꿈틀거리는 것으로 변모했소. 상서로운 오색구름이 그 신령한 동물의 몸을 휘감았는데 여인은 이전에도 이후에도 그런 광경을 볼 수 없었으니 지상의 흔한 짐승은 아니었소. 어쩌면 그것을 용이라 부를 수도 있었을 것이오.

하지만 여인의 눈에 들어온 것은 신령한 동물의 상서로움이 아니라, 보리밭…… 지평선을 가득 메운 보리밭이었소. 달빛 아래 황금 들판은 그가 이제껏 보았던 무엇보다도 아름다웠소. 바람이 한번 불 때마다 보릿단은 마치 머리카락을 가르듯이 춤을 추었고, 그 풍요로운 아름다움에 여인은 넋을 잃었다오. 이토록 잔잔하고도 평화로운 광경을 본 것이 얼마 만인지 기억도 나지 않아 여인은 해일처럼 밀려오는 망연자실함에 한참을 서 있었소. 그리고 곧 슬픔을, 이어서 분노를 느꼈다오. 마치 자기 자식을 죽인 것이 스님들이기라도 한 것처럼.

여인의 몸에 열이 오르기 시작했소. 아이를 잃은 슬픔보다 그를 먹고 배를 채웠던 자신의 나약함과 비겁함을 견딜 수가 없었소. 내장이 꿈틀대고 분노가 차올랐소. 분노는 창자를 끊고 혈맥을 막았으며 얼마 남지 않은 몸의 기름을 태워 스스로 불타올랐소.

마른 장작 같은 여인의 몸뚱이에 불이 붙자 그제야 승려들이 뒤를 돌아보았소. 그들은 여인의 몸에 붙은 불을 끄려고 했으나 자식 잃은 어미의 원한으로 타오르는 불을 무엇으로 끌 수 있겠소.

여인의 몸에서 시작된 불은 황금물결을 이루던 보리밭에도 옮겨붙었소. 불은 삽시간에 퍼졌소. 수확을 기다리던 알이 꽉 찬 보리 이삭도, 사람의 낫을 기다리던 초록의 채마밭도 모두 한순간에 불타올랐소. 습기를 머금은 바람이 불어도 여인의 몸에 붙은 불은 꺼지지 않았소. 여인은 피가 거꾸로 솟아오르는 목구멍에 힘을 주어 외쳤소.

"짜디짠 눈물이 강물에 흘러들었으니 소금물에서 어찌 곡식이 자랄까. 강철이 지나간 곳은 가을도 봄과 같으리라."

그것이 여인의 마지막 말이었으며 최초의 저주였소. 용이 될 수도 있었던 상좌는 그리하여 강철이 되었다오.

반짝이던 초록빛 갈기는 태양빛을 머금어 이글이글 빛나는 불꽃이 되었고 몸에 생겼던 비늘은 모두 바닥으로 떨어져 봄날의 아지랑이처럼 흩어져버렸소. 하늘로 올라가는 대신 흙먼지 가득한 땅바닥에 망아지 같은 네 다리를 딛고 선 강철은 계곡의 물을 단번에 마르게 했으니 그 절과 마을이 다시 소생하는 데는 백년에 백년이 더 걸렸다고 하오.

●

강철을 만든 자

이방원은 행운의 서신을 다시금 꺼내 보고 있었다. 경복궁을 통틀어 이 서신을 보지 못한 사람이라곤 아무도 없었으니 이방원 역시 예외는 아니었다.

일전에 이방원에게 서신을 가지고 온 것은 그 자신이 기이한 일에 대한 진상 조사를 명했던 신녕궁주였다. 신녕은 서신의 발신인을 알아오지는 못했지만 강수와 함께 머리를 맞댄 해석에 대해서 들려주었다. 행운의 서신이 강씨의 편에 선 사람이 만든 가짜 파란이라는 해석은 이방원이 듣기에 꽤나 그럴싸했으며 무엇보다 마음에 들었다. 신덕왕후에 대해 음해하는 말이었기 때문에 더욱 마음에 들었는지도 모른다.

모든 것이 강씨 때문이라면 이제 이방원에게는 두 방향의 선택지가 있었다. 적당히 죽은 강씨의 비위를 맞추어 파훼를 중단하고 아들의 예로서 그를 공경하는 것이 첫번째 안이며 아예 강씨라는 말도 나오지 못하도록 억압하는 것이 두번째 안이다. 이방원은 언제나 후자를 좋아했으며 이번에도 예외는 아니었다.

이방원은 정릉을 축소하는 데 그치지 않고 정릉에서 백 보 너머에 있는 돌들을 모두 허물어 어떤 돌 위에도 돌이 있지 못하게 했다. 그렇게 만들어낸 빈 땅은 무인정사 때 큰 공을 세운 신하들에게 나누어주었는데 특히 땅 욕심이 있는 하륜은 한양의 노른자 땅인 그곳을 놀리지 않고 기와집을 올리느라 정신이 없다던가. 밤낮없이 망치질하는 소리가 서촌에까지 울린다고 하니 차가운 땅에 누워 있는 강씨의 잠자리가 편치는 않으리라.

그뿐인가. 이방원은 정릉을 꾸미는 데 사용되었던 십이지상들을 아예 청계천 물속에 거꾸로 처박아 다리를 놓아버렸으며 살아생전 정비였던 그의 위패를 빼앗아 앞으로는 그의 제사를 후궁의 예로 지내겠다 공언했다. 조선 최초의 왕비는 자신의 어머니 신의왕후뿐이며 나머지 여인들은 모두 첩에 불과하다는 것이다. 정실부인을 몇 명이나 두어도 흠이 아닌 고려에서는 있을 수 없는 일이었으나 상관없었다. 이곳은 고려가 아니므로.

결국 이것이 행운의 서신에 대한 이방원의 대답이었으며 이제껏 그의 심사를 어지럽히던 것들에 대한 조처였다. 어떤 사람에게든 혹은 가문과 학자들에게든 이러한 조처는 통하지 않았던 적이 없었다. 두려움에 질린 사람들은 공격하는 법을 쉽게 잊으니.

하지만 불행히도 이방원의 이번 적수는 사람이 아니었고 정치적 목적이 있는 어떤 단체도 아니었으며 신념으로 움직이는 젊은이들도 아니었다. 그것은 그저 아리송한 글귀 몇 자일 뿐이면서도 마치 생명이라도 가진 듯이 방원의 손가락 사이로 빠져나가 경복궁의 담장을 넘었으며 결국 전국으로 퍼지는 모양새였다. 이제는 아무도 그것을 막을 수가 없었다.

그래, 따지고 보면 단순한 산술이다.

행운의 서신 한 벌은 열세 벌의 자식을 낳는다. 열세 벌의 서신은 고작 이틀 만에 백예순아홉 벌을 낳으며 닷새 만에 삼십칠만 천이백구십삼 벌이 된다.

한양 인구가 십만이고 태상왕께서 즉위하시자마자 측정한 조선의 인구가 오백오십오만 명임을 감안하면 어마어마한 숫자다.

물론 많은 사람이 행운의 서신을 무시했으나 그럼에도 이것은 어떤 발 빠른 전령의 소식보다도 빠르게 전국으로 퍼져나갔다. 호기심을 가둘 법률이란 없었던 까닭이다.

서신이 그토록 널리 퍼지면서 일이 묘하게 돌아가기 시작했다.

귤이 회수를 건너면 탱자가 된다 했던가. 경복궁 내에서는 신덕왕후의 저주라고 결론 내렸던 행운의 서신이 전국에 뻗어나가며 엉뚱한 의미와 해석을 저절로 갖게 된 것이다.

일찍이 경안궁주가 예언했던바, 행운의 서신에 적혀 있던 이야기는 수없이 덧대어지고 바뀌어서 새로운 이야기를 만들어 내고 있었다. 마치 생명이라도 가진 듯이.

> 강철이란 놈은 본래 용이었으나 아무도 용이라 불러주지 않아 땅에 떨어졌다. 짜디짠 눈물이 강물에 흘러들었으니 소금물에서 어찌 곡식이 자랄까. 강철이 지나간 곳은 가을도 봄과 같으리라.

가뭄에 지친 사람들 눈에 수신水神인 용이 땅에 떨어졌다는 말은 살해당한 고려 임금에 대한 은유로 들렸다. 비구름은 용이 관장하는 것인데 조선의 임금이 용손을 죽였기에 용이 노하였고 그리하여 지금 가뭄이 왔다는 것이다.

고려의 우왕이 사약을 받고 죽을 적에 자신이 용의 후손임을 증명하며 겨드랑이에 비늘이 있는 것을 보였다지 않은가. 그런데도 죽임을 당했으니 이씨 조선에서 비가 오지 않는 것은 어쩌면 용신님의 분노인지도 몰랐다. 하늘의 이치는 몰라도 복수의 이치는 아는 백성들에게 이것은 꽤나 그럴싸하게 들렸다. 사람들은 수군거리기 시작했다.

"용손의 나라였던 고려 때에는 가뭄이 없었는데 그를 죽이고 조선을 세웠으니 비가 오지 않는구나!"

물론 고려에서도 가뭄이 없었던 것은 아니다. 홍수도 있었고 폭설이며 우박이 내리는 일도 있었다. 하지만 사람의 기억이란 것은 어제보다 오늘 생생한 법이며 같은 일이라도 올해가 작년보다 더 힘든 법이다. 그것을 누가 비난할 수 있겠는가. 어제의 힘듦이 오늘의 힘듦을 덜어주는 것도 아닌데. 하지만 남의 탓을 하는 것은 언제나 도움이 된다.

서신이 퍼진 지 열흘 즈음 지났을 때 이방원은 그제야 상황의 심각성을 깨달았다. 서신이 퍼져나갈수록 임금의 정통성에 대한 의심이 늘어갔으므로 방원은 세상을 어지럽히는 서신을 퍼뜨리는 자를 엄벌에 처할 것이라는 명을 내렸다. 그러나 이미 볼 사람들은 다 본 다음이었으니 그는 어떤 풍문도 혹은 저주도 다시 주워 담을 수 없었다.

그래서 이방원은 기우제를 지냈다. 온갖 방법의 기우제를, 알려진 모든 방법의 기우제를 말이다. 비가 온다면 행운의 서신도 잊힐 것이다, 그렇게 믿으며 전국을 돌아다녔다. 명산이란 명산에 전부 제사상을 차렸고 호랑이의 머리를 잘라 용소에 넣으며 비를 기원했다.

하지만 임금의 노력이 우스울 정도로 이방원이 가는 곳마다 해님은 늘 쨍쨍 빛났으며 비구름은커녕 그늘을 드리워줄 뭉게구름 하나 없이 하늘은 맑고 깨끗했으니, 손이 델 만큼 뜨거운 열기만 이글이글 타올라 하늘에서 땅으로 떨어져 내렸다. 기우제를 지냈는데도 이렇게까지 비가 오지 않으면 사람들은 자연스레 이런 생각을 하게 된다.

"임금이 덕이 없는가."

그 말에 이방원은 완전히 무너졌다. 아무리 방법을 바꾸어도 비님이 오시지 않는다. 그것이 이방원을 미치게 만들었다. 민심이 들끓으니 임금이라 해도 별수 없었다.

행운의 서신은 한낱 입소문이나 유행으로만 머물지 않고 민심이 되고 말았으니 이방원은 몇 문장의 기담에 완전히 굴복하고 말았다. 죽은 왕비와 살아 있는 태상왕 앞에서도 당당했던 이방원이었으나 결국 비를 원하는 민심 앞에서는 무릎을 꿇고 항복을 외치는 수밖에 없었던 것이다.

강철이 지나간 곳은 가을도 봄과 같으리라.

이방원은 행운의 서신에 적힌 글귀를 손가락으로 쓸었다.

강철. 정말로 강철 때문에 비가 오지 않는 것인가. 강철이 흘린 짜디짠 눈물 때문에?

이방원이 강철에 대해 처음 알게 된 것은 과거시험에 합격하여 선달이 되었을 무렵이다.

그가 기껏해야 스무 살 남짓 되었던 때의 일이다.

그 무렵 아버지인 이성계는 요동을 정벌하라는 임금과 최영의 말에 따라 군사들을 이끌고 평양을 떠나 있었다. 하나 몇 차례 전해온 소식을 볼 때 상황이 좋지 않았다. 압록강을 지척에 두고 여름 장맛비가 시작되어 강을 건너지 못하고 있던 것이다. 전염병의 전조도 보이는지 아픈 병사가 늘었다던가.

소식을 받을 때마다 방원은 술을 마셔댔다. 이런 곳에서 거사가 엎어질 수는 없었다. 그간 준비해온 것이 얼만데 겨우 여기까지라니!

이런 썩어빠진 나라 따위 엎어버리고 새로 만드는 것이 최선이건만 낡은 나라의 늙은 백성들은 그런 것을 몰랐다. 밥을 먹으러, 술을 마시러 들어간 곳에서 술꾼들이 아버지를 욕하는 소리를 듣고 젊은 혈기에 탁자에다 주먹을 꽂은 것도 여러 번이다. 그럼에도 그는 뻔질나게 술자리를, 하루에도 서너 번을 옮겨가며 돌아다녔다. 탁주와 청주를 번갈아가며 마시고 내장을 토해낼 만큼 깊게 구역질을 하고 나면 그제야 들리는 주정뱅이들의 한탄이 좋았다. 나라님을 욕하는 온갖 말은 이따금 과거와 미래를 모두 들여다본 신선들의 목소리처럼 들리기도 했다.

그날도 위장을 전부 토해낼 듯 모든 것을 쏟아내고 일어날 힘도 없어 저잣거리 주막의 사립문 구석에 누워 있는데 툭 하고 빗방울이 뺨 위에 떨어졌다. 압록강에 내린다던 비가 이곳까지 내려온 모양이었다. 장맛비는 순식간에 방울이 굵어져 쏴아 소리를 내며 이방원의 사지에 사정없이 꽂혔다. 폭포수처럼 몸을 때리는 빗속에서 방원은 어떤 목소리를 들었다. 근처의 주막에서 늙은 농군들이 술잔을 기울이며 하는 말이었다.

"이 나라는 전쟁을 못해 망할지언정 비가 오지 않아 망하는 법은 없겠네."

"하긴. 임금이 용의 후손인데 강철이 두렵겠는가?"

그 말에 이방원은 머리를 세게 맞은 듯 멍한 기분이 들었다. 백성들에겐 삼봉의 지혜도 아버지의 결단도 남의 이야기였으나 임금이 용의 후손이란 뻔한 거짓말만이 유일한 진실이며 빛이고 희망이었다.

용이라니 말도 안 되는 소리. 용에게 어찌 후손이 있단 말인가. 공자도 모르는 것들. 용이니 요괴니 괴인이니 하는 괴력난신을 퍼뜨리는 거짓말쟁이들은 나의 나라가 오면 죄다 없애버리리라. 한데 강철은 또 뭐야. 이방원은 강수에게 강철에 대해 물었고 그는 대답해주었다.

"용이 되려다 실패한 영물이 강철이 됩니다. 강철은 비를 멎게 하고 물을 마르게 하며 가뭄과 흉작을 불러오지요."

하나 강철이 어디서 나타나는지 언제 나타나는지 그런 것은 알 수가 없다고 했다. 그것을 만나려면 그것이 탄생하는 순간에 옆에 있는 수밖에 없는 것이다. 방원은 강수를 활용할 방법을 떠올렸으며, 다행히도 강수는 그의 의도대로 움직여주었다. 방원은 가을이 오기 전에 강철을 손에 넣을 수 있었다. 그 효과는 기대 이상이었다.

강철이 오자 고려땅에 비가 그친 것은 물론 비에 대한 희망도 사라졌으며 나라는 원망 소리로 가득 채워졌다. 용손에 대한 환상은 끊어졌고 새로운 임금에 대한 갈망은 커졌다. 민심이 바뀌는 순간을 그는 목도했다.

그것도 벌써 이십 년 전 일이다. 나라를 세우고 왕이 세 번이나 바뀌었다.

그런데도 강철이 떠나지 않는다. 언제까지고 이곳에 붙어 있으려 한다. 이제 강철은 자신의 목을 조르고 있었다.

어찌해야 강철을 보낼 수 있는가. 강수에게 물었으나 이제 그는 대답 같은 것은 하지 않으려 한다. 방원은 오랫동안 고민했으나 답은 한 가지였다. 강철을 보낼 수 없다면 강철보다 센 놈을 불러와야만 하는 법이다. 이를테면…… 그래, 용 같은.

이방원은 온갖 학자를 불러 고문헌에서 용의 힘을 빌린 기우제를 찾아냈다.

처음은 화룡기우제畫龍祈雨祭였다.

화룡기우제라는 것은 용 그림을 그려놓고 제문을 지어 비를 비는 것이다. 하지만 열흘이 지나도 비님은 오시지 않았고 지나치게 유학의 원칙만을 고수한다는 신하들의 비판을 받아들인 이방원은 이번에는 승려들을 데리고 와서 어떻게 기우제를 지낼 것인가를 두고 오랫동안 토론했다. 무속에 대해 안다는 사람을 여럿 모아 여러 날 설전을 벌인 결과 아무래도 용의 얼굴을 그린 그림만으로는 효과가 없는 모양이라며 흙으로 용을 빚어서 토룡기우제土龍祈雨祭를 지내기로 했다.

이방원은 한양성의 다섯 곳에 제단을 세운 뒤 흙으로 만든 용을 두고 제를 지냈다.

동서남북 방위에 따라 북쪽에는 흑룡을, 서쪽에는 백룡, 동쪽에는 청룡, 남쪽에는 적룡을 두고 중앙에는 황룡을 두어 사방위와 색을 일치시키면서 공을 들였는데도 닷새가 지나도록 여우비 한 번 내리지를 않았다. 초조해진 이방원은 이제 무당과 승려, 도사를 가리지 않았다. 아무 미신이라도 좋으니 비를 내리게 할 방책을 알아내라며 신하들을 닦달했으니 결국 순금사 대호군 김겸金謙이라는 자가 이런 말을 하기에 이르렀다.

"소신이 최근 소동파의 시를 읽는 중에 '옹기 가운데 도마뱀이 참으로 우습다'는 구절을 읽었습니다. 그 주석에 비를 비는 법이 실려 있어 혹시나 하는 마음으로 따라 해보았더니 정말로 그날 소신의 집 정원에 비가 내렸사옵니다."

이방원의 귀가 번쩍 뜨였다. 도마뱀이란 것은 용과 가장 닮은 생물이 아닌가. 고민할 것도 없었다.

이방원은 광연루 아래 뜰에서 도마뱀 기우제, 즉 석척기우제蜥蜴祈雨祭를 행하겠다 공표했으며 행사를 주관할 사람으로 내명부의 수장 대리인 신녕궁주를 지목했다. 괴력난신이란 것은 역시 유학자의 고아한 성미와는 맞지 않으므로 신료들에게 이를 주관하게 할 수는 없었기 때문이다. 또한 비가 오지 않더라도 아녀자의 부덕함이라 탓할 수 있으리라는 계산이 있었다.

"석척기우제를 지내야겠다. 그 중심에는 강수를 둬야겠지."

명을 받든 신녕궁주가 의아해하며 물었다.

"유학자가 춤을 추고 노래하는 법을 알겠습니까."

하지만 방원은 단호했다.

"결자해지라 하였으니 그가 해야 할 것이다."

신녕궁주는 방원의 말을 모두 알아듣지는 못했으나 신하된 도리로 "명을 받잡겠습니다" 하였을 따름이다.

그 시각 강수는 이방원의 음모 따위는 전혀 알지 못하고 교태전에서 오랜만에 열린 기담회에 귀를 기울이고 있었다. 원이 이야기하고 있었는데 그것은 강수가 알고 있으나 다른 관점에서 듣는 이야기였으므로 완전히 새로운 이야기도 했다.

대비사. 강수는 눈을 감으면 그곳의 보리밭이 떠올랐다. 황금으로 된 듯 널찍한 지평선의 상은 지금도 눈꺼풀 안쪽에서 선명하게 살려낼 수 있었다. 그리고 보리밭을 태우던 강렬한 불꽃까지도.

강수는 그해에 대비사에 있었다. 그는 여우 상좌의 사미였으니 그가 바로 용을 강철로 만든 자다.

노호정老狐精

지혜롭게 늙은 흰여우인데 몹시 아름다워 다른 사람에게 쉽게 사랑받는다.
승려의 모습으로 알려져 있다. 사람과 큰 차이는 없지만 누렁개나 흰 매를 보면 사냥당할까봐 두려워한다.
여러 가면을 준비해두고 쓰는 가면에 따라 다른 얼굴로 변하고 사람으로도 짐승으로도 변할 수 있어 본모습을 알기가 매우 힘들다.

4장

믿음 혹은 의심에 관한 문제

벽 너머에 이야기를 듣는 또다른 귀가 있으니

"저더러…… 기우제에서 춤을 추라고요?"

강수가 얼빠진 얼굴로 신녕궁주를 보았다.

운경당의 일 이후로 신녕은 종종 정말로 파견 나온 궁녀인 척 나인 복장을 하고 뻔뻔스럽게도 교태전에 들이닥치는 일이 잦았는데, 그럴 때마다 이렇게 굵직굵직한 사건들을 가지고 오니 강수는 양의문에서 신녕의 치맛자락이 보일 때마다 등줄기에 소름이 돋는 기분이었다. 게다가 이번에 들고 온 소식은 정말로 믿기 힘든 것이어서 강수는 자신이 더위를 먹어 잘못 들었나 싶을 정도였다. 하지만 신녕궁주는 그 정도가 뭐 어떠냐는 듯 뻔뻔한 표정으로 말을 이었다.

"용모가 단정한 동남童男을 구하기가 얼마나 어려운데요. 선생만 허락하신다면 당분간 근무도 빼드리겠습니다."

"제가 몇 살인지 잊으신 것 아닙니까? 전 신라 때부터 지금까지 천 년은 살았습니다. 혼인한 적도 있고요. 그런데 남들 앞에서 광대짓이나 하란 말입니까?"

강수가 전에 없이 소리를 지르자 신녕궁주는 정말로 당황한 듯 재차 물었다.

"혼인을 하셨었어요? 그러면 동남이 아니란 말이에요?"

"동남이……긴 합니다. 한데 그런 것을 어찌 이리 직접적으로 물어보십니까. 불편합니다."

한껏 움츠러든 강수를 보며 신녕은 거 보라는 듯 다시 평온한 얼굴로 돌아왔다.

"부끄러울 게 뭐가 있나요. 여긴 내명부고 내명부의 존재 이유는 생산입니다. 동정이니 뭐니 하는 것이 남사스러울 것도 없어요."

불편하다고만 말했는데 부끄럽다고 고쳐 말하는 신녕궁주가 내심 얄미워서 강수는 미간을 찌푸렸다. 하지만 신녕은 강수가 기분이 나쁘건 말건 그런 사소한 일은 신경도 쓰이지 않는 듯 보였다.

"그나저나 혼인도 하셨는데 동남이시라니 역시 신라 남자의 성벽性癖이란 조선 여자의 꽉 닫힌 마음으론 이해할 수가 없는 것이군요."

그렇게 말하는 신녕의 입꼬리가 미묘하게 올라갔다. 순진한 동남들을 손바닥 위에 올려놓고 이리저리 흔들며 놀리는 것은 역시 즐거운 일이다. 물론 당하는 동남에게야 별로 유쾌한 일이 아니겠지만.

"그래도 기우제는 생각해보세요. 이것은 김가 개시에게도 좋은 일일 겁니다. 요즘 괴롭힘당하고 있지요?"

고개를 숙이고 눈도 마주치지 못하던 강수가 그제야 고개를 들어 신녕의 얼굴을 마주보았다. 신녕은 제법 진지한 얼굴을 하고 있었다.

"그런 괴롭힘은 웃전이 개입하면 아무래도 모양새가 좋지 않아요. 어설프게 끼어들었다가 더 안 좋아지는 수도 있고요. 하지만 이번 일이 잘되어 혹시 비라도 오면 기우제에 참가한 까닭으로 특진을 할 수 있습니다. 승진이라는 것 자체가 면신免新이니 아무래도 경복궁을 견디는 것이 더 쉬워질 것입니다."

그런 것이라면 나쁠 것도 없다. 말단직보다야 위로 올라가는 것이 정보를 얻기도 쉽고 행동에 제약도 덜해진다. 그리고 아무래도 좀 덜 맞겠지.

강수는 화려한 철릭 안쪽에 무수하게 새로 생긴 상처들을 떠올렸다. 매일같이 새로 생기는 멍과 생채기는 날이 갈수록 그 정도와 깊이가 심해지고 있었는데 보기에 좋지는 않았다.

처음에는 선진들에게 회초리나 맞던 것이 며칠 뒤에는 손바닥이나 주먹이 되었고 이후에는 육모방망이나 채찍이 된 까닭이다. 시대를 막론하고 어린 남자들의 혈기왕성한 흉포함은 변함이 없으니 유가의 세상이 와도 이것은 안 되는 것인가 하며 강수는 욱신거리는 팔뚝을 손으로 만지작거렸다.

"그렇다면…… 알았어요. 하겠습니다."

아무런 조건도 변명도 없는 강수의 깔끔한 대답에 신녕의 입꼬리가 작게 올라갔다.

"좋네요. 사실 거절한다면 직접 주상을 찾아가시라 말씀드릴 생각이었는데요."

"네?"

"주상께서 직접 지시하신 것이라서요."

아이고. 강수가 손으로 이마를 짚었다.

유덕 이 녀석, 대체 내가 동남인 것은 어떻게 안 거야. 그런 말을 스스럼없이 나눌 정도로 친하지는 않았던 것 같은데. 하지만 자신의 기억력을 신뢰하지 못하므로 확신할 수도 없다.

"다른 사람도 있습니까?"

"그럼요. 서른 명이나 된답니다. 아직 전부 선발한 것은 아니지만 한 명은 확실히 정해졌어요. 궁금한가요?"

그다지, 라고 강수가 대답하려고 했지만 신녕궁주 쪽이 빨랐다. 신녕은 어지간히도 그 사실을 말해주고 싶었는지 강수가 입을 열기도 전에 먼저 말을 꺼냈다.

"태상왕께서 후궁을 보내준다고 약조하셨답니다."

순간 강수는 단어들의 조합이 잘 이해되지 않아 되물었다.

"태상왕의 후궁이, 동남일 수 있습니까?"

신녕은 뭐가 문제냐는 듯 고개를 끄덕였다.

"신라 사람치곤 상당히 보수적이시군요. 임금이 가질 수 없는 것도 있습니까?"

동남이라면 결국 가진 것도 아니지 않은가. 강수의 머리가 혼란해졌으나 그제야 자신이 들은 소문 중에 쓸모 있는 것이 있었음을 깨닫고 약간은 아는 척을 할 수 있었다.

"저를 놀리시는군요. 태상왕을 모시는 자들에게 남장을 시킨다는 소식을 들었습니다. 남장을 한다는 것은 여자라는 뜻이니 태상왕의 후궁 또한 남장을 한 여성이 아닙니까."

"이제 제 농담에 잘 속지 않으시네요. 아쉬워라."

대체 어느 부분이 농담이라는지 알 수 없었지만 신녕은 혼자 우습다는 듯이 얼굴을 실룩거렸다. 아무튼 밉상이다. 강수는 속으로 한숨을 내쉬었다.

"한데 여자가 남자역을 하고 춤을 춰도 되는 겁니까?"

"신에게는 성별이 없는데 인간의 성별을 어찌 구분하겠습니까. 무당들이 여성이면서 남복을 입고 남성이면서 여복을 입으면서도 신의 노여움을 사지 않듯이 실제의 성별보다는 입고 있는 복색이 중요합니다. 동정이란 것은 중요한 조건인 모양이지만요."

"그럼 굳이 제가 하지 않아도 되잖습니까!"

강수가 소리치자 신녕이 고개를 내저었다.

"주상 전하의 명이란 것은 농이 아닙니다. 한데 좀 의외긴 하네요. 유학자시니 절대 이런 일에는 참여하지 않겠다 하실 줄 알았는데요."

신녕궁주의 말에 강수는 평소 떠벌떠벌 말하기 좋아하던 것과는 반대로 입을 꾹 다물더니 손을 뻗어 활활 타오르는 태양을 손바닥으로 가렸다.

"제가 보기에 쓸모없는 일이더라도 백성들에게 도움이 된다면 하지 않을 이유가 없습니다. 그것이 태양을 손으로 가리는 일에 불과하더라도."

그렇게 말하는 강수의 얼굴이 전에 없이 진지해서 신녕은 어쩐지 이상한 기분이 들었다. 평생 농사 한번 지어보지 않았을 것 같은 흰 얼굴에 고운 손을 하고서 필부의 삶을 알고 있는 듯이 이야기하는 이 여린 남자가 가슴 한쪽을 불편하게 한다. 신녕은 이런 기분이 들면 어떻게 내쫓아야 하는지 잘 알고 있었다. 그는 부러 목소리를 높여 일 이야기를 꺼냈다.

"한데 태상왕의 궁녀가 남장을 한다는 이야기는 어떻게 들으셨습니까?"

"지난번에 궁주께서 질타하신 이후로 저도 저만의 방법을 찾았습니다."

"신통력을 쓰셨습니까?"

"……그냥 사람들 말을 귀기울여 들었습니다."

강수는 소매에서 낡은 종이 한 장을 꺼내더니 무어라 읽었다. 그러자 날벌레 같은 것들이 그의 몸을 감쌌다.

"날벌레가 들어갈 수 있을 정도의 틈만 있으면 어디든 가서 이야기를 훔쳐온답니다."

"호오."

신녕이 감탄했다는 듯 말하자 강수가 그 정도는 아니라는 듯 한숨 쉬었다.

"하지만 이놈들은 지능도 벌레와 같아요. 일의 경중을 모르고 아무 이야기나 훔쳐오기 때문에 본래는 시간과 장소, 그리고 대상을 확실하게 정한 뒤에 명을 내립니다만…… 궁주께서 그렇게까지 말씀하셨으니 저도 가만히 있을 수가 없어서……."

"설마 내명부의 이야기를 죄다 엿들었다는 말씀은 아니시겠지요?"

신녕의 얼굴이 심각해졌지만 강수는 별말을 다 한다는 듯 깜짝 놀라더니 손을 내저었다.

"무슨 말씀을. 저도 수치심을 아는 사람입니다. 온갖 사람의 만 가지 지저분한 이야기를 죄다 듣고 싶은 마음도 없고 가능한 일도 아니에요. 최남쪽 광화문부터 동쪽의 건순문, 서쪽의 영추문을 비롯하여 북쪽 울타리에 이르기까지 건물이 대체 몇 동이나 있다고 생각하십니까. 오백 동이 넘습니다. 오백 동이요! 부처님이 아니고서야 그곳의 모든 이야기를 듣는 것이 가

당키나 하겠습니까."

"그럼 어떻게 하셨는데요."

"온갖 처소의 사람들이 모이고 이야기가 많이 오가는 곳을 골랐지요. 우물가와 빨래터 말입니다. 하지만 그것도 꽤나 많더군요. 우물도 한둘이 아니고 빨래터도 한둘이 아니라 아무리 들어도 들어도 끝이 나지를 않고 며칠 내내 그것만 귀에 꽂고 살다보니 몸도 마음도 어찌나 피로해지는지……."

그래서 강수의 얼굴이 저렇게 파리한 것이군. 신녕은 강수의 눈 밑으로 길게 늘어진 검은 그림자의 음영이 전에 없이 마음에 들었다. 왜 주상이 강수를 데리고 왔는지 이제야 알 것 같았다. 아무리 일을 시켜도 늙지도 죽지도 않고 후임자를 고민할 필요도 없는 종이라니. 할 수만 있다면 영원히 자기 아래에 두고 내명부의 전속 별감으로 대를 이어 물려주고 싶을 정도다.

"고생하셨네요."

"알아주시니 감사합니다만 앞으로는 하지 않을 생각입니다. 죄 쓸데없는 이야기뿐이고 맞는 소리는 한두 가지뿐이더이다. 우물가 소문이며 빨래터 소문이라는 말이 왜 나왔는지부터 생각했어야 했는데."

"어떤 이야기가 돌았기에 그러십니까?"

평소 믿을 만한 정보원의 이야기만 듣던 신녕궁주가 외려 구미가 당긴 모양이었으나 강수는 말도 말라는 듯 손을 내저으며 퉁명스럽게 대답했다.

"태상왕께서는 본래 남색을 즐기고 싶으신데 그러지를 못하셔서 들어오는 후궁마다 남장을 시키신다는 둥……."

"사실입니다."

강수가 놀라 대답도 못하고 있는데도 신녕은 별일 아니라는 듯이 담담하게 대답했다.

"고려의 장군으로 있을 때도 유명하셨지요. 기방 하나를 통째로 빌려서……."

강수의 눈이 얼마나 커졌는지 마치 튀어나올 것만 같았다. 신녕은 속세에 대해서는 아무것도 모르는 어린애를, 아니 늙은이를 놀리는 것은 그만두기로 했다. 신녕은 얼른 말을 돌렸다.

"또 무슨 소문이 있었습니까?"

"이번에 태상왕께서 새로 들인 후궁이 신돈*의 자식이라고요."

"신돈이요?"

얼마 전에 공민왕을 모셨을 정도로 나이가 많은 상궁 하나가 궁에서 치러질 기우제에 조언을 하기 위해 잠시 입궁을 했다는데 그때 태상왕의 후궁을 보곤 이런 말을 했다는 것이다.

---

* 고려 말의 승려로, 환속하여 공민왕으로부터 전권을 위임받아 권력을 휘둘렀다. 얼굴이 아름다워 여우의 아들이란 소문이 있었다.

"창덕궁에 새로 오신 빈께서 신돈과 판박이로 닮았으니 조심하라."

이후 창덕궁이 발칵 뒤집힌 것은 말할 것도 없다. 물론 발칵 뒤집힌 것은 궁녀들 사회의 일일 뿐, 태상왕께서는 여전히 빈을 귀애하시는 듯하고 빈 역시 부족함 없이 지내시는 듯하지만. 신돈이 공민왕을 홀린 것처럼 빈께서도 태상왕을 홀리시어 나라를 망하게 하시려나.

"—같은 말들이 떠돌고 있습니다."

강수의 이야기를 전해들은 신녕은 얼굴을 어색하게 실룩이며 웃음을 참았는데 강수는 그런 신녕의 조심성도 오늘만은 조금 고까웠다. 그게 그렇게나 우스울 일인가.

"신돈의 자식일 리가 없지요. 나이도 전혀 맞지 않고요. 신돈의 손녀거나 증손녀 정도는 될 만한 나이인데요. 사람들이 사랑스러운 사람을 보면 괜히 여우 같다고 하잖습니까. 신돈은 여우의 자식이란 소문이 있었으니 빈을 두고 여우라고 할 수는 없어 신돈의 딸이라 하는 모양입니다. 여우가 어찌 사람이 되겠습니까. 정말 말도 안 되는 소리—"

"여우는 사람이 될 수 있습니다."

이번에는 신녕이 놀랐다. 뭐라 말해야 좋을지 몰라 눈만큼이나 입을 크게 벌리고 있는데 강수는 확신하는 듯이 고개를 몇 번이고 끄덕였다.

"어찌 아십니까?"

"직접 만나보았으니까요."

"직접? 언제요? 어떻게요?"

"그러니까—"

말을 이으려던 강수의 코 아래로 걸쭉한 핏줄기가 주룩 흘러내렸다. 놀란 신녕궁주가 얼른 소매에서 무명 손수건을 꺼내 피를 닦아주었는데 의도치 않게 만진 강수의 얼굴이 꽤 뜨끈하여 조금 놀랐다.

"신선도 열이 납니까?"

"신선이 아니니까 열이 나지요."

혹자들은 그를 신선이라 불렀으나 강수 자신은 스스로가 무위의 경지에 있는 사람이 아니라는 것을 잘 알고 있었다. 그는 이유도 모르게 오래 살았을 뿐 몸이 튼튼한 것도 아니었다. 때리면 부러지고 찔리면 피를 흘린다. 자잘한 질병에서 해방된 것도 아니니 봄이 되면 비염 때문에 콧물을 흘리고 여름의 소낙비를 맞으면 쉽게 고뿔에 걸렸으며 겨울엔 차가워진 손발을 덥히기 위해 장작을 많이도 태워야 했다. 어느 추웠던 겨울에는 동상 걸린 발가락을 두어 개 잘라낸 적도 있지만 굳이 이런 이야기까지 할 필요는 없지. 강수가 신녕에게서 손수건을 건네받아 직접 코 아래에 대고 지혈하기 위해 고개를 약간 들어올리자 신녕이 도리어 강수의 정수리를 살짝 아래로 눌렀다.

"자연히 멎을 때까지 흐르도록 놔두는 게 좋습니다. 피가 기도로 넘어가면 위험해요."

그렇군요. 또하나 배웠네요. 강수는 아직도 자신이 모르는 것이 많다는 것을 순순히 인정하며 신녕의 말대로 고개를 숙였다. 코피가 멎을 때까지 잠시 서 있는 동안 신녕은 강수의 이마에서 땀이 배어나오는 것을 보고 슬쩍 소매로 닦아주었다. 별생각 없이 한 행동이었는데, 아닌 게 아니라 비라도 맞은 것처럼 소매가 금방 땀으로 흥건해졌다.

"이거 정말로 몸이 안 좋으신 모양인데. 게 있느냐."

신녕궁주가 목소리를 높이자 사람이 있을 법하지 않은 그림자 속에서 궁녀 하나가 튀어나왔다. 옅은 감색빛이 나는 저고리를 보니 아무래도 휘영당의 궁녀인 모양이다.

"잠시 네가 이곳을 지키거라. 누가 별감이 어디 갔는가 묻거든 신녕궁주께서 부르셨으니 오늘은 찾지 마시라 하고."

"네."

궁녀는 고개를 끄덕이며 양의문에 중간에 섰다. 오랫동안 단련된 몸이었는데 균형이 잘 잡힌데다 흉통이 두껍고 어깨가 벌어져서 꽤나 믿음직스러웠다. 허리춤에 육모방망이를 달아두는 별감들과는 달리 가죽 채찍을 찼는데 아무래도 완력이 약한 여자들에게는 그것이 나을 것이다. 손잡이가 반들반들한 것이 꽤나 능숙하게 다루는 모양이다.

"체인당으로 가서 잠시 쉬시지요. 그곳은 무수리나 외부 손님도 간혹 묵어가는 곳이니 크게 문제될 것이 없습니다."

강수는 고맙다는 듯 작게 목례하고는 체인당으로 발걸음을 옮기다 잠시 휘청거렸다. 신녕궁주가 얼른 강수의 팔뚝을 잡아 부축하려 했는데 손이 닿자마자 강수의 몸이 크게 움츠러들면서 외려 떨기 시작하는 것이 이상했다. 그러고 보니 아까부터 자꾸 시선을 피하지 않았던가. 다 큰 성인이 갑자기 시선 마주치는 것을 어려워하고 사람의 몸짓에 움츠러드는 이유가 당장은 한 가지밖에 떠오르지 않았다.

신녕궁주는 체인당에 들어가자마자 문을 잠그고는 말도 없이 강수의 소매를 감은 토수를 벗겨냈다. 강수가 놀라 팔을 빼려고 했지만 이미 늦었다. 토수가 땅에 떨어지고 헐렁해진 소매를 들어올리자 강수의 손목에 팔찌처럼 동그랗게 파인 상처가 드러났다. 자꾸 이리저리로 도망치려는 강수를 제압하기 위해 선진들이 거친 지푸라기로 만든 밧줄이나 채찍을 감은 흔적이었고 보이지는 않았지만 발목에도 같은 것이 있었다. 피부가 다 쓸려서 죽은피가 고인 듯 새까만 멍이 들었는데 동그랗게 경계선이 진 손목을 시작으로 가느다란 팔뚝에는 마치 단청 지붕처럼 초록색과 붉은색, 그리고 노란색의 멍과 상처가 가득해 온전한 피부색을 보기가 어려울 지경이었다.

신녕궁주는 이 상처가 무엇을 말하는지 경험으로 알고 있었다. 이것은 오랫동안 구타를 당한 상처의 일기장이다. 어떤 상처는 오래되어 나아가고 어떤 상처는 새로 생겨 이렇게 색깔이 다양해지는 것인데 흐릿해진 상처의 시간대를 역으로 계산해보니 처음 이곳에 발령받았을 때부터 이렇게 맞은 모양이다.

"이게 다 뭡니까?"

신녕궁주의 말에 강수가 뭘 모르는 척하냐는 듯이 고개를 치켜들었다.

"저를 염탐하지 않으십니까? 보고받으신 줄 알았는데."

"이렇게 심하다고는 듣지 못했습니다. 절 그리 자주 만났으면서 어찌 한말씀도 안 하시고!"

신녕이 한탄했지만 강수는 변명도 하지 않고 팔을 빼내어 소매로 상처를 가리고는 다시 토수를 둘러 감더니 그깟 움직임에도 힘이 드는지 벽에 허리를 기대어 앉았다.

"천 살이나 먹어서 어린애한테 맞았다고 말하고 다니기는 좀."

농담처럼 이야기했지만 신녕은 웃지 않았다. 서 있었을 때는 몰랐는데 앉으니 오히려 힘이 빠지고 피로가 몰려드는 것이 이상했다. 코에서 멎었다고 생각한 피가 다시 흐른다. 이제야말로 정말로 노화가 시작된 걸까. 머리가 안개가 낀 것처럼 멍했다. 강수는 허물어지듯 이마를 벽에 대고 유언처럼 중얼거렸다.

"죄송한데 잠깐만 쉬었다 하시죠."

겨우 며칠 밤을 새운 것뿐인데 눈꺼풀이 너무 무거워 자꾸만 바닥으로 가라앉는 기분이 들었다. 선생, 선생 하고 신녕이 몇 번 불렀으나 몸 위에 내려앉는 더위와 공기층이 무거워 강수는 까무룩 잠이 들 것만 같았다.

하지만 벽 너머 승순당에서 오랜 친구의 웃음소리가 들렸으니, 강수는 그제야 흩어지려는 의식을 똑바로 붙잡을 수 있었다. 아무래도 얇은 벽 너머 승순당에서 괴담회가 열린 모양이었다.

"죽지 않는 것 압니다. 엄살떨지 말고 얼른 일어나요."

신녕이 말했다. 그 말대로다. 죽지도 않는 몸으로 엄살이나 떨 순 없지. 강수는 단전에 힘을 주어 똑바로 앉더니 승순당 쪽으로 돌아앉았다. 벽 너머에서 아는 목소리가 들렸는데 정말로 그가 맞는지 확인하는 법은 하나뿐이었다. 직접 보는 것.

강수는 천천히 벽을 만지더니 무어라고 중얼거렸다. 그가 아주 어릴 때 여우로부터 배운 얕은 도술이 있었다. 벽을 투명하게 만드는 것인데 그 덕에 두 사람은 승순당 내부를 부처님 손바닥 보듯 들여다볼 수 있었다. 놀란 신녕은 혹 소리가 새어 나갈까봐 손으로 입을 막았고 강수는 코피를 흘리면서도 즐거운 듯 입꼬리를 올려 소리가 나지 않게 웃었다. 비록 뒷모습밖에 보이지 않았지만 한눈에 알아볼 수 있었다.

맞구나. 나의 여우. 강수는 그를 다시 볼 수 있으리라고는 기대한 적 없었기에 더욱 기뻤다.

강수의 덕택으로, 아니 어쩌면 여우의 덕택으로 두 사람은 승순당에서 일어난 괴담회를 놓치지 않았다. 그것은 대비사에 대한 이야기였으니 강수도 부분적으로는 아는 것이었다.

❁

"하하하하하하."

원의 호쾌한 웃음소리가 벽을 뚫고 나와 강수의 귀를 때렸다. 등을 돌리고 있어 얼굴을 볼 수는 없으나 그가 무척 즐거워한다는 것은 알 수 있었다.

괴담이 끝나고 궁녀들이 저마다 이야기에 대한 해석을 내놓는 모양인지 승순당은 다소 시끄러웠다. 자기들끼리 정제되지 않은 이야기를 나누느라 한창 소란스러워서 각각의 소리가 잘 들리지는 않았다. 하지만 마치 매미가 한꺼번에 노래를 불렀다가 한순간에 멈추는 것처럼 갑자기 모두가 입을 다물었다. 침묵이 흘렀다. 뒤돌아 있던 원이 말했다.

"갑자기 이렇게 조용해지는 것을 두고 사가에서는 지나가던 귀신이 잠시 들여다보기 때문이라고들 한다오."

원의 말에 궁녀들이 히익 하고 놀라는 소리를 내면서 주위를 둘러보았다. 몇몇 궁녀는 벽 쪽을 가만 쳐다보아 꼭 강수와 눈이 마주친 듯도 하였지만 누구도 강수의 존재를 눈치채지는 못했다. 어수선한 분위기를 깨뜨린 것은 경안궁주였다.

"궁금한 것이 있소."

"하문하십시오."

"이야기를 듣자 하니 영물이 용이 되기 위한 덕을 쌓아 몸이 변할 때 사람이 '용이다' 하고 말하면 용이 되고 '강철이다' 하면 강철이 되는 듯하오. 내가 이해한 것이 맞소?"

"그렇습니다."

"여우는 수많은 승려를 이끌고 산에 들어가서 변화하였소. 승려들은 염불을 외우며 찬사를 퍼부었지. 한데 수많은 사람이 그를 용이라 불렀는데도 필부의 한마디에 강철이 된 까닭은 무엇이오?"

그 말에 원은 바로 대답을 하지는 않고 조금 망설였다. 글쎄, 뭐라고 말해야 좋을지…… 하고 원이 말하려던 찰나, 백희가 입을 열었다.

"이것은 소녀가 대답할 수 있을 듯한데 혹 기회를 주시겠습니까?"

원이 고개를 끄덕였다.

"말해보시오."

"이야기 속에서는 사람이 영물을 용이라 불러야 용이 된다 하였습니다. 한데 자기들이 살겠다고 마을 사람들을 굶겨 죽인 승려들을 두고 어찌 사람이라 하겠습니까. 그때 그 계곡에 사람이란 굶주린 여인뿐이었으므로 사람의 말에 따라 여우는 강철이 된 것입니다."

"과연……."

원은 진심으로 감탄했다는 듯이 박수를 쳤다.

"이년도 그에 대해서 오래 생각해보았는데 답을 알 수 없었다오. 하지만 항아님의 말을 들으니 단박에 이해가 되는구려. 그렇지요. 사람의 마음을 가지지 않은 이들은 사람이라 할 수 없지요."

다들 한참 생각에 잠겨 아무 말도 못하고 있는데 연홍이 입을 열었다.

"상좌는 원래부터가 여우였습니까? 혹 하늘의 선인이 죄를 지어 벌을 받은 것이 아닙니까?"

원은 눈동자를 한참 굴리며 생각을 정리하는 듯했으나 이내 잘 모르겠다는 듯 고개를 가로저었다.

"글쎄. 이년은 그저 남에게 들은 대로 따라 읊었을 뿐이니 이야기 밖의 일은 알 수가 없구려."

"틀림없이 무언가 죄를 지었을 것입니다. 아무 죄도 짓지 않은 상좌가 강철이 되었다면 너무 억울한 일이니 공평하지가 않습니다. 사미는 아무 벌도 받지 않았는데요!"

마치 자신이 억울한 일이라도 당한 듯 연홍이 소리치자 원은 따사롭지만 단호한 목소리로 대꾸했다.

"세상은 본래 공평하지 않은 것이오. 경안궁주의 부친께서는 한때 필부에 불과하였으나 지금은 용이 되셨지요. 지금 우리가 한자리에 앉아는 있으나 누가 우리더러 동등하다고 말할 수 있겠소."

궁녀들의 입이 한순간에 다물어졌다. 이것은 금상더러 필부 주제에 억지로 용이 되었다고 비꼬는 것인가, 아니면 그저 흘리는 소리인가. 이번에야말로 경안궁주가 모욕을 참지 못할 것이라 여겼는데 경안은 그런 것 따위 전연 알아듣지 못했다는 듯이 밝은 얼굴로 고개를 연신 끄덕이고 있었다.

"그렇지. 아무나 용이 될 수는 없지. 아바마마 같은 분이나 용이 되는 법이고 그렇지 못한 자는 강철이나 되는 수밖에."

궁녀들은 입을 꾹 다물고는 아무 말도 하지 않았다. 늘 속편한 소리만 늘어놓는 장미마저도 입술을 말아넣고 이로 꼭꼭 씹는 것을 보아하니 아무래도 불편한 모양이다. 그때 노아가 입을 열었다.

"본래 물이라는 것은 위에서 아래로 흐르는 법인데 이야기 속에서는 그 반대이니 이상합니다. 산 위에 물이 있으면 아래에도 있어야 하며, 아래에 물이 없다면 위에도 있을 수가 없습니다. 한데 산 위에만 물이 있다는 것은…… 어쩌면 상좌가 물을 다스릴 줄 아는 것은 아닐는지요."

그럴싸한 추측에 궁녀들은 호오 하고 감탄사를 발하며 고개를 끄덕였다. 노아가 말을 이었다.

"한데 이야기 속 상좌는 가뭄에도 풍년이 들게 할 능력이 있었으면서도 마을에 내려가서 농사를 짓는 대신 깊고 깊은 산속에 숨어서 농사를 지었습니다. 어째서 그랬을까요?"

그렇다. 어째서 상좌는 마을에 내려가서 농사를 짓지 않고 인적 드문 계곡에서 농사를 지었을까? 그는 정말로 마을 사람들을 살릴 마음이 있기는 했을까? 궁녀들의 마음에 상좌에 대한 의심이 자리잡자 이번에는 백희가 노아의 말을 받았다.

"어쩌면 상좌는 사람을 살리기 위해서가 아니라 죽이기 위해서 그 풍요로운 보리밭을 만들어낸 것인지도 몰라."

"어째서 사람을 죽여야 한단 말이오?"

"그야, 용이 되려면 사람 백 명을 먹어야 하잖니."

그 말에 궁녀들은 물론 경안궁주와 원마저 깜짝 놀라 백희를 쳐다보았는데 백희는 사람들의 호들갑스러운 반응에 본인이 더 놀란 눈치였다. 그는 얼른 손으로 입을 막았다.

강수 역시 놀랐다. 사람 백 명을 먹는다고? 하나 영물이 인간이 되기 위해서는 천 년간 덕을 쌓아 인간을 이롭게 해야 하는 것이 아니던가. 강수의 혼란과는 상관없이 이번에는 연홍이 손뼉을 치며 반갑게 이야기를 받았다. 연홍의 눈은 오랜 기억을 떠올린 듯 약간 들떠 있었다.

"그러고 보니 형님이 처음으로 해주셨던 도깨비집 이야기가 기억나는군요. 그때 분명 그러셨지요? 오라버님께서 사람 백 명을 먹어야 살 수 있다는 천기누설을 들으셨다고요. 그런 맥락에서 보면 어쩌면 백 명이라는 것은 특정한 주술일 수도 있겠습니다."

그럼 용이 되는 데는 한 가지가 아니라 두 가지 방법이 있다는 말인가.

머리가 멍한 듯 잠시 허공을 바라보던 강수는 비척비척 몸을 움직여 차가운 외벽에 등을 기댔다. 열 오른 몸에 차가운 벽이 닿으니 잠시 상쾌해졌으나 머리는 여전히 복잡했다. 그는 잠시 천장을 본 뒤 다시 바닥을 보며 여우 상좌를 떠올렸다.

이제까지는 영물이 용이 되기 위해서는 당연히 천 년간 수련을 하여 인간에게 덕을 베풀어야 하는 줄로만 알았다. 한데 백 명의 생명을 취해도 용이 될 수 있다니.

하나는 느리고 불확실한 방법이지만 다른 하나는 금방 달성할 수 있는데다 확실한 방법이다. 하지만 둘은 완전히 다른 것이다. 사람을 죽여 용이 되거나 사람을 살려 용이 되거나. 이토록 방법이 달라도 똑같이 용이 될 수 있다면 과연…… 여우 상좌는 둘 중 어떤 선택을 할 법한 인물이었나. 강수는 벽 너머로 원의 뒷모습을 바라보았으나 그것만으로는 무엇도 알아낼 수 없었다.

"괴담회라 하여 이야기를 하는 것만 생각했지 이야기를 듣고 나누는 재미에 대해서는 생각지를 못하였더니 이거 무척 재미난 것이로군. 듣는 귀가 여럿이라는 것이 생각 외의 큰 장점이었소. 어떤 이야기가 오갈지 예측할 수가 없고 어떤 결론이 날지 알 수 없으니 이야기하는 보람이 있고 얻는 교훈 또한 상당하구려. 이것을 어찌 일개 사모임이라 하겠소."

원의 찬탄에도 강수의 마음은 무거웠다. 이후로 그들은 한 시진 정도 더 이야기를 나누었고 시간이 늦어 원이 돌아가야겠다는 의사를 밝히자 궁주는 몇 번 더 그를 붙잡았지만 원은 고개를 저었다. 원의 말이 틀리지 않았기에 결국은 궁녀들 모두 원을 배웅하기 위해 밖으로 나가 승순당에는 아무도 남지 않았다.

강수는 지친 듯 벽에 등을 대고 쓰러지듯 바닥으로 구겨졌다. 한지를 덧댄 교창에서 달빛이 번져들어와 체인당 안쪽은 불이 없어도 서로의 시선을 볼 수 있을 정도로는 환했다.

언제 달이 이렇게 커졌던가. 강수의 얼굴 한쪽이 달빛을 받아 푸르게 빛났는데 그것이 본래의 파리한 안색과 더해져 살아 있는 사람 같지 않았다. 어쩌면 그가 신선이라는 소문은 이런 데서 나는가 보다. 신녕은 부러 침묵을 깨뜨렸다.

"태상왕의 후궁이로군요. 저자를 알고 있습니까?"

강수는 아무 대답도 하지 않았다. 그러자 신녕이 재차 물었다.

"방금 왔다 간 자가 행운의 서신을 퍼뜨린 자입니까?"

강수는 그제야 고개를 끄덕였다.

"저자는 누구입니까?"

"여우입니다. 늙은 여우지요."

"언제 그를 처음 보았습니까?"

신녕이 묻자 강수가 아주 먼 기억을 떠올리듯 뜸을 들이더니 대답했다.

"그러니까 아마…… 진흥왕 때였던가……."

맙소사. 대체 언제 적 이야기를 하는 것인가. 강수와 이야기를 나누다보면 꼭 전설 속에 들어와 있는 기분이 들었다. 그와 함께 있으면 사람의 이마에서 뿔이 자라고 알에서 사람이 태어나고 잉어가 용이 되는 이야기가 모두 사실인 듯 느껴지고 도리어 현실의 사건들은 작고 하잘것없이 느껴진다. 하지만 신녕은 여전히 괴력난신을 믿지 않았다. 본다고 믿어지는 것은 아니다. 그것은 아무래도 다른 문제다. 신녕은 짧게 한숨 쉬었다.

"여우를 마지막으로 본 때는요?"

질문이 바뀌니 강수의 대답 역시 분명해졌다. 그는 얼른 대답했다.

"이십이 년 전입니다. 이야기 속 대비사에 저도 잠시 머무른 적이 있습니다. 어째서인가 하면—"

신녕은 얼굴을 찡그렸다. 스물두 살도 안 되어 보이는 자를 이십이 년 전에 만났다는 건가. 모든 것이 잘 짜인 거짓말 같았고 강수가 자신을 속이고 놀리려는 듯 보였다. 강수가 작정하고 거짓을 말한다면 신녕이 어떻게 그것을 알아보겠는가. 그런 신녕의 의심 섞인 마음을 눈치챘는지 강수가 이야기를 하려다 멈추었다.

"듣고 싶지 않으시면 말하지 않겠습니다. 중요한 일은 아닙니다."

강수의 기분이 상한 것을 본 신녕은 그제야 자신의 표정이 좋지 않았다는 것을 깨닫고 사과했다.

"죄송합니다. 제가 보이는 사람이 아니다보니 잠시 의심병이 들었던 모양입니다. 꼭 모든 것이 거짓말 같아서……."

강수는 신녕을 똑바로 보더니 머릿속으로 약간 말을 고르다가 진중하게 대답했다.

"저는 사리에 맞는 말로 궁주님을 속일 수는 있지만 터무니없는 말로 속일 수는 없습니다.* 궁주님은 한낱 거짓말에 속는 분이 아니시니 자신의 귀로 듣고 판단하면 될 일이 아닙니까."

그 말에 신녕궁주의 얼굴이 붉어졌다. 이런 말을 듣기는 처음이다. 아녀자의 언어로 괴력난신을 조사하라 명했던 이방원

---

* 『논어』 제6편 「옹야」에서 인용. "군자는 우물까지 가게 할 수는 있지만 우물에 빠지게 할 수는 없으며, 사리에 맞는 말로 속일 수는 있지만 터무니없는 말로 속일 수는 없다."

에게서는 들을 수 없었던 평가다.

신녕은 굽었던 등을 쭉 펴서 곧게 앉았다. 강수의 이야기를 들을 준비가 되었다. 그가 무슨 말을 하더라도, 아무리 헛된 소리를 늘어놓더라도 자신은 진실과 거짓을 구분해낼 수 있을 것이다. 나, 신녕궁주는 터무니없는 말에 속는 사람이 아니므로.

강수는 붉어진 궁주의 뺨과 더없이 단단해진 입술 끝을 보고 작게 미소 지으며 옛일을 떠올렸다. 그러니까, 이것은 그가 여우를 마지막으로 만났을 때의 이야기다.

●

강수의 이야기
—그가 아직 사미였을 때

그때 강수는 대비사에 있었다.

오랫동안 함께 다니던 방원의 부탁 때문만은 아니었다. 그때는 아직 불심이 자신의 영원한 젊음을 살라버리고 자연한 노화와 평이한 속도의 삶을 돌려줄 것이라 믿었다.

방원은 마치 이별한 정인에게 하듯이 강수의 가벼운 주머니를 든든히 채워주었는데 어찌나 큰돈을 주었는지 개경 한가운데에 기와집도 지을 수 있을 법했다. 그 정도 액수라면 방원에게도 부담되는 금액일 터였으니 강수는 감동했다. 진심으로 자신을 아껴준다 느꼈기 때문이다. 오죽 좋았으면 강수는 눈물을 글썽이며 "자네가 부르면 언제든 자네를 도우러 다시 오겠네" 하고 방원에게 약속까지 했을 정도다.

유가의 도를 배우던 자가 하루아침에 불자라니. 사찰에서 싫어하지 않았느냐는 신녕궁주의 질문에 강수는 대답했다.

"대비사는 작은 사찰이라 수행자들을 까다롭게 가려 받지는 않았습니다. 가난한 집에서 입을 덜기 위해 불가에 특별히 관심이 없으면서도 입산하는 경우도 종종 있었지요. 저는 유덕 선생이 준 노자를 아꼈다가 모두 대비사에 시주했으니 도리어 환대를 받았습니다. 유덕 선생의 덕분이겠지요."

이전에 만난 이후로 오랜 세월이 지났으므로 여우는 자신을 알아보지 못했으나 수행이 과연 헛되지는 않았는지 이전과는 달리 그는 자신에게 무척 친절했다고 한다.

"수행은 힘든 일이지요. 고독하고 쓸쓸한 밤도 많고요. 그래서인지 주지스님 몰래 야반도주를 하는 사미도 많아 여우 상좌는 처음 수행을 시작한 저를 많이 챙겨주었습니다."

같은 방에서 숙식을 할 정도로 사이가 좋았다고 한다. 그는 곧 상좌를 스승이며 도반道伴*으로 여기게 되었고 하루 대부분의 시간을 그와 함께 지냈다.

그는 상좌로부터 모든 것을 배웠다. 절하는 법, 참선하는 법, 높은 스님들과 동료들을 대하는 법, 심지어는 먹고 자는 법까지도 그에게서 모두 새로 배워야만 했다. 자고 깨며 먹고 움직이는 모든 것이 수행이었다.

강수는 면벽수행을 하는 불자들 사이에 끼여 이 긴 생을 가져가시고 육도윤회六道輪廻를 돌려달라 부처님께 기도를 올렸다. 낮밤, 새벽을 가리지 않았으나 여우 상좌가 항상 그의 옆에 붙어 그와 함께했다.

강수는 세상의 모든 이치를 통달한 양 무심한 주지승에게는 아무것도 얻지 못했으나 여우 상좌를 스승삼아 부처님의 도를 배웠다. 강수는 아직도 여우 상좌와 함께 지냈던 그 순간들을 종종 되새겨본다고 했다. 몸은 불편했으나 그때만큼 마음이 편안했던 때는 없었노라고 말하는 강수의 얼굴에는 잔잔한 미소가 걸려 있었다.

그가 사찰에서의 일과에 익숙해질 무렵, 상좌는 농사를 시작했다. 강수는 그 일을 도왔는데 평소 해보지 않던 일이라 무척 힘들었노라고 했다.

---

* 함께 불도를 수행하는 벗.

"저는 그 정도로 법력이 깊은 상좌라면 주문을 외워 직접 괭이와 가래를 움직일 줄로만 알았습니다. 한데 정말로 몸을 움직여서 밭을 고르고 씨앗을 뿌리더군요. 사실 조금 실망했습니다."

기억이 허락하는 한 글만 읽고 살아왔던 강수에게 농사는 쉽지 않았다. 차라리 면벽수행을 하며 생각하는 일은 그의 평생과 닮아 있었으나 농사는 영 새로운 것이었다. 돌을 고르고 씨앗을 뿌리고 잡초를 뽑는 일 말이다. 하지만 신기한 일이 있기는 했다.

"비가 오지 않아도 땅이 마르지 않았습니다. 어디서 물을 끌어오는 것인지 아무리 물어봐도 상좌는 알려주지 않더군요."

한 달이 채 지나지 않아 채마밭이 푸르게 변하고 곡식을 심은 논밭에도 싹이 나자 그제야 상좌는 강수를 내버려두었다. 어쩌면 강수가 이제 절 생활에 익숙해졌으므로 더는 그를 돌볼 필요가 없다고 생각했는지도 모른다. 하지만 정신없이 흘러가는 낮 동안은 물론 해가 지고 난 뒤에 고통스러울 만치 긴 밤이 찾아와도 상좌는 더이상 그를 돌아보지 않았다고 했다.

홀로 지내는 밤이 늘어갈수록 강수는 고민했다. 상좌는 대체 무얼 하는 걸까. 어디에 가서 참선이라도 하는 것인가. 그런 거라면 함께해도 좋을 텐데 하고 그는 상좌가 먼저 권해주기를 은근히 기대했다고 한다. 하지만 그런 일은 없었다.

"한순간에 버림받은 느낌이었습니다. 무척 쓸쓸했어요."

강수는 그가 돌아올 때까지 기다리려 한 적도 있었지만 낮 동안의 수행이 무척 고되어 늘 먼저 잠이 들었다고 한다.

그날도 상좌가 밤늦도록 들어오지 않았다. 강수는 상좌를 기다리고 기다리다 까무룩 먼저 잠이 들었는데 밖에서 외치는 목소리에 잠이 깼다.

"이놈 절구*야, 문을 열거라."

그러자 왼쪽 전각의 빗장이 저절로 풀어지더니 문이 끼익하며 열리는 것이 아닌가. 이렇게 출입하는 것이 사람일 리가 없다고 직감한 강수는 겁이 났으면서도 궁금증을 참을 수 없었다. 그는 손끝에 침을 발라 문풍지에 구멍을 작게 뚫어 바깥을 바라보았다.

너무나 어두운 밤이라 무언지는 볼 수 없었지만 웬 놈이 엄청나게 빠른 속도로 날듯이 뛰어와 사람 하나를 훌쩍 업고 나간 것은 틀림없이 보았다. 어찌나 빠른지 어둠 속에 하얀 잔상만 남았을 정도였다.

방금 들었던 목소리가 자꾸만 귓가에 맴돌아 강수는 자기도 모르게 입을 열었다.

"이놈 절구야."

---

* 대문의 빗장에 거는 쇠 걸이.

그랬더니 정말로 절구가 "네" 하고 대답하는 것이 아닌가. 강수는 놀란 마음을 겨우 추스르고 몇 번 더 절구를 불러보았는데 그때마다 절구는 몇 번이고 "네" 하고 대답해주었다. 이번에는 이름만 부르는 대신 질문을 던져보았다.

"절구야. 좀 전에 왔다 간 것이 무엇이냐."

그러자 절구가 대답했다.

"여우입니다."

"여우가 무엇을 한 것이냐."

"사람을 잡아갔습니다."

"무엇 때문에?"

"잡아먹기 위해서지요."

강수의 말문이 막혔다. 분명 여우는 오랜 기간 덕을 쌓았다고 들었는데 어쩌면 그 모든 것은 허상이었던가. 겉으로는 덕을 쌓은 불자의 모습을 하고는 밤마다 사람을 잡아먹는 것인가. 강수의 마음에 의심의 씨앗이 뿌려졌다. 강수는 절구에게 무언가 더 묻고 싶었으나 그리 하려던 때 방문이 열리고 상좌가 들어왔다. 강수는 이불을 뒤집어쓰고 자는 척을 하였는데 상좌는 방금 무언가를 먹고 오는 길인지 마른 팔다리에 배만 불룩하였다. 그는 피곤했는지 옷도 벗지 않고 그대로 강수와 등을 맞대고 잠을 청했다.

다음날 일어나보니 수행자 하나가 밤새 야반도주를 했다는 소식이 들렸다. 하지만 강수는 알고 있었다. 수행자는 야반도주한 것이 아니라 여우에게 잡아먹힌 것이다. 강수는 상좌의 표정을 살폈으나 그는 아무것도 모른다는 듯 자애로운 승려의 얼굴을 하고 있었다. 그런 표정을 한 사람이 무언가 속이는 것이 있을 리 없다. 강수는 자신의 의심을 다잡았다. 어떤 근심과 걱정도 없는 듯 평온하기만 한 상좌는 언제나와 같은 강수의 도반이었다.

하지만 그날 밤에도 상좌는 무엇을 하는지 밤늦도록 방에 들어오지 않았다. 강수는 잠에 빠져들지 않기 위해 허벅지를 몹시도 꼬집었다. 정신을 바짝 차리고 여우가 돌아오기를 기다렸는데 3경*이 지날 무렵 또 지난밤에 들었던 그 소리가 들렸다.

"이놈 절구야, 문을 열거라."

그러자 이번에는 오른쪽 전각의 빗장이 저절로 풀리고 문이 활짝 열렸다. 이번에는 문풍지 구멍으로 하얗고 커다란 여우 한 마리가 뛰어들어왔다가 사람 하나를 물고 나가는 것을 똑똑히 보았다. 강수는 다음번에는 자신이 죽을 것이라는 생각을 떨쳐버릴 수 없었다.

"절구야. 나는 여우에게 죽는 것일까."

---

* 오후 11시에서 새벽 1시까지.

절구는 그 말에는 대답하지 않았다. 강수는 어떤 질문을 해야 절구의 대답을 받을 수 있을지 고민하다가 이렇게 물었다.

"절구야. 똑바로 이야기하거라. 여우가 정말로 사람을 잡아먹는 것이렷다."

그러자 절구가 대답했다.

"그 외에 여우가 사람을 잡아갈 일이 무엇이 있겠습니까."

강수의 마음속 의심은 거대하게 자라나 마치 무성한 나무처럼 되었다. 강수는 이제 그것을 외면할 수가 없었다. 아무리 외면하려 해도 사람을 물고 가던 여우의 모습이 종일 생각났던 것이다.

강수에게 더이상 여우는 상좌도 도반도 아니었다. 강수의 눈에 여우는 이제 간악한 흉계를 가진 짐승으로만 보였다. 그는 낮 동안 부처의 법도를 따른다 하며 온갖 어려운 수행을 하면서도 밤이 되면 사람을 잡아먹는 악귀나 다름없었다. 그때부터 강수는 여우의 말을 듣지 않고 반대로만 행동했다.

그가 왼쪽으로 가면 강수는 오른쪽으로 갔으며 그가 농사를 도우라 하면 도리어 게으름을 부렸다. 그가 곳간 열쇠를 맡기며 마을 사람들에게 곡식을 나눠주라 하자, 강수는 열쇠를 자기 서랍 안에 숨기곤 아무에게도 곡식을 나눠주지 않았다. 여우의 못된 계략에 일조하고 싶지 않아서였다. 저 곡식에 무엇이 들었을 줄 알고 사람에게 먹이겠는가. 밤마다 사람을 죽이는 자의 곡식을 어찌 사람들에게 준단 말인가.

하지만 여인의 몸이 불타오르며 황금빛 보리밭을 태울 때 강수는 모든 것이 잘못되었다는 것을 알았다. 그는 살 수 있는 사람을 죽게 했으며 원한으로 온몸이 불타오르는 한 여인을 만들어냈고 용이 될 수 있었던 짐승을 강철로 만들었다. 모두 강수가 한 일이다.

"그제야 그런 생각이 들더군요. 절구는 무엇인가. 사물이 어찌 사람의 말을 하였는가. 그것은 악귀가 아닌가 하고요. 저는 제가 똑똑하다 여겼습니다. 여우의 실체를 보았다 믿었지요. 하지만 저는 오래 알고 지낸 여우의 말과 행동보다 실체도 없는 절구의 말을 믿었습니다. 그 대가로 마을 사람들은 굶어죽고, 제 오랜 벗은 용이 될 기회를 잃었습니다."

강수의 낯빛이 새하얗게 질려 있었다. 어쩌면 자기 때문에 굶어죽은 사람을, 그리고 몸이 활활 불타올라 죽은 여인을 생각하는지도 몰랐다. 강수는 고개를 푹 수그렸다.

"절구는 무엇입니까? 도깨비입니까?"

신녕이 물었으나 강수는 고개를 저었다.

"모릅니다. 불가에서 말하는 마구니인지도 모르고 어쩌면 제 마음속의 못된 생각인지도 모르지요. 하지만 중요한 것은 제가 남에게 속을 것이 두려워 사람을 죽도록 놔두었다는 겁니다."

강수의 목소리가 떨리고 갈라졌다. 마치 모래바람 속에 있는 사람처럼 그는 위태로워 보였다. 밤중인데도 아직 공기가 뜨거웠다. 마치 그날 밤과 같이.

강수는 이제 사미가 아니고 여우는 이제 상좌가 아닌데도 이 땅은 여전히 가물어 있다. 이전과 같은 재앙이 아직도 이 땅에 가득했으므로 사실 아무것도 변하지 않은 것이나 다름없었다. 그는 여우가 잠시 왔다가 떠나간 승순당을 자꾸만 바라보았다.

"한데 방금 말입니다. 제게 다시 의심이 피어올랐습니다."

"무슨 말씀입니까."

강수는 바싹 마른 입술을 달싹였다.

"영물이 용이 될 만한 덕을 쌓는 데 천 년이 걸린다고들 합니다. 하지만 사람 백 명을 잡아먹어도 용이 될 수 있다면…… 어쩌면 그때 그 여우는 정말로……."

강수는 뒷말을 잇지 못했다. 강수는 커다란 손바닥으로 자신의 얼굴을 쓸어내리며 마치 문밖에 아직도 상좌가 있다는 듯이, 사방이 닫혀 보이지도 않는 곳을 바라보더니 천천히 입을 열었다.

"그에게 직접 물어볼 수 있다면 좋을 텐데요."

하지만 용기가 없습니다. 이 의심이 또다시 그를 찌를까봐 두렵습니다. 강수는 이 말은 하지 못했다.

5장 ◉ 누가 여우 누이를 모함했나

석척기우제

임금의 침전 서쪽에는 경회루가 있다. 이것은 인공 연못 위에 섬처럼 웅장하게 세워진 누각이다.

경회루는 앞면은 일곱 칸, 옆면은 다섯 칸이 되는 이층 건물인데, 다른 건물로 치면 삼층 높이는 될 정도로 천장이 높다. 이층에서 아래의 연못을 내려다보면 연못이 그대로 경회루를 반사하여 마치 연못 아래 또다른 경회루가 존재하는 듯한 착각마저 든다.

궐내각사나 임금의 생활공간과도 가까우면서 또한 분리되어 있는 이 누각은 돌다리 세 개로 시끄러운 세상과 연결은 되어 있지만 아무래도 사바세계와는 다른 공간인 것처럼 방문한 사람을 속이곤 했는데 우선 그곳의 공기 때문이었다. 하늘의 땡볕과 땅의 반사열로 시루떡처럼 온몸이 익어버릴 듯한 한여름에도 연못 위에 세워진 이곳만큼은 찬바람이 불었다. 그러니 이곳에 발을 들인 사람이라면 온갖 걱정으로 엉킨 머릿속 생각마저도 말끔해지곤 했으나…… 작금에 와서는 가뭄 때문에 연못 바닥이 바싹 말라버려 경회루는 이전의 위용을 절반도 떨치지 못하고 있었다. 대신 훤하게 드러난 연못의 바닥에는 청동으로 만든 용 두 마리가 뒹굴었다. 이것은 화재를 방지하기 위한 주술로써 넣어둔 것이지만 물을 다스린다는 용신이 한 바가지의 물도 없이 바닥에 누운 모습은 집 잃은 짐승처럼 애처로워 보이기만 할 뿐, 위협적이지도 장엄하지도 못했다.

이러한 경회루 1층에 기우제를 위한 제사상이 준비되었는데 본래 없었던 형식의 기우제를 새로 만들어낸 탓에 이번 행사에는 온갖 좋다는 것을 모두 들였다.

유교에 도교, 불교는 물론, 동네마다 유명하다는 기인들까지 합세하여 통일성이라곤 없는 잡탕찌개 같은 모양새였지만 그 나름의 질서가 있는 모양인지 자기들이 해야 할 일을 기가 막히게 찾아들어갔다.

이를테면 이런 식이다. 궁녀들이 며칠 전부터 온갖 음식을 해다가 제사상을 차려놓으면 승려들이 번을 정해 밤샘 기도를 이어가며 터를 정화하고 무당들은 악공들을 데려와 흥을 돋운다.

어디 유명한 산마다 동네마다 도사라고 불리는 사람들은 바닥까지 끌리는 흰 수염을 드러내며 동쪽에는 무엇을 두면 길하다는 둥, 서쪽에는 무엇을 두면 안 된다는 둥 토론을 하며 기우제 무대를 점검했으니, 비님이 오시기를 바라는 마음만은 대동소이하기 때문이리라.

무대 한가운데에는 청동으로 만든 거대한 드므를 두었는데 그 안에 도마뱀 서른 마리를 풀어놓았으니 이 드므를 중심으로 행사가 진행될 것이고 동남들이 활약할 것이다. 기실 진짜 동남이라고 할 만한 사람은 강수뿐이고 나머지는 변복한 궁녀들일 뿐이지만.

강수는 두 뺨과 양손, 그리고 양발에 푸른 물감을 칠하고 푸른 옷을 입고서 버드나무 가지까지 하나 야무지게 챙겨들고 경회루의 돌다리 위에 올라섰다. 강수는 일주일 전부터 양의문에 출근하는 대신 휘영당으로 차출되어 궁녀들과 함께 춤을 익혔으니 이제 그 성과를 보여줄 때였다. 그는 춤을 잘 추는 편은 아니었지만 신녕궁주의 엄한 교육을 일주일쯤 받고 나자 여럿이 함께 추는 군무에서 실수하지 않을 정도로는 흉내를 내게 되었다.

본래 춤이란 것은 신체 조건이 커다란 우위를 차지한다. 훤칠한 키와 길쭉한 팔다리 덕에 같은 동작을 하더라도 훨씬 아름다웠으니 어정쩡한 실력을 가지고도 강수는 가장 가운데에 섰다.

하지만 강수는 제보다 젯밥에 관심이 많은 어린아이들처럼 기우제보다는 이윽고 얼굴을 드러낼 원을 볼 생각에 마음이 들떠 있었다.

그간 원은 한 번도 연습에 나오지 않았다. 신녕궁주의 말에

의하면 창덕궁의 궁녀들은 그런 것을 연습할 필요가 없을 정도라 하니 어쩌겠는가. 그저 그런가 보다 하는 수밖에.

강수는 종일 눈에 띄는 궁녀들의 얼굴을 한 번씩 쳐다보았으나 아무리 주위를 둘러보아도 원은커녕 그 비슷한 사람도 찾을 수가 없었다. 그러다 강수는 문득 깨달았다. 자신이 원의 얼굴을 기억하지 못한다는 사실을. 지난 괴담회에서도 강수는 고작 원의 뒤통수만을 보았을 뿐이다.

어떻게 그를 잊을 수 있나. 그의 키가 컸던가, 작았던가. 눈은 동그랬던가 반달 모양이었던가. 아무것도 기억이 나지 않는다. 머리카락에서 햇빛 냄새와 어지러운 흙냄새가 났던 것이 어렴풋이 떠오르지만 그의 얼굴도 목소리도 아련하기만 하다.

토번국吐蕃國*에서는 색색의 모래로 몇 년에 걸쳐 단 하나의 만다라화를 그린다고 한다. 화려하고 아름답게. 숨도 제대로 쉬지 못할 만큼 주의하며 작은 모래알을 겹겹이 쌓아 원圓의 세계를 그려나간다. 그리고 그것이 완성되었을 때, 붓으로 모두 털어버린다. 그것이 색즉시공이다. 모든 형태는 헛된 것이라는 가르침이다.

강수의 마음속에서 원은 마치 붓으로 닦인 만다라화처럼 흐릿한 얼굴로만 남아 있다. 다시 만난다고 해서 알아볼 수 있

---

* 티베트.

을까. 강수가 뚫어지도록 사람들의 얼굴을 쳐다보고 다니자 옆에서 춤출 채비를 하던 궁녀 하나가 말을 걸었다.

"누굴 그리 찾으십니까?"

"창덕궁에서 오신 분을 찾는데……."

"어찌 생겼는데요?"

"그것이, 잘 기억이……."

"이름은요?"

이름. 그래. 이름을 대어 찾으면 될 것이 아닌가. 강수는 얼른 그의 이름을 말하려다가 이번에도 머뭇거리고 만다. 아아. 그의 이름도 잊었구나. 이름도 얼굴도 모르는 사람을 어찌 찾는단 말인가. 강수는 우물쭈물하다가 지난번 체인당에서 목소리로만 들은 그의 아호가 기억나,

"이름은 잊었으나 아호는 원이라고 하는데……."

하고 말했고 물론 궁녀는 피식 웃었다.

"아호라니요. 그런 것으로 어찌 사람을 찾습니까. 선생께서는 지금 이름도 얼굴도 모르는 사람을 찾으시는 겁니까?"

강수의 얼굴이 벌겋게 달아올랐다. 무언가 특징이 있던가. 강수는 지난번에 체인당에서 훔쳐 들은 원의 목소리를 떠올리며 말했다.

"일반 궁녀가 아니라 태상왕의 후궁이라 들었습니다. 평소엔 남복을 입고요."

"태상왕의 후궁이라면 누구든 남복을 입습니다. 오늘 태상왕의 후궁은 소녀밖에 참석하지 않았는데 혹 소녀를 찾으셨습니까?"

분명 미인이긴 하지만 이 사람은 아니다. 얼굴을 기억하지도 못하는 주제에 맞는가 틀린가를 말하는 것은 우스운 일이지만 아무튼 이 사람은 아니라는 확신이 들었다. 강수는 고개를 젓고는 몇 마디 더 물으려고 했으나 음악이 시작되어 더는 아무 말도 이어갈 수 없었다. 억지로 말을 건다면 한두 마디 정도는 더 물어볼 수도 있었겠지만 무어라 말을 해야 할지도 알 수 없었으니 입을 다무는 수밖에.

연습된 몸이라는 것은 머리 위에 있는 것인지 강수가 여러 생각으로 복잡한 가운데서도 신녕궁주의 합죽선을 맞아가며 기억하고 있는 손과 팔의 각도는 정확한 박자를 제가 알아서 찾아들어갔다. 의식하지 않았는데도 자신의 손은 버드나무 가지를 들고 드므를 향해 내리쳤으며 입술로는 주문 같은 노래가 자연히 튀어나왔다.

"도마뱀아, 도마뱀아. 구름을 일으키고 안개를 뿜어내라. 비가 쏟아져야만 너희를 풀어주리."

강수의 팔이 움직일 때마다 긴 옷자락이 휘날렸고 질끈 묶은 허리끈과 잠자리 날개 같은 풍성한 옷감들이 한껏 데워진 공기 사이로 흩날리는 아지랑이 틈을 갈랐다. 고르고 골라 얼굴이 단정한 궁녀들 사이에서도 특히 아름다운 강수의 모습은 사람들의 시선을 단번에 사로잡았는데 그중 상당수가 얼굴을 붉혔지만 강수의 눈에 그런 것들은 전혀 들어오지 않았다. 강수의 머릿속엔 오직 원, 원뿐이었다.

어째서 원이 경복궁에 있는가. 태상왕의 후궁이 되었다는 말은 무엇인가. 정말로 그는 사람을 살리려 했던 것인가, 아니면 죽이려 했던 것인가. 물어볼 말이 많았으나 원은 보이지 않았다.

휘영당의 손님

휘영당에 손님이 들었다.

신녕궁주는 평소 무명 저고리를 즐겨 입는 사람이라고는 믿을 수 없을 정도로 단정하게 치장했다. 감색 당의를 입고 얹은 머리를 평소보다 꼿꼿하게 세운 태를 보면 꽤 중요한 손님을 만나려는 모양이었다.

어제는 기우제가 있었고 강수는 훌륭하게 맡은 바 소임을 마쳤지만 비는 내리지 않았다. 드므에 갇힌 도마뱀들은 새벽이

오기 전에 모두 물에 빠져 죽었다. 신녕궁주는 평소 손님을 맞이하는 별채 대신 이번에는 굳이 담장 너머가 보이는 정자에 자리를 잡았는데 멀리 바닥을 드러내고 바싹 마른 연못을 원에게 보이고 싶어서였다.

거북이 등껍질처럼 갈라진 연못 바닥은 멀찍이 보는 것만으로도 목구멍이 까끌까끌거리는 듯한 불편함을 느끼게 했는데, 정작 원은 신녕궁주의 속뜻을 아는지 모르는지 그다지 개의치 않는다는 듯 궁주가 내준 차를 달게 마셨다.

"경복궁의 고귀한 여인들이 하루가 멀다 하고 불러주시니 이 사람은 복이 많소."

갓 그림자 아래로 가지런하게 치켜뜬 눈이 예사롭지 않아 신녕궁주는 웃으면서도 계속 그 얼굴을 살폈다. 강수의 말을 마음에 담아두었기 때문이다.

사람 이외에는 무엇으로도 보이지 않는데 이자가 여우란 말이지. 하지만 자신은 강수의 뿔도 알아보지 못했으니 어쩌면 이 사람이 갑자기 쫑긋한 귀를 세우고 코 옆에 수염이 돋아난들 알아보지 못할지도 모른다. 이래서야 눈뜬 장님이군. 신녕은 씁쓸한 입맛을 다셨다.

신녕궁주는 넓은 소매에서 끈으로 묶어둔 서신 꾸러미를 꺼내 원의 앞으로 밀었다. 지난번 궁녀들에게서 압수한 행운의 서신이었다.

"알아보시겠습니까."

원은 서신 몇 벌을 열어 안을 살펴보더니 보일 듯 말 듯 미소를 짓고는 다시 닫아서 신녕 쪽으로 돌려주었다.

"장안에 소문이 자자한 그 행운의 서신이구려. 물론 본 적이 있소."

"직접 사주한 것이냐 여쭙는 것입니다."

"그럴 리가요."

원의 대답에 신녕은 외려 확신을 가졌다.

이자로군. 정말로 직접 한 것이 아니라면 창덕궁에 있는 자가 경복궁에서 퍼진 행운의 서신에 관여한다는 것은 어불성설이라며 억울함부터 호소했을 것이다. 이렇게 여유로울 수는 없다.

"어찌 그러셨습니까."

신녕의 유도신문에 원은 대답할 생각일랑 전혀 없는지 입을 삐죽 내밀며 차를 더 달라는 듯 빈 찻잔의 입술 부분을 손가락으로 톡톡 쳤다.

이렇게 불온하게 구는 사람도 오랜만이다. 궁주가 된 이후로는 중전을 만날 때를 제외하곤 자신의 손으로 남의 찻잔을 채워본 일이 없다.

그분은 술잔이든 찻잔이든 잔이 비어 있는 것을 싫어해서 함께 다과를 들 때면 언제나 그분이 얼마나 마셨는지, 잔이 찼는지 비었는지를 늘 길게 목을 빼고 확인해야만 했다. 만약 대화 따위를 하느라, 혹은 주의를 기울이지 않아서 잔이 빈다면 중전께서는 꼭 이렇게 입술 부분을 손가락으로 치면서 그의 위치를 환기시키곤 하셨다.

—신녕궁주, 빈 공간이 없이 꾹꾹 채워 따르게. 오 할이나 팔 할로 채우는 것은 영 미덥지 않아.

하나 여기에 중전은 없으니 신녕궁주는 누구의 시중도 들 필요가 없다. 궁주는 원이 제멋대로 굴도록 내버려두었다. 원은 습관처럼 두어 번 손가락을 치다가 신녕궁주가 아무 답이 없자 자기 손으로 직접 차를 따랐다.

"휘영당 궁녀들 중에는 손이 재빠른 자가 없구려. 나중에 제가 한 명 보내드리리다."

"말씀은 감사하오나 휘영당에서는 손이 느리고 계산도 느린 궁녀를 선호하는 터라 마음만 받겠습니다. 한데, 어째서 그런 상서롭지 못한 일을 벌이셨습니까? 민심을 만들기 위해서입니까?"

충분히 말을 돌렸다고 생각했는데 신녕궁주는 휘둘리는 법도 없이 다시 질문했다. 원은 얼마간 신녕궁주의 눈을 빤히 응시하더니 제 손으로 가득 따른 차를 꿀꺽꿀꺽 마셨다. 말을 하지 않겠다는 뜻이다. 한 번에 한 잔을 전부 마시는 습관은 중전을 조금 닮았는데 품위 대신 기개가 있었다.

이이도 왕의 여인이긴 하구나. 신녕은 원을 한참 바라보다가 문득 궁녀를 시켜 바둑판을 가져오게 했다. 이대로 두 사람 다 입을 꾹 닫아서는 해가 질 때까지 아무것도 얻을 수 없을 것이니 일단 허점을 파고드는 것이 좋겠다는 판단이었다.

사람은 놀이 앞에서는 얼마든지 마음 한구석이 유해져서 꺼내지 않을 법한 말도 꺼내곤 한다. 접대를 하는 사람들이 바둑이나 장기를 배우는 이유를 신녕은 잘 알았다. 손을 먼저 움직이게 하면 머리가 움직인다. 머리가 움직이면 말을 하게 되고 말을 많이 하다보면 반드시 한 번쯤은 실언하기 마련이다. 신녕은 바둑판을 찻상 옆으로 붙였다. 당황한 듯 원의 눈이 커졌다.

"바둑? 갑자기?"

"싫으십니까."

"설마! 하지만 나는 내기 바둑 아니면 하지 않는 성미요."

"소인도 그러합니다. 빈께서 이기신다면 원하는 것 하나를 들어드리지요. 대신 제가 이기면……."

"그럴 리 없소."

원은 자연스럽게 흑돌이 놓인 돌통 쪽으로 손을 뻗었다. 여우들은 다 이렇게 자신만만한가. 어쩌면 이런 모습이 사랑스러운 것인가. 원의 뺨이 붉게 상기된 것이 무척 아이 같다고 생각하며 신녕은 돌통을 원 쪽으로 건넸다. 원은 하얗고 긴 손가락에 바둑알 하나를 올려놓고는 바둑판을 오래도록 노려보았다.

두 사람은 마치 상대의 한 수만을 보고도 앞으로의 기국을 모조리 예측할 수 있다는 듯 아무 말도 없이 서로의 기량을 재고 있었는데, 그 침묵을 깬 것은 물론 흑돌을 쥔 원이었다. 그는 바둑판의 가장 중앙인 천원天元에 착수했다.

"강수는 잘 있소?"

예측할 수 없던 수였기 때문에 신녕은 놀라 잠시 대답하는 것을 잊었다. 하지만 어떤 승부라 할지라도 기세가 중요한 법이다. 신녕은 아무렇지도 않은 듯 오른쪽 화점에 돌을 놓았다.

"선생은 요새 양의문을 지키고 있는데 보지 못하신 게로군요."

"요즘 안 보이던데. 어디서 맞고 다니는 건 아니오?"

무엇을 얼마만큼 아는 것이야. 물어보고 싶었지만 벌써 밑천을 들킬 수는 없어 참고 있는 신녕의 마음을 아는 듯 모르는 듯, 원은 천원을 중심으로 사선으로 대칭되는 위치에 흑돌을 올려두었다.

"잘 아시는 사이인가 봅니다."

"예전엔 꽤 교류가 있었다오. 끝은 별로 안 좋았지만."

원은 웃으며 또 대칭되는 위치에 돌을 올렸다. 신녕이 시험 삼아 돌 하나를 생뚱맞은 곳에 두었더니 이번에도 원은 신녕 궁주가 올린 바둑돌을 그대로 따라서 대칭으로 두었다. 흉내 바둑인가. 정말 짜증나는 사람이군. 기분이 나빠진 신녕이 원을 힐끗 노려보는데도 정작 당사자는 아무렇지도 않은 듯이 허허실실 웃고 있을 뿐이다. 신녕이 한참을 고민하여 백돌을 놓으면 원은 정확히 대칭인 곳에 다시 흑돌을 올린다.

"듣기로 여우는 흉내를 잘 낸다는데 과연 그렇군요."

"강수가 그럽디까?"

아차. 원에게서 이야기를 끌어내야 하는데 자신이 먼저 밑천을 털려버렸다. 신녕은 도발에 걸려든 것이 부끄러워 고개를 푹 수그리고 작게 끄덕였다.

"저도 뿔 난 괴인이면서 별말을 다 하고 다니는군. 그래요. 흉내내는 것은 내 특기라오."

"사람을 꾀는 것도 잘하시고요."

"그것은 반대요. 내가 꾀는 것이 아니라 사람들이 자꾸만 나를 꾀려고 한다오. 염치도 없지."

신녕궁주가 두면 원은 따라서 둔다. 원은 꼬리잡기 놀이를 하는 어린아이처럼 바둑판 위에 빠르게 돌을 올렸으나 신녕궁주는 자꾸만 자신을 따라 하는 원에게서 어떻게 해야 벗어날 수 있는지 고민하느라 손이 점점 느려졌다.

"바둑 두는 사람 어디 갔나."

"조금만 기다리십시오."

"나는 마냥 남의 수를 기다리기만 하는 것은 별로인데. 재미

있는 이야기 하나 해드리리까."

그야 당신은 내가 두면 대칭으로 놓기만 하면 되니까 시간이 남아돌겠지. 하지만 이쪽은 열심히 생각을 하고 있잖습니까. 신녕은 그리 쏘아붙이려다가 입을 다물었다. 지금은 바둑의 승부보다는 그의 입을 열게 하여 최대한 많은 정보를 확보하고 또한 허점을 발견하는 것이 우선이다. 이 순간을 기다려 부러 바둑을 두자 한 것이었음에도 신녕은 묘한 승부심이 발동해 바둑에 집중하고 싶어하는 자신을 억누르기 위해 심호흡을 했다. 모처럼 원이 입을 열겠다는데 막아서는 안 되는 노릇이다.

"무슨 이야기기에 그러십니까."

"여우 누이에 대한 이야기라오."

신녕이 다음 수를 어디에 두어야 할지 고민하는 동안 원은 깍지 낀 양손을 목 뒤에 두었다. 그리고 회한에 잠긴 듯 오랫동안 눈을 감았다 뜨더니 천천히 이야기를 시작했다.

원의 이야기
—여우 누이 이야기

옛날에, 어느 마을에 아들 셋 있는 집이 있었는데 그 집 부모는 모든 것을 가졌기에 남부러울 것이 없었소.

첫째 아들은 공부를 잘하여 제갈공명이 환생한 것 같으니 걱정이 없고 둘째 아들은 몸이 튼튼한데다 천하에 둘도 없는 장사라 씨름으론 이길 자가 없으니 근심이 없었소. 셋째 아들은 두 아들에 비해서는 머리도 몸도 미치지 못했지만 뭐, 완벽할 순 없으니까.

남들은 하나도 갖지 못하는 훌륭한 아드님을 셋이나 가졌으니 그 부모들이 어찌나 의기양양했겠으며 사람들이 그들을 얼마나 부러워했겠소. 궁주님도 아시다시피 하늘은 공평하지 않은 터라 그 집에는 재물도 많았다오. 마을서 가장 부잣집이라 하면 사람들은 둘도 말고 다 그 삼 형제의 집을 떠올렸으니 조상 복이라도 받은 모양이지.

어느 날, 남부러울 것 없는 그 집 사람들이 장날에 구경을 나갔다오.

부모는 똑똑한 큰아들에겐 책을 사주고 듬직한 둘째 아들에겐 옷을 한 벌 사주고 별 볼 일 없는 셋째 아들에겐 엿이나 하나 사주었소. 그렇게 장날 구경을 잘 하고 돌아오는데…… 글쎄 거지 부녀를 만난 거요. 어찌나 더러운지 먼 데서부터 냄새가 고약하여 사람들이 다 피해 다녔다오.

거지 부녀 중 아버지 쪽은 소경*인 듯한데 어디서 넘어지기라도 했는지 무릎에 피고름이 줄줄 흐르고 그 위로 파리가 꼬여 점처럼 보이도록 새까매서는 살아 있는 사람인지 곧 죽을 시체인지 가늠하기도 어려웠소. 악취가 어찌나 심했는지 사람들이 그 거지를 피해 멀찍이 돌아나갈 정도였다오.

한데 그 딸이 말이오, 아버지에게 참으로 살갑게 구는 거요. 아버지는 그토록 볼품이 없이 시체나 다름없는데 딸은 입으로 아버지 무릎의 피고름을 다 빨아내고 치마를 뜯어 감싸주면서 효를 다 하더란 말이오. 삼 형제의 부모는 그 모습을 보고 참으로 감동하여 아들들에게 물어보았소.

"내가 만약 늙고 병든데다 총기도 예전 같지 않아 이 많은 재산을 잃고 눈이 멀고 다리에선 고름이 흐른다면 너희는 나를 어찌 대할 것이냐. 첫째부터 대답해보아라."

그리하여 첫째 아들이 대답하기를,

---

* 시각장애인.

"제가 과거에 들어 관직에 제수된다면 부모님이 가지신 것보다 더 커다란 부와 명성을 얻을 것입니다. 고래등만한 기와집에 단단한 빗장을 잠가두고 부모님을 보살필 것이니 걱정 마십시오."

둘째 아들이 대답하기를,

"제가 무과에 합격하여 직함을 얻는다면 부모님을 이전과 같이 모실 수 있을 것이니 커다란 기와집에 자물쇠가 튼튼한 방을 마련하여 부모님을 모실 것입니다. 그러니 근심 마십시오."

부모는 두 아들의 대답이 썩 마음에 들지는 않았으나 겉으로 내색은 할 수 없었소. 이번엔 셋째 아들에게 물었소. 얘야. 너는 나를 어찌 대할 것이냐. 셋째 아들이 대답했소.

"부모님이 모든 것을 잃고 걸식을 하시게 된다면 소자, 부모님의 발목을 잡는 대신 얼른 독립할 테니 적어도 두 분이 저로 인해 근심 걱정하지는 않을 것입니다."

아들이 셋이나 되는데 다리에 흐르는 피고름을 닦아준다는 놈이 하나도 없었소. 세상천지에 근심 걱정 없던 부모에게 고민이 생긴 거요. 자신들은 필연적으로 약해지고 병들고 늙을 것인데 고래등만한 집에서, 혹은 자물쇠가 튼튼한 방에서 나오지도 못하고 갇힌 채 방에 갇혀 세상을 등질 판이었소. 아들들은 여전히 듬직하지만 세심한 것은 기대할 수가 없겠다, 이렇게 생각한 부모는 그날 이후로 새로운 소원을 하나 품게 되었소. 바로 딸을 갖는 것이오. 소경의 고름을 빨아 뱉어주듯 자신의 노후를 보살펴줄 딸이 필요해진 게지.

생각해보시오. 세상에서 가장 똑똑한 아들에게 고름을 빨아달라 할 수 있겠소? 천하제일의 장사인 아들에게 똥오줌 묻은 바지를 빨아달라 할 수 있겠냐 말이오. 하지만 딸에게라면 얼마든지 시킬 수 있지요. 똑똑하지 않아도, 힘이 세지 않아도 좋으니 오로지 귀엽고 상냥하고 마음이 약하여 시집을 가더라도 자신을 돌보아줄 딸을 부모는 기대하였소. 여우처럼 사랑스럽고 매구처럼 살랑살랑 애교를 잘 부리는 그런 딸을. 그리하여 부모는 서낭당에 가서 조석으로 딸을 달라 빌었다오.

삼신할미시여, 부디 여우 같은 딸을 주옵소서.

"그래서 부모는 딸을 가졌습니까?"

신녕궁주의 물음에 원은 씨익 웃으며 고개를 끄덕였다.

"가졌지. 가졌고말고. 이야기는 거기서부터 시작이라오."

간절한 기도가 정말로 삼신할미에게 닿았던지, 부부는 열 달 뒤에 딸 하나를 얻었는데 과연 여우처럼 사랑스럽고 매구처럼 살랑살랑 애교를 부릴 줄 알았다오. 무뚝뚝한 사내아이들만 기르다가 여시짓 하는 딸을 보니 얼마나 사랑스러웠겠소. 부모는 다른 어떤 자식보다 딸을 더 가까이했소.

역시 집에는 애교 부리는 딸 하나쯤 있어야지. 선녀처럼 공주처럼 곱게만 기르다가 딸아이의 미모에 눈이 홀리는 남자라도 나타나면 그게 누구든 다리몽둥이를 부러뜨려주리라. 그것이 사랑이라 그리 생각하면서.

계절이 바뀌고 해가 바뀌어 십오 년이 지났소. 딸은 마을에서 가장 아름다운 처녀로 자라났소.

딸은 첫째보다 머리가 좋았기에 하나를 가르치면 열을 알았고 둘째보다 건강했으니 부모를 걱정시키지 않았소. 비록 딸이기는 하나 이 아이가 집안을 일으킬 것이라고, 부모는 그리 믿어 의심치 않았소. 완벽한 딸을 가졌으므로 부모에게 세 아들은 쓸모가 없었고 이제 애물단지로만 보였소.

제갈공명 같던 첫째 아들은 키우고 보니 우물 안 개구리라, 그가 살던 마을에서 제일 똑똑하긴 하였지만 과거에서 연이어 낙방을 하였다오. 그는 부모 앞에서만 "네, 네" 하면서 굽실거렸을 뿐 어찌나 성정이 예민한지 누구를 만나 무슨 대화를 나누든 꼬투리를 잡아 싸우곤 했소. 말싸움에 지기라도 하는 날에는 밤잠을 자지 못하고 낮에는 피곤하여 밖으로 나다니지도 못했지.

믿음직하던 둘째 아들은 이제 보니 동네 깡패가 따로 없었소. 자기 힘센 것을 믿고 아무나 때리고 다녀 사람들 몸을 상하게 했으니, 부모는 아들이 때린 사람의 치료비를 물어주는 것이 일이었소. 셋째는 말할 필요도 없었지. 그러니 어쩌겠소. 부모는 딸만을 지극히 사랑하게 되어 딸은 부모의 기쁨이자 형제들의 슬픔이 되었다오.

한데 어느 날부턴가 그 집에서 이상한 일이 생겼소. 밤마다 가축이 한 마리씩 두 마리씩 죽어나가는 거요. 전염병도 아니고 겉으로 봐서는 아무런 문제도 없는데 이유도 없이 픽픽 쓰러져 죽는 것이오.

도깨비에라도 홀린 것인가. 부모는 큰아들을 시켜 밤에 보초를 서게 했소. 혹시 이상한 것이 오면 쫓아버리라고. 쫓을 수 없다면 그게 무엇인지, 사람인지 귀신인지 지켜보았다가 다음날 함께 잡으러 가자고 말이오.

하나 첫째 아들은 부모 없는 조용한 마구간에서 실로 오랜만에 깊게 잠들어버렸다오. 단잠을 자느라 그는 아무것도 보지 못했으나 그리 말하면 부모가 화를 낼 줄 알았기에 거짓말을 했소.

"간밤에는 아무도 오지 않았습니다."

부모는 이번엔 둘째 아들에게 보초 서는 일을 맡겼소. 하긴 처음부터 둘째 아들에게 이런 것을 맡겨야 했소. 둘째는 가족 중 누구보다도 힘이 좋으니 분명 범인을 붙잡을 수 있을 것 아니오.

다음날 아침, 부모는 다시 마구간에 가보았소. 그랬더니 이번에도 말이 죽어 있는 거요. 둘째 아들에게 보초를 서며 간밤에 무언가 본 것이 없느냐 물었는데 둘째 아들 역시 아무것도 못 봤다며 고개를 저었소. 하지만 부모는 둘째 아들의 입에서 술냄새가 달큰하게 나는 것을 맡을 수 있었소. 둘째는 밤새 술을 마시고 친구들과 유흥을 즐기다 아침이 되어서야 돌아왔으니 보초는 서지도 않았을 거였소. 그러니 당연히 누가 오는지도 보지 못했을 거요.

부모는 이번에는 시원치 않은 셋째 아들에게 보초를 맡겼소. 다음날, 기대 없이 향한 마구간에서는 역시 또 말이 죽어 있었소. 한데 셋째 아들은 다른 아들들과는 달리 누가 다녀갔다 하였소.

"밤중에 불 꺼진 방에서 누이가 스르르 기어나오더니 말의 항문에 팔꿈치를 넣었다가 간을 빼내어 먹었습니다. 보십시오. 말은 고통을 이기지 못하고 죽었습니다. 누이는 여우가 틀림없습니다. 당장 내치십시오."

과연 바닥에 핏자국이 낭자했으나 부모는 셋째의 말을 믿지 않았소. 하긴, 그들은 한 번도 셋째의 말을 믿은 적이 없었소. 딸을 질투하여 못된 말을 일삼는 셋째 아들을 부모는 용서할 수가 없었소.

감히 하나뿐인 고명딸을 음해했다는 이유로 부모는 셋째 아들을 욕하고 비난하며 괴롭혀 쫓아냈다오. 셋째 아들은 그대로 집안과 연이 끊겨 유리걸식을 하며 다니는 수밖에 없게 되었소.

이제 두 아들과 딸 하나를 가진 부모는 모든 것이 정상으로 돌아오리라 기대했다오. 하나 여전히 밤마다 짐승들이 죽어나갔소. 처음에는 셋째의 말을 믿지 않았던 부모도 어느 순간 딸을 다른 눈으로 보게 되었소.

혹시.

혹시?

완벽했던 가정에 찾아온 완벽한 딸이 의심스러워지기 시작한 거요. 모친은 아름답고 똑똑하며 건강한 딸을 찬찬히 살펴보았소. 까만 흑진주 같은 눈동자와 오뚝한 코, 그린 듯한 눈썹과 마치 백설기처럼 윤기나는 하얀 피부는 자신과 한끝도 닮지 않았으며 부친과는 털끝만큼도 닮지 않았소.

어쩌면?

어쩌면!

가진 말을 거의 다 잃었을 무렵 부친이 모친의 귓가에 속삭였소.

셋째가 설마 없는 말을 지어냈겠는가 하고.

부모는 그때부터 딸의 일거수일투족을 유심히 보게 되었소. 고기를 많이 먹으면 이 아이가 여우라서 그런가 하였고 채소를 많이 먹으면 여우인 것을 숨기려고 그런가 하였소.

딸이 똑똑한 소리를 하면 여우라서 그런가 보다 하였고 애교를 부리면 역시 여우라서 야살을 떠는구나 하였소.

그렇게 몇 년이 흘러갔다오. 집을 떠난 셋째 아들은 산 넘고 강을 건너 두 다리로 갈 수 있는 곳은 어디든 다니며 빌어먹다가 길을 잘못 드는 바람에 다시 자신이 나고 자란 마을로 돌아왔소. 발이 닿는 대로 걷다보니 어느새 익숙한 산의 능선과 들판의 지평선을 만났고 어쩌다보니 다시 고향땅에 발을 들인 것이오. 셋째는 집에 돌아갈 생각은 없었소. 다만 거리에서 동냥이라도 하여 다소간의 곤궁함이 충족된다면 다시 길을 떠날 생각이었다오.

마침 장날인 듯했소. 셋째는 자신의 어린 시절을 떠올렸소. 그날 먹었던 엿은 맛있었는데 이제는 걸식이나 하러 돌아왔구나 하는 생각에 슬픔이 복받쳐왔다오.

한데 목이 좋고 사람들이 많이 나다니는 곳에 벌써 웬 거지놈이 자리를 잡고 있는 거요. 드문드문 허옇게 세어버린 머리카락에선 빈대가 들끓고 얼굴엔 땟국이 줄줄 흘러서 표정도 알아보기 힘들 정도였소. 하지만 목이 좋았으니 사람들이 오가면서 엽전을 꽤나 던져주고 가더란 말이오.

셋째는 화가 났소.

저만큼이나 벌었으면 떠나야지, 상도덕도 없이 어찌 혼자 벌어먹으려고 하는가.

셋째는 그렇게 생각했다오. 사람들이 거지에게 동전을 던져 줄수록 마치 자신의 것을 빼앗긴 듯한 분노가 몰려왔소. 결국 그는 화를 참지 못하고 거지 놈의 멱살을 잡고선 멀리 집어 던졌소.

"이 더러운 거지새끼야, 여긴 내 자리니까 저리 꺼져라."

그는 이렇게 외쳤소. 거지 놈은 앞도 보이지 않는지 자기 몫의 엽전을 채 다 줍지도 못하고 비틀거리며 자리를 떠났소. 꼴이 참으로 비참하였는데 언제 넘어졌는지 무릎이 엉망으로 깨져 있었소. 다친 지 오래되었던지 파리가 상처에 앉아 알을 까고 있었소. 그제야 셋째는 그 거지 놈이 누구인지 알아보았소.

셋째는 그 길로 고향을 떠나 다시는 돌아오지 않았소. 대신 자기가 겪은 일들을 말해주면서 돈을 벌었소. 화목했고 풍요로웠던 삼 형제의 집이 여우 누이 때문에 망한 이야기는 장안에서 큰 인기를 끌어 모르는 사람이 없게 되었소.

셋째는 이제 제법 부유해져 집도 아내도 가졌다오. 한데 아직도 술이 들어가면 그런 말을 한다 하더이다. 제 집이 망한 것은 다 여우 같은 그년 때문이라고.

❁

원의 이야기가 끝나자 신녕궁주는 바둑을 두던 것도 잊은

채 입을 벌리고 있다가 한참 뒤에야 말을 꺼냈다.

"이것 참 묘한 이야기인데……."

신녕궁주는 손등에 턱을 괴고 다시 생각에 잠겼다. 마치 나올 듯 말 듯한 재채기를 기다리는 듯 목이 깔깔했다.

"내 이것과 비슷한 이야기를 어디서 들었는데. 어디서 들었더라……."

"궁주께서 생각하시기에 셋째가 만난 거지 놈은 누구일 것 같습니까?"

원은 보일락 말락 한 미소를 입꼬리에 얹으며 물었다. 의뭉스러운 사람이군. 신녕은 이렇게 생각하면서도 착실하게 대답했다.

"글쎄요. 수미상관의 법칙으로 보면 마지막에 셋째가 보았다던 거지 놈은 부친일 수도 있겠군요. 자신의 상처를 핥아줄 딸을 원했으나 아들을 소중히 여기지 않았기에 벌을 받은 걸까요."

원은 재밌다는 듯 웃었다.

"신녕궁주, 이 이야기는 궁주의 지난 물음에 대한 내 대답이오. 행운의 서신을 퍼뜨린 이유 말이오."

"이것이 어찌……."

"사람들은 저주를 무서워하는 것이 아니라 도리어 사랑한다오. 셋째에게 돈을 주고 이야기를 사는 사람들은 가족을 죽인 여우의 이야기를 듣고 싶은 것이오. 셋째는 사람들이 바라는 이야기를 해주었을 것이고. 그리고 누이는……."

원은 잠시 뜸을 들이다 대답했다.

"여우라고 불리던 딸은 가끔 진짜 여우가 되기도 하는 법이라오. 소문 또한 이야기이며 이야기는 사람을 변화시키기 마련이니."

"무슨 말씀인지 모르겠습니다."

원은 매끈하니 표정 없는 얼굴로 질문을 이어갔다.

"경복궁에서 자꾸 이상한 일이 생기는 이유를 알고 싶소?"

무엇보다도 궁금하다. 신녕궁주는 이제껏 묻고 싶었지만 누구에게도 묻지 못했던 수많은 의문을 품고 질문을 망설였으나 원은 신녕에게 말할 틈을 주지 않았다. 그는 자신이 하고 싶은 말을 그대로 이었다.

"금상은 중전을 여우로 만들고 싶은 게요. 누이를 여우로 만든 셋째처럼 말이오."

"그게 무슨 소립니까?"

신녕궁주의 질문에 원은 보이지 않는 것을 보는 듯 허공을 올려다보았는데 시선을 따라가보니 그의 눈동자는 멀리 하늘을 찌를 듯 높이 쌓아올린 근정전의 당당한 기와지붕과 그 허리 아래께에나 오는 교태전을 번갈아 보는 듯했다.

"명과 암, 양과 음, 유학과 괴력난신, 정상과 비정상. 이 모든 것은 강녕전*과 교태전으로 대표되지 않더이까. 금상은 잘난 유학의 나라를 만들기 위해 흑백을 철저히 분리하는 중이라오."

이야기가 길어질수록 원의 목소리는 점점 더 커졌는데 조금 떨리는 것도 같았다.

"임금은 경복궁의 삿되고 못되고 비정상인 것들을 한데 모아 교태전에 던져버리고 싶은 거라고. 그래야 자신은 온전하게 정상적인 유학자들의 왕이 될 테니. 누이를 여우로 만들고서야 비로소 사람 취급을 받게 된 셋째처럼."

신녕궁주는 자기도 모르게 주먹으로 바닥을 쳤다. 그는 두 분이 사가에서부터 어찌나 끔찍이 서로를 아끼셨는지 알고 있었으므로 모르는 소리 말라고 원을 다그치고 싶었다. 그들이 얼마나 서로를 신뢰하고 있는지, 그들이 쌓은 역사가 얼마나 깊은지에 대해 말하려 했으나 차마 하지 못했다. 교태전을 냉궁으로 만든 것은 금상이며 첩실이 아닌 후궁을 들인 것도 금상이므로.

"그런 것은 비약입니다. 음과 양은 어느 것이 나쁘고 좋다 할 수 없습니다. 그 둘이 함께 있어야 비로소 온전한 원圓을 이루는 것인데 어찌 음을 두고 삿되고 못되고 비정상이라 하겠

---

* 경복궁 내에 있는 임금의 침전이자 생활공간으로, 중궁전인 교태전의 남쪽에 있다.

습니까."

"그것은 원론이지 입장이 아니오. 궁주님의 주인은 누구요?"

"그게 무슨……."

"금상이오? 아니면 중전이오?"

신녕은 혀가 굳은 듯 머뭇거리다가 겨우 대답했다.

"제가 무슨 말을 드릴 수 있겠습니까. 저는 두 분의 충직한 종이온데……."

원은 신녕의 이마에 손을 뻗어 송골송골 맺힌 땀을 닦아주었다. 땀이 나는 줄도 몰랐던 신녕이 놀라 뒤로 허리를 빼자 자연히 원의 어깨가 수그러졌다. 원은 흑돌을 하나 집더니 바둑판 위에 올려두었다.

"바둑알에는 회색이 없소이다."

천원을 먼저 확보한 덕에 원은 흉내 바둑을 두면서도 판을 장악하고 있다. 묘수 없이 내버려둔다면 승산은 없다.

"그대로 둘 것이오? 이대로라면 그대가 질 것 같소만. 좀더 연구해서 다시 오겠소?"

신녕궁주는 고개를 끄덕이는 것 외에 아무것도 할 수 없었다.

"어디까지 두었는지 기억하였으니 다음에 이어 둡시다. 혼자서 힘들다면 강수한테 물어봐요. 그이는 답을 알고 있다오. 어떻게 하면 오래도록 살아남을 수 있는지."

원은 웃었고 신녕은 지고 말았으나 또 완전히 진 것은 아니었다. 신녕은 행운의 서신에 대한 답을 들었으나 적절한 다음 질문을 생각하지 못한 죄로 여전히 해소되지 않아 답답한 심정을 느끼며 다음을 기약하는 수밖에 없었다.

6장

원한을 갚지 않으면 군자라고 할 수 없다

흉내 바둑의 파훼법

강수는 양의문 아래에서 초립 그림자 아래 얼굴을 숨기며 몰래 하품을 하고 있었다.

기우제 준비 때문에 얼마간 일을 하지 않았을 뿐인데 어느새 몸이 낮시간대에 적응해버렸는지 밤새도록 서 있는 일이 그렇게 힘들 수가 없었다.

나이가 들어서 그런가. 온몸이 쑤시는 것도 같고. 강수가 고개를 양옆으로 까딱까딱 움직이며 굳은 근육을 풀고 있던 그때 뒤에서 궁녀 하나가 다가왔다. 강수는 얼른 뒤를 돌아보고 들어오는 사람의 얼굴을 확인했다. 마가 노아였다. 노아는 강수와 눈을 맞추고는 작게 목례했다.

"늦으셨네요."

인사를 대신하여 강수가 부러 말을 걸자 노아는 대답은 않고 잠시 서서 고민하더니 그대로 승순당을 지나쳐 내순당으로 들었다. 내가 뭘 잘못했나? 강수가 어리둥절해 있을 찰나, 또 한 사람이 걸어왔다. 출입패를 확인하려 했으나 궁녀는 온다 간다 인사도 없이 빠른 걸음으로 문을 지나버렸다. 강수는 당황했다. 자신이 아무리 허수아비 별감이라고는 하나 드나드는 궁녀들을 파악하는 정도는 해야겠기에 주의를 주려고 했으나 궁녀는 벌써 승순당으로 들어가버렸다. 별감 말을 무시하기로 궁녀들끼리 담합이라도 했나. 저 나이대 여자애들이란 알 수가 없다.

강수는 본래 자신이 있어야 할 곳으로 가서 다시 다리를 벌리고 서서는 초립을 앞으로 기울여 눈을 가렸다. 선잠이라도 잘 요량이었다. 하지만 오늘 밤은 무엇이든 맘먹은 대로 잘되지 않는다.

부엉부엉.

양의문 기와 위에서 고양이매가 울어 그가 잠드는 것을 방해하고 있다.

고양이매라니. 이거 또 유덕이 밤새 난동을 부리겠군. 미리 잡아두어야겠다 싶어 고개를 들어올리자 웬걸, 고양이매가 아니라 정말로 고양이였다. 오 척 장신이기는 했지만.

"궁주님…… 대체 왜 거기에 계십니까."

강수가 바싹 마른 손으로 얼굴을 쓸어내리며 신녕에게 말을 걸자 신녕은 기와 위에 착 달라붙어 주위를 둘러보더니 괜찮다고 판단했는지 바닥으로 사뿐히 착지해 양의문 그림자 안으로 몸을 숨겼다. 강수는 자신의 생각을 정정했다. 여자들이란 나이 불문하고 무슨 생각을 하고 있는지 알 수가 없다.

"뭘 좀 여쭤보고 싶어서요."

"제발 좀 평범하게 찾아오시면 안 됩니까. 놀라서 제가 제 명에 못 살겠습니다."

강수의 타박에 신녕이 빙그레 웃었다. 이런 농담을 좋아하는 모양이다.

"저도 궁금하군요. 강수 선생의 수명이 얼마나 될는지."

강수는 주위를 한번 둘러보더니 신녕과 작은 소리로 이야기를 나눌 수 있을 정도로 가까이 다가와 어깨를 펴며 똑바로 섰다. 늘 등을 구부정하고 다니는 모습만 보았는데 이렇게 자세를 바르게 하니 제법 어깨가 넓어서 앉아 있는 사람 하나쯤은 가릴 수 있을 것 같았다.

"무슨 일입니까."

강수의 질문에 신녕은 숨길 것도 없다는 듯 담백하게 대답했다.

"바둑이요."

"바둑?"

"흉내 바둑을 파훼할 방법을 알고 싶습니다. 혹 예전에 여우와 바둑을 둔 적이 있습니까?"

그 말에 강수의 얼굴이 밝아졌다. 강수는 무뚝뚝한 사람은 아니었지만 평소 희로애락과 같은 감정 표현을 잘 하지 않는 터라 그렇게 밝게 웃는 모습을 보니 신녕은 이상한 기분이 들었다.

"여우를 만나신 모양입니다."

"만났다 뿐입니까? 괜히 바둑 내기를 걸었다가 처참하게 질 뻔했습니다. 한데 봐주더군요. 외려 강수에게 가서 물어보고 오라며 보내주기까지 했습니다."

그 말에 강수는 환하게 웃었다.

"나를 기억하고 있었다니."

그의 말에 신녕은 얼굴을 찌푸렸다. 잊어버리려야 잊어버릴 수 없는 얼굴을 하고서는 꽤나 덤덤하군. 하지만 이어지는 말에는 아연실색하고 말았다.

"나는 잊고 있었는데."

대체 뭘 기억하고 사는 것인지. 신녕은 강수의 좋다는 머리가 더없이 의심스러워졌다. 설마 예전에 어떻게 이겼는지도 잊어버린 것은 아닌가. 신녕은 서둘러 물었다.

"한데 바둑 말입니다."

이어서 물어보고 싶었던 말은 '기억은 하십니까?'였는데 다시 확인할 필요도 없었다. 강수는 마치 어제 일을 들춰보듯이 흐뭇한 얼굴로 고개를 끄덕이며 그날의 승리를 되새기는 듯했다.

"아아, 명대국이었지요."

강수는 지금도 어제처럼 그날을 떠올릴 수 있었다.

그러니까 그때가 언제더라. 오백 년 하고도 몇십 년 전쯤이었던가. 그때 여우는 상좌가 아니었으며 강수 역시 지금과는 사뭇 달랐다. 조금 더 저돌적이었던 것도 같다. 문무왕 때였던가, 신문왕 때였던가. 아무튼 지금보다는 여름이 덜 더웠던 시절의 이야기다.

강수가 긴 이야기를 할 듯이 운을 떼자 신녕궁주가 얼른 잘라냈다.

"아니, 옛 추억담을 듣고 싶지 않습니다. 얼른 대국에 대해서나 말해주세요."

"궁주께선 점점 참을성이 없어지시는군요. 늙은이는 추억으로 먹고사는 법인데."

"추억할 만큼 기억하는 일도 많이 없으시잖습니까. 오늘만 사시는 분이 무슨."

"……이미 저를 다 파악하셨군요."

강수는 조금 섭섭해했지만 결국 알았노라며 자신의 고집을 꺾었다.

그날의 대국은 즐거웠다. 무척 흥미진진하기도 했지만 이긴 대국이었기 때문에 열 배는 더 즐거웠다.

강수는 눈을 감고 대국을 복기해보았다.

여우가 먼저 흑돌을 잡았었다. 그는 시작하자마자 바둑판의 중앙인 천원에 착수했다.

이상하다고 생각했다. 모서리부터 야금야금 집을 지어나가는 것이 정석인데 여우의 바둑은 규칙이 조금 다른가 하고 생각했던 것도 같다. 강수는 몇 번 더 돌이 오간 다음에야 알아차렸다. 아, 이것은 흉내 바둑이구나 하고. 강수는 이런 바둑을 전에 본 일이 있었다.

진흥왕의 딸 월륜공주는 바둑 신동이었는데 열다섯 나이에 기성棋聖이라고 불렸다. 기성은 바둑 최고수를 일컫는 말인데 당대에 어찌나 유명했던지 바둑을 둘 줄 아는 사람이라면 누구나 공주와 대국해보는 것이 소원일 정도였다. 공주는 어린 아이답게 바둑을 두면서도 장난치기를 좋아했고 강수와 둘 때면 흉내 바둑으로 그를 곤란하게 만드는 것을 즐겼다.

공주가 두었던 방식은 이러하다. 먼저 자신이 흑돌을 잡고 백돌을 잡은 사람의 패를 그대로 따라 하는 것이다. 백돌을 잡은 사람은 자신이 아무리 묘수를 짜내어도 흑돌이 그대로 따라 하기만 하므로 당황하다가 한 번의 실수에 결국은 와르르 무너지고 만다. 공주는 그 틈을 놓치지 않고 기세를 몰아 이기는 것을 좋아했다. 승리에 기뻐하며 뺨을 발그레 붉히던 공주에게 파훼의 비법을 물었더니 이렇게 대답했었다.

"선생, 오늘은 열이 올라 더는 바둑을 둘 수가 없겠습니다. 다음번에 만나면 흉내 바둑을 파훼할 방법을 알려주겠어요. 어렵지도 않아요."

공주는 손가락을 들어 대각선을 그리며 대답했다. 강수는 순간 어떻게 흉내 바둑을 파훼해야 할지 알아챘으나 그 방법이 맞는지는 끝내 확인할 수 없었다. 공주가 다시는 일어나지 못했기 때문이다.

고뿔이었다. 사람은 겨우 고뿔로도 죽을 수 있다. 강수는 이 이야기를 신녕에게 해주고 싶었으나 그가 그다지 듣고 싶어하는 것 같지 않기에 입을 다물었다.

흉내 바둑을 파훼하는 방법은 간단하다. 대각선, 즉 축*을 만드는 것이다.

그날 여우가 먼저 천원을 잡았고 강수는 바로 그 아래 백돌을 놓아 아래를 공략했다. 강수는 천원을 중심으로 연이어 옆에 돌을 붙여서 흑돌이 빈삼각 모양이 되도록 만들었는데 여우가 생각을 할 수 없도록 끊임없이 말을 걸면서 빠르게 돌을 놓는 것이 비법이라면 비법이었다.

여우는 이야기하는 것을 가장 좋아했고 바둑은 그의 즐거움에서 서너 번째의 것에 불과했으므로 자꾸 말을 걸다보면 이야기하는 재미에 빠져 바둑에 대해서는 생각도 하지 않고 그대로 따라왔다. 그가 아무리 잘 보이는 함정을 파도 여우는 눈치채지 못하고 그대로 강수의 백돌을 따라 흉내 바둑을 두었고 결국 돌들이 대각선의 축을 이루었으니, 승리는 강수의

---

* 도망가도 계속 단수가 되어 결국 외통수로 죽을 수밖에 없는 형태.

것이었다. 여우는 결국 돌을 던졌다.*

"눈치채지 못하게 계속 이야기를 걸면서 축을 만드세요."

"그렇게 간단하다고요?"

"원래 비법은 간단한 것입니다. 하지만 그가 정말로 제 의견을 듣고 오라 한 것이라면 그것이 제대로 된 답은 아닌 듯합니다. 같은 방식으로 두 번 이길 수는 없으니 말입니다. 제게 듣고 오라 했던 것이 정말로 바둑 이야기가 맞습니까?"

강수가 그렇게 말하고서야 신녕은 원이 했던 이야기를 다시 되새길 수 있었다.

―궁주님의 주인은 금상이오? 아니면 중전이오?

―바둑알에는 회색이 없소이다.

그렇다. 애초에 그들은 바둑을 두기 위해 만난 것이 아니었다. 이야기를 하기 위해 바둑을 둔 것이지. 한데 자신은 그깟 내기에 이길 요량으로 다른 말들을 흘려들은 것이 아닌가. 바보 같기는.

신녕은 질문을 바꾸었다. 언제나 질문이 가장 중요하다.

"여우, 아니 원은 도대체 누굽니까?"

강수는 동그래진 눈으로 외려 신녕궁주를 쳐다보며 말이 없었다.

---

* 졌다는 의미.

"왜 대답이 없으십니까? 강수 선생도 모르는 것이 있나요?"

"대답하기 싫어서가 아니라 신녕궁주 같은 분이 왜 아직도 그것을 모르시는가 하여……."

신녕의 얼굴이 순식간에 달아올랐다. 지난번 행운의 서신 사건 때 자신이 타박했던 일을 강수는 여태 기억하고 있는 것이다. 평소에 온갖 일은 다 잊어버리더니 지성에 관한 일에 대해서는 일절 용서가 없군. 신녕은 앞으로 강수를 대할 때 지성에 대해서는 절대로 농담으로라도 걸고넘어지지 말아야겠다고 다짐했다.

강수만큼은 아니지만 신녕궁주 역시 어디서 멍청하단 소리를 들어본 적은 없었던 고로 자신의 두뇌에 대해 어느 정도는 자긍심을 가지고 있었다. 그런데 강수가 이렇게 나오니 아무래도 입맛이 껄끄럽다. 설마 강수는 그가 누군지 이미 알고 있다는 말인가. 강수가 아는 것을 자신이 모르다니. 대체 무얼 놓친 것인지 아무리 생각해도 답이 나오질 않아 신녕은 결국 꼬리를 내리고 되묻는 수밖에 없었다.

"좀 알려주십시오. 강수 선생의 혜안이 필요합니다."

강수의 입가에 잔잔한 웃음이 번졌다. 이제야 말할 기분이 드는 모양이다. 하지만 강수는 자신의 본분을 잊지는 않았다.

"지금 당장 말씀드리고 싶지만 저도 공사가 다망합니다. 고귀한 분으로부터 특명을 받아 해가 뜰 때까지는 이곳에서 움직일 수 없으니 파루*가 치는 오경삼점五更三點**에 원길헌 행각에서 뵙겠습니다."

특명을 내린 고귀한 분이란 신녕궁주 본인이 아닌가. 아무래도 강수는 그간 신녕궁주에게 쌓인 것이 많은 모양이었다. 화는 내지 않아도 잊지는 않는 것이 마치 정치하는 사람 같군.

하지만 세상에 정치하지 않는 사람이 있던가. 신녕은 별수 없이 고개를 끄덕였다. 강수는 짧은 시간 동안 궁궐에 꽤 잘 적응한 듯했다.

강수와 약속한 시간이 올 때까지 신녕은 잠을 자지도 쉬지도 못한 채로 가만히 있어도 땀이 흐르는 팔월의 밤을 견뎌냈다. 아무래도 경복궁의 중심인 교태전에서, 그것도 내실과 이어진 원길헌 행각에서 만나기로 한 것은 지나친 처사가 아닌가 하여 마음이 불편했다. 물론 강수를 데리고 휘영당에 가는 것도 꺼림칙한 일이긴 하지만 이곳은 조선에서 가장 어려운 여인의 공간이 아닌가. 이런 곳에서 야합이라니. 십 년 전이었으면 상상조차 할 수 없었을 것이다.

시간은 좀처럼 흐르지 않았다. 그것이 더운 공기 때문인지

---

* 조선시대에 통행금지 해제를 알리기 위하여 종각의 종을 서른세 번 치던 일.
** 새벽 4시경.

아니면 빨리 질문의 답을 알고 싶은 조급한 마음 때문인지 잘 알 수가 없어서 신녕은 애꿎은 손바닥 굳은살을 몇 번이고 헤집었다.

예전엔 단단했으나 이제는 물렁물렁해져서 자꾸만 껍질이 벗겨지는 손바닥의 굳은살은 아무리 봐도 내명부 여인 같아 보이지는 않았다. 검을 쥐는 손을 만드느라 그렇게나 오랜 시간 공을 들였는데 이제는 후궁의 손치고 지나치게 투박한 것은 아닌가 하여 염려가 될 정도니 사람의 마음이란 참 간사하다. 주어진 이름에 걸맞은 사람이 되고 싶어진다. 검사 양유와 몸종 양유, 그리고 후궁 신녕궁주는 모두 다른 사람이며 각각은 전혀 같지 않다.

내명부에 들지 않았더라면 좋았을 것을. 신녕은 그렇게 생각했다가 자기도 모르게 정신이 번쩍 들어 고개를 저었다.

아니, 아니다. 내가 무슨 생각을. 평소에 주어지지 않는 빈 시간이 생기니 평소엔 해본 적도 없는 생각이 이어진다.

생각은 꼬리에 꼬리를 물어 신녕을 괴롭혔는데 시간이 흐르는 것을 괴롭도록 견딘 것은 그만이 아니었던지 파루의 종이 채 열 번도 치기 전에 강수가 모습을 드러냈다. 뛰어왔는지 약간 숨을 몰아쉬고 있었는데도 안광이 보일 만큼 눈동자에 활기가 가득했다. 아무튼, 똑똑한 사람들이란 자신이 알고 있는 것을 남에게 말하고 싶어 어쩔 줄을 모르는 것이다. 신녕은 속으로만 웃었다.

"오래 기다리셨습니까?"

괜히 심술을 부린 것이 본인이었다는 것은 벌써 잊었는지 강수가 너털웃음을 지었다.

"일찍 오셨군요."

"어디서 이야기를 하는 것이 좋을까요."

신녕은 강수의 질문에 답하는 대신 그가 들어온 문을 곧바로 닫아 잠갔다. 왜 갑자기 방문을 잠그는지 전혀 이해도 짐작도 하지 못한 강수가 의아한 표정으로 신녕을 내려다보자 신녕은 강수를 향해 손가락을 들어 그 입술을 눌렀다. 쉿. 강수는 천천히 고개를 끄덕였다.

신녕은 그제야 붙박이로 벽에 붙은 의걸이장*을 열었는데 보란듯이 걸려 있는 중앙의 자물쇠에는 손도 대지 않고 어디에 있는지 보이지도 않는 낮은 위치에 단번에 열쇠를 찔러넣었다.

딸깍 소리와 함께 의걸이장과 붙어 있던 벽체라고 생각했던 부분이 문이 되어 열렸고 문 아닌 문 안쪽으로 새까만 통로가 아가리를 벌리고 그들을 기다리고 있었다.

"호오. 이렇게 연결되어 있을 줄이야."

강수는 새로운 장난감을 발견한 어린아이처럼 즐거워하며

---

* 조선시대 옷을 보관하던 장롱의 일종.

의걸이장과 그 안쪽 공간을 빤히 바라보았으나 먼저 들어가지는 않았다. 신녕이 손을 뻗어 먼저 들어가도 괜찮다는 몸짓을 했으나 강수는 고개를 내저었다.

"겁쟁이들만이 천 년을 산답니다."

스스로를 겁쟁이라 말할 용기를 가졌다면 겁쟁이는 아니겠지만 아무래도 훌륭한 가장은 되지 못하겠군. 신녕은 그렇게 생각하며 먼저 의걸이장 안으로 들어갔다. 문이 넓어 고개를 많이 수그리지 않아도 괜찮았다.

강수는 신녕이 들어간 것을 확인한 다음에야 몸을 움직였다. 두 사람이 사라지고 의걸이장의 문이 닫힌 다음에는 방안에 어떤 흔적도 남지 않았으므로 마치 처음부터 누구도 들어오지 않은 것만 같았다.

신녕이 강수를 이끌어 내려간 곳은 정말로 궁궐 안인가 의심이 들 정도로 어두컴컴한 복도였는데 까치발을 하고 그 끝을 가늠하려 해도 빛이 거의 없어 어둠 속으로 무한히 이어지는 것만 같았다. 어떻게 설계되어 있는지는 모르지만 하늘(아마도 원길헌의 1층이겠지만)로부터 별빛이 새어들어오고 있었으니 공기가 모자랄 일은 없어 보였다. 하나 어딜 둘러보나 컴컴한 이곳에서 방향을 잡는 것은 어려운 일이라 강수는 신녕에게 자신의 걸음을 맡기는 수밖에 없었다. 어둠에 눈이 익을 때까지만 하는 생각으로 신녕의 옷자락 끝을 길잡이 삼아 잡고 그를 따라가야 했다.

대체 어디로 가는 것인지. 좌로 우로 위로 아래로 한참을 돌아 방향감각을 잃어버릴 즈음 공포심이 그를 휘감았다. 명계의 입구로 들어가는 기분이 들었다.

강수는 이전에 영의 이야기를 훔쳐 들었던 것을 떠올렸다. 처음 보는 남자를 믿고 국경까지 따라갔다가 죽임을 당한 영의 이야기를. 어두운 복도 끝에 길이 아니라 낭떠러지라도 있는 것이 아닐까? 강수는 데굴데굴 굴러떨어지지 않도록 다른 손으로도 신녕의 옷을 쥐었다. 그랬는데도 신녕은 한두 번 뒤를 돌아보며 "그러다 치마가 벗겨지겠습니다" 하고 타박하는 소리만 했을 뿐 어디로 가는지 얼마나 가면 되는지는 이야기하지 않았다.

몇 개의 계단을 올랐는지, 내려갔는지, 어디로 들고 어디로 나는지 분간되지 않기 시작했다. 건물 밖 다리로 이어진 전각 사이를 이동하기도 하고 무슨 통로를 지나기도 하며 같은 곳을 뱅뱅 돌고 있는 기분이 들어 강수는 이 시간을 영원 같이 느꼈는데 그의 노파심을 비웃기라도 하듯이 하늘에서 흘러들어오는 빛의 질감이 달라지기 시작했다.

단정한 촛불 같던 것은 어느새 활활 타는 횃불로 바뀌었는데 빛이 눈에 익자 주변 풍광들도 얼핏얼핏 보이면서 자신이 어디에 있는지 알 수 있었다. 그가 파악한 것이 맞는다면 이곳은 경복궁의 동남쪽에 위치한 망루, 동십자각이었다.

"경복궁 끝까지 왔으니 이제 안심하고 이야기를 들어도 좋겠습니다."

신녕이 그제야 입을 열었다. 강수는 고개를 끄덕이고는 다리가 아팠는지 주위를 둘러보다가 계단처럼 튀어나온 작은 턱 위에 쪼그려앉았고 신녕은 그것을 보더니 작게 웃었다.

"선생께선 자기 몸을 참 잘 챙기십니다."

신녕이 말하자 강수가 어깨를 으쓱했다.

"제가 아니면 누가 저를 챙기겠습니까."

"그도 그렇군요."

신녕은 눈높이를 맞추기 위해 강수 맞은편에 쪼그리고 앉으려 허리를 숙였다. 아래에는 턱도 뭣도 없었지만 신경쓰지 않았다. 중전께서 사가에 계실 때는 항상 이렇게 앉았으니 새삼스러울 것도 없다. 하지만 얼굴을 찌푸린 것은 도리어 강수였다. 강수는 널찍한 소매에서 손수건 한 장을 꺼내더니 얼른 바닥에 깔았다.

"치마가 더러워집니다."

"제가 빠는 것도 아닌데요."

"그러니까요. 남들 생각도 좀 하세요."

굳이? 신녕은 그렇게 말하려다 자신이 이제는 정말 몸종이 아니라는 것을 그제야 깨달았다. 몸종일 때 습관을 여전히 갖고 있으니 자신은 변하지 않은 줄로만 알았다. 하지만 동시에 빨래 따위는 자신의 일이 아니라 여길 만큼 위에서 아래로 사물을 보고 있지 않은가.

이래서야 격식 없는 몸종도, 고아한 후궁도 되지 못하고 격조가 없는 후궁이 되겠군. 신녕궁주는 조금은 더 후궁답게 행동하는 것이 좋겠다고 스스로를 다잡으며 강수의 손수건 위에 앉았으나 아무래도 불편했다. 한마디할까 말까 망설이던 신녕궁주는 굳이 하고 싶은 말을 참지는 않았다.

"광화문 네거리에 보면 말입니다, 길가에다 의자를 두고 하루종일 앉아 있는 노인들이 꽤 있답니다. 오가는 사람들을 보며 시간을 때우는데 지나가는 어린 여자애들의 치마가 조금 끌리면 옷을 더럽힌다고 뭐라고 하고 조금 짧으면 나라가 망하려나보다며 혀를 찬답니다."

"무슨 뜻입니까?"

"선생이 꼭 어린애들에게 시비를 거는 광화문 노인 같다는 소립니다. 천 살이나 드셨으면서 겨우 여든 먹은 사람들과 행동이 꼭 같으니 나이를 먹는다고 현명해지는 것은 아닌가 봅니다."

강수는 얼굴이 시뻘게지도록 웃더니 그제야 자신이 지나치게 간섭한 것에 대해 사과했다. 신녕은 어영부영 사과를 받더니 단도직입적으로 물었다.

"그래서, 원이 도대체 누굽니까?"

강수는 손수건을 꺼냈던 넓은 소매에서 이전에 신녕이 보여주었던 행운의 서신을 꺼냈다. 해가 뜨는 모양인지 하늘에서 옅은 빛이 흘러들어와 신녕은 눈을 찡그렸다.

"이것에 대해서는 지난번에 다 분석을 끝냈잖습니까."

신녕이 불평하자 강수가 고개를 내저었다.

"새로운 정보가 나왔으니 새로이 해석해야 합니다. 가설을 세웠으나 그것이 틀렸다면 새로운 답을 찾아야지 예전에 했던 것이라 하여 손을 놓아버리면 되겠습니까."

선생이 제법 선생다운 말을 했다. 학자란 다 이렇게 집요한 것인가. 신녕궁주는 숙제를 귀찮아하는 학생처럼 지겹다는 듯 행운의 서신을 받아들었다. 다시 읽어도 예전과 다르지 않다. 다 아는 글귀다. 고양이매가 어쩌고, 강철이 어쩌고.

신녕은 행운의 서신을 대충 눈으로 읽었으나 강수는 이런 것도 알려줘야 한단 말인가 하고 탄식하며 한 문장을 손으로 짚었다. 신녕은 입이 툭 튀어나온 채로 강수가 짚어준 문장을 읽었다.

"'강철이란 놈은 본래 용이었으나 아무도 용이라 불러주지 않아 땅에 떨어졌다.'"

"그것이 바로 해답입니다."

"무슨 소린지 모르겠습니다. 저는 원이 누구냐고 물었습니다. 선생이 들려주신 일화에 따르면 원은 여우였던 모양인데 여기 여우에 대한 이야기는 한마디도 없지 않습니까?"

하지만 강수는 가타부타 대답도 없이 다시 한번 그 문장을 또박또박 읽었다.

"'강철이란 놈은 본래 용이었으나 아무도 용이라 불러주지 않아 땅에 떨어졌다.' 이 말은 현재 사람들이 강철이라고 오해하고 있는 것이 사실은 본디 용이라는 뜻입니다. 용이 되지 못해 강철이 된 것이 아니라 본래 용이었으나 사람들이 강철이라 불러서 그렇게 된 것입니다. 그 차이를 모르시겠습니까?"

"아."

그제야 신녕이 탄성을 뱉었다.

"여우 흉내를 내고 있는 용이 있다면 그는 여우입니까, 용입니까?"

신녕궁주는 한참을 아무 대답도 할 수 없었다. 그를 다시 만난다면 나는 그를 무엇이라 불러야 하는가.

신녕의 손바닥에 땀이 배어나왔다.

원은 누구인가

신녕은 강수의 말을 듣고 이틀 밤을 꼬박 새워 고민했으나 별다른 도리가 없었는지 결국 원을 다시 휘영당으로 불렀다. 원은 신녕의 부름에 기꺼이 응했는데 물론 그들 사이에는 지난번에 승부를 내지 못한 바둑판이 놓였다. 원은 그를 보자마자 지난번 기국을 모조리 기억해내서는 바둑알을 순서대로 놓고 신녕의 다음 수를 기다렸다.

결국 이 의미 없는 바둑을 두어야 한단 말이지. 신녕은 원을 무어라 부를지 결정하지 못한 것은 물론이고 이 대국을 이겨야 하는지 져야 하는지에 대해서도 마음을 정하지 못하고 있었다. 그런 중에 강수의 조언이 귓가에 맴돌았으니 따르지 않을 도리가 없었다.

—눈치채지 못하게 계속 이야기를 걸면서 축을 만드세요.

비법은 알고 있다. 축을 만들면 흉내 바둑을 파훼할 수 있다. 하나 어떻게 같은 방법으로 한 사람에게서 두 번의 승리를 얻을 수 있단 말인가. 하지만 강수가 알려준 방법 외에는 아무런 묘수가 없었으므로 신녕은 강수의 말대로 돌을 두었다. 설마하니 정말로 이전과 똑같은 방법으로 지려고 하진 않겠지. 새로운 방법을 가지고 오면 어찌 대응해야 하나. 신녕의 고민이 깊었으나 이번에도 원은 신녕이 두는 대로 흉내 바둑을 두었다.

뭐야. 왜 따라오는 거야. 이길 마음이 없는 건가?

신녕은 강수가 했던 대로 빈삼각을 만들어보았는데 원의 바둑돌은 이번에도 저항 없이 신녕의 움직임을 그대로 따라왔다. 나를 놀리려는 것인가? 아니면 일부러 지기 위해 연극을 하는 것인가?

신녕궁주는 어째서 이런 촌극을 계속해야 하는지 이해할 수 없었다. 지도 바둑이나 접대 바둑이라 해도 이러지는 않는다. 대체 무슨 꿍꿍이인가. 신녕은 원의 집중하는 얼굴을 빤히 바라보았는데 원은 신녕이 신경도 쓰이지 않는다는 듯 차를 한 번에 다 마시고는 습관처럼 잔의 입술 부분을 손가락으로 툭툭 쳤다.

이틀 전, 신녕은 강수와 아주 많은 이야기를 나누었다. 사실 대화라기보다 문답에 가까웠지만. 자신은 짧게 묻고 강수는 길게 대답한다. 중간에 무언가 마음에 걸리는 것이 있으면 캐묻거나 다시 앞으로 돌아가 되묻기도 했다. 그때마다 강수는 정말로 학생을 대하듯 신녕에게 찬찬히 설명해주었다. 그런 식이었으니 이번 대화는 토론이나 토의는 확실히 아니었으며 굳이 말하자면 강의였다.

"혹 『구장산술』을 읽어본 적이 있으십니까."

『논어』를 읽었느냐, 『중용』이나 『맹자』를 읽었느냐 하는 질문은 그간 종종 받아봤으나 『구장산술』을 읽었느냐는 질문은 처음 받는다. 애초에 『구장산술』은 천문을 보는 사람들이나 읽는 책일진대 유학자가 뭐 이런 것에까지 손을 댔는지 모르겠다고 신녕은 생각했으나 강수의 나이를 생각해보면 『구장산술』이 아니라 머나먼 서천불국세계 바닷속에 사는 검물덕에게 있다는 『조선국인명총록책』*을 읽었다 해도 그러려니 싶을 것도 같다.

신녕이 고개를 젓자 강수는 실망하기는커녕 도움을 줄 수 있어 기쁘다는 듯이 도리어 해맑은 얼굴로 설명을 시작했다.

"『구장산술』은 저자가 알려져 있지 않은 책인데 당나라 때 이순풍의 주석이 더하여져 관리들을 위한 교과서가 되었습니다. 그 책에는 매우 흥미롭게도 평면도형의 넓이와 입체도형의 부피를 계산하는 방법이 나와 있는데 그중 가장 아름다운 것은 방정식이라는 것입니다."

그의 말에 따르면 방정식이라는 것은 미지의 수를 하나 두는 것이라는데, 그것이 정말로 있는 수인 양 주위 식들을 변형

---

* 조선인의 이름과 수명이 모두 적혀 있다는 책.

시키면 결국 그 '미지수'를 구할 수 있다고 한다. 무슨 말인지는 정확히 모르나 강수는 행운의 서신의 발신인을 찾는 것이 바로 방정식을 푸는 것과 유사하다 하였다.

"그러니까 여기서는 서신의 발신인이 미지수가 되는 것입니다. 미지수를 편의상 원圓이라 합시다. 우리는 미지수 원을 구하는 것입니다."

신녕궁주가 고개를 끄덕이며 "원을 구한다" 하고 되뇌자 강수는 눈을 반짝이며 배시시 웃었다.

"궁주님은 좋은 학생이시군요. 차라리 궁주님이 제 조교였다면 더 많은 것을 가르쳐드렸을 텐데 이렇게 만나게 되어 몹시 아쉽습니다."

강수 박사를 모시는 조교라니. 그런 고된 일은 절대 사절이다. 강수 선생은 정말로 수훈이라도 하는 듯이 이전에 본 적 없던 꼿꼿한 자세를 하고 가슴을 폈다.

활기찬 강수의 모습은 양의문을 지킬 때 힘없이 어깨를 늘어뜨리던 모습과는 전연 달라서 마치 처음 보는 사람인 듯했다. 이런 말은 그렇지만 심지어 조금 멋있어 보이기까지 했다. 사람은 역시 자신의 전문 분야에서 더 아름다워 보이는 법이다.

아무튼 그의 강의는 지루했지만 꽤 유익했으며 그 내용을 요약하면 이러하다.

"행운의 서신의 처음은—"

여름이 되니 고양이매가 울기 시작하는구나.

이것은 예전에 강수가 처음으로 해석했듯이 이방석과 삼봉을 따르는 반역자들에 대한 이야기가 아니다. 하지만 신녕이 해석했듯이 정릉을 파훼당한 신덕왕후에 대한 것도 아니었다.

강수는 작금의 교태전을 염두에 두고 이 문장을 읽어야 한다고 주장했다. 행운의 서신이 가장 먼저 퍼진 곳이 교태전이기 때문이다. 또한 고양이매는 불효를 상징하는 동시에 죽음을 상징하는데 교태전에서 처음으로 사람이 죽은 것은 여름이므로 첫 문장은 이리 해석될 수 있을 것이다.

여름이 되니 교태전에서 사람이 죽는구나.

두번째 문장은 이러하다.

집을 부수니 갈 곳이 없어 백악 아래로 숨는 수밖에.

그렇게 보면 이 문장은 주상이 교태전을 냉궁으로 만들어 집 아닌 집으로 만들었으므로 중전이 내실에 숨었다는 뜻 아니겠는가. 그런 식으로 읽는다면 문장들은 이렇게도 정리될 수 있다.

여름이 되니 교태전에서 사람이 죽는구나.
임금이 교태전을 냉궁으로 만들었으니 더욱 숨는 것이다.
(나는) 본래 용이었으나 강철이 되었으니 가뭄으로써 그 대가를 치르게 할 것이다.
처를 아홉 두었다 하나 네가 부릴 수 있는 신하는 단 하나뿐이니 절대 원하는 바를 이루지는 못하리라.

강수가 해석한 문장들을 이었더니 그 내용이 묘하여 더욱 알 수 없어졌다. 이것은 꼭 교태전에 살고 있는 사람의 선언 같이 읽히지 않나. 교태전에 사는 사람이라면 궁녀 넷에 궁주 한 분, 그리고 중전마마뿐이다. 그들 중에 '원'이 없는 것은 자명하지 않은가.

자명하지 않은가?

아 모르겠다. 정말로 모르겠어. 신녕의 머릿속이 복잡해졌다. 그래서 이틀이나 고민하다가 원을 휘영당으로 부른 것이었는데 막상 얼굴을 보고도 뭐라 말해야 할지 몰라 고민하던 차였다. 하지만 결단을 내려야 한다면 지금이겠지. 신녕은 원과 마주한 바둑판을 한참 노려보다가 백돌을 그대로 바둑판 위에 던지고 선언하듯 말했다.

"졌습니다."

신녕궁주의 말에 원이 얼굴을 찡그리며 바둑판을 들여다보았는데 백돌이 흑돌을 모조리 감싸고 있었다. 천원을 중심으로 동그랗게 말렸는데 사선으로 축을 이룬 외통수였으니 앞으로 무슨 짓을 해도 흑이 백을 이길 수 없을 것이다. 그런데 어째서 돌을 던졌는가. 원은 고민이 깊은 얼굴로 바둑판과 신녕궁주의 얼굴을 번갈아 보더니 손에 쥐고 있던 흑돌을 내려놓았다.

"다 이긴 판에 돌을 던진다고? 강수가 그렇게 가르쳤소?"

신녕은 단숨에 대답하지 않고 자신이 두었던 백돌을 주워 돌통에 담으며 뜸을 들였다. 어떻게 대답해야 할까. 사실은 원을 휘영당에 부르기 전부터 이미 강수와 의논했던 것이지만 그럼에도 마지막의 마지막까지 마음을 놓을 수가 없었다.

"'백번 싸워 백번 이기는 것이 최선이 아니며 싸우지 않고 적을 굴복시키는 것이 최선이다.'* 강수 선생이 아니라 중전마마께 배운 것입니다. 자가께서는 저를 바둑에서 이기도록 하면서도 도리어 제 심상을 굴복시키고 계십니다. 어째서 제게 이러십니까."

원은 재미없다는 듯 신녕이 던진 백돌을 주워 돌통에다 넣

* 『손자병법』 제3편 「모공」에서 인용.

고는 건방지게도 의자 등받이에 몸을 눕다시피 기댔다.

"중전마마께서는 병법에도 밝으신가 보오."

여전히 모르쇠로 일관하는 원에게 신녕은 승부를 걸어보기로 했다. 차라리 솔직해지자. 신녕은 떨리는 목소리로 말했다.

"군신 간에는 믿음이 있어야 하는 법입니다, 중전마마. 소신을 시험하는 것은 이제 그만두옵소서."

신녕궁주의 말을 들은 원의 얼굴이 일순 무표정해지더니 밀가루 반죽을 바른 듯 하얗게 굳었다.

얼굴의 가장자리부터 빛이 새어나오더니 실금이 드러났다. 마치 흰 도자기에 생긴 상처가 처음에는 보이지 않다가 한번 눈에 띄기만 하면 나중에도 계속 눈에 밟히는 것처럼. 신녕을 빤히 쳐다보던 원의 이마에 툭 튀어나온 핏줄 하나가 주름처럼 일그러졌다. 그것은 점점 커지고 두꺼워지고 결국은 얼굴 안쪽에 긴 상처처럼 깊게 파이더니 메마른 연못 바닥처럼 쩍쩍 갈라져내렸다.

원은 양손으로 자신의 얼굴을 만지작거리며 고개를 삐끗 기울이더니 그것을 떼어냈는데 얼굴이라 생각했던 것은 사실 나무로 만든 가면일 뿐이었다. 그것은 곧 빠개진 나무 조각이 되어 땅에 떨어졌다. 가면 속의 본래 얼굴은 신녕에게 익숙한 것이었다.

눈은 단호하고 코는 곧으며 입술은 단단하다. 중전은 어깨를 펴서 자세를 고쳐 앉았고 신녕은 깊게 허리를 숙여 절했다.

"신 양유가 중전마마를 뵈옵니다."

여우이며 강철이며 어쩌면 용일지도 모르는 중전은 양유를 노려보다가 곧 작게 헛웃음을 흘렸다.

"강수가 알려주더냐."

"얼마쯤 소신이 의심하였고 강수 선생이 확신을 주었나이다. 대체 왜 이런 짓을 하시는 겁니까. 소신조차 속이시다니요."

신녕이 바싹 긴장한 얼굴로 물어보았지만 그는 외려 즐거워 보였다.

"너는 어디서 의심하였느냐?"

신녕은 바싹 마른 혓바닥을 겨우 움직여 대답했다.

"웃전들은 아랫것들을 부린다고 생각하오시나 아랫것들은 웃전들이 먹고 마시고 입고 생활하는 모든 것을 보고 있나이다. 마마께서 바깥나들이를 할 때 걸치셨던 등나무꽃색 도포를 누가 세탁했겠사오며 내전에만 계신다던 중전마마의 신이 더러워진 것을 누가 닦았겠나이까. 마마께서 소신을 내명부의 수장 대리로 임명하신 이후로 소신은 천수관음처럼 천 개의 눈으로 마마를 관찰하였습니다."

말을 하다보니 긴장이 풀렸는지 신녕이 장난스럽게 웃으며 엄지와 검지를 붙여 천수관음인 듯 수인을 만들자 중전이 입술을 툭 내밀었다.

"내가 부처님 손바닥 안에 든 손오공이었단 게로구나."

중전이 찻잔의 모서리를 손가락으로 한 번 건드리자 두 번도 건드리기 전에 신녕궁주가 얼른 찻주전자를 가져와 잔이 찰랑거릴 만큼 꽉 채워 따랐다. 중전은 적당히 식은 차를 단숨에 마시고는 신녕을 마뜩잖은 눈으로 쳐다보았다.

"마마께오서 아무리 조심하신다 한들 경복궁 일천 궁녀의 눈과 귀를 피하기는 어려우니 이제 나들이는 그만두옵시고 소신에게 명하소서. 소신이 대신 뛰겠나이다."

신녕궁주가 머리를 숙이자 중전이 궁주의 가르마를 손가락으로 훑으며 코웃음을 쳤다.

"신녕궁주 잘 뛰는 것을 내가 모르겠는가. 지붕으로 다니기 좋아하는 것도 여전하더군."

중전의 말에 신녕궁주가 얼굴을 붉혔다.

"보셨……습니까?"

"들었다. 여우는 청력이 좋아 백 보 밖에서 동전을 떨어뜨려도 몇 개인지 알아맞추느니라."

여우라. 어쩌면 강수의 말과는 달리 이분은 용이 아니라 여우일지도 모른다. 본인께서도 여우라 말씀하시지 않나. 천 년쯤 묵은 여우라면 용으로도 변할 수 있을지 누가 알겠는가.

어차피 자신은 괴인의 모습조차 구분하지 못하는 멍청한 눈을 가졌으니 참도 거짓도 이 두 눈으로 구분하지는 못할 것이다. 장님이 코끼리를 만지듯이 손끝으로 느껴지는 단편적인 정보만으로 거대한 진실을 더듬더듬 읽어내야 하리라.

내가 할 수 있을까. 옳은 답을 가지고 올 수 있을까. 신녕의 얼굴이 자기도 모르게 굳었으나 의심만으로는 무엇도 알 수 없었다.

"표정이 안 좋구나. 왜, 네 주인이 여우라 하니 이제 모시기 싫어졌느냐?"

"무슨 말씀을!"

신녕궁주가 바둑판을 박차고 일어났다.

"소신의 주인은 마마십니다."

신녕의 눈에서 전에 없이 불꽃이 일었는데 정작 중전의 표정은 심드렁했다.

"네 주인은 방원이 아니냐."

중전의 말에 신녕의 표정이 굳었다.

"금상께오선 이 사람을 첩실로 여기시나 마마께서오서는 신하로 여겨주시지요. 어느 여자가 신하가 되길 거부하고 첩실이 되길 바라오리까."

중전은 신녕의 선언을 듣고는 그제야 안심이 된다는 듯 조그맣게 입꼬리를 올려 웃었다.

좋은 것을 싫다, 싫은 것을 좋다 말하며 반응을 살피는 군주의 화법이란 왜 이리 어려운지. 신녕궁주는 중전과의 대화

몇 마디에 벌써 피로감을 느꼈다. 바닥에 떨어진 중전의 가면을 주워 다시 보니 물을 먹어 땔감으로도 쓰지 못할 만큼 상해 있었다. 어찌 이런 것을 알아보지 못했을까.

"하지만 솔직히 말씀드려 제 식견은 충심만 하지 못하옵니다. 강수 선생이 아니었다면 중전마마의 정체를 절대 알아차리지 못하였겠지요. 소신은 사람의 얼굴이 변할 수도 있다고는 인생에서 단 한 번도 고려해본 적이 없었사옵니다."

중전은 신녕의 말에 호오 하고 턱을 만지작거리더니 이렇게 물었다.

"그럼 이런 고려도 해본 적이 없겠구나. 지금 네 앞에 서 있는 자가 진짜 중전을 잡아먹고 중전 행세를 하는 못된 여우일지도 모른다는 생각."

중전의 말에 신녕의 안색이 새파랗게 변했다. 그것에 대해서는 생각해보지 않은 모양이었다. 신녕의 손이 잠시 덜덜 떨렸으나 망극하게도 중전을 머리 꼭대기에서 발끝까지 한번 훑어보더니 곧 심호흡을 하고 평상심을 되찾았다.

"아닙니다. 소신이 확신하건대 중전마마께서는 제가 오랫동안 모셨던 조선의 유일한 정비가 맞으시옵니다."

"어째서 그리 확신하느냐?"

"저를 이렇게 열받게 만드는 사람은 세상천지에 중전마마밖에 없사옵니다. 어느 여우가 와도, 어떤 너구리가 와도 이것은 따라 할 수 없나이다."

하하하하. 중전이 어찌나 크게 웃었던지 신녕이 절대 가까이 다가오지 말라 당부했는데도 멀리서 채선이 흘끗 그들이 앉은 전각을 올려다보았을 정도였다. 한참 박장대소하던 중전은 신녕이 건네준 손수건으로 눈물을 찍어내고서야 겨우 웃음을 그쳤다.

"언제부터 이리 미운털이 박혔을꼬."

"무인년*이 지나고 마마께서 소신에게 상을 내리신 다음부터지요."

"상을 싫어하는 줄은 몰랐는데."

"후궁 첩지를 어찌 좋아하겠습니까."

아무튼 지나치게 대범한 사람들은 범인의 작은 마음을 이해하지 못한다. 신녕궁주는 중전이 내린 상이 단 한 번도 기뻤던 적이 없다. 중전의 상은 지나치게 어렵고 거추장스러웠다. 하지만 그런 신녕의 마음을 아는지 모르는지 중전은 이번만은 진지한 표정으로 대답했다.

"네가 남아라면 벼슬을 주었겠으나 그럴 수 없으니 별수 있느냐. 나는 이 이상의 방법을 모른다."

인정의 대가로 자유를 빼앗는 것은 웃전이라면 누구나 하

---

* 왕자의 난이 일어난 조선 태조 7년(1398)을 말한다.

는 일이다. 세상은 그렇게 이루어져 있다. 임금은 신하를, 신하는 하인을 착취하며 하인은 노비를 착취하고 노비는 그 아내를 착취한다. 그런데도 당하는 사람들은 웃전을 부숴버리는 것도, 이러한 관계를 끝내는 것도 원하지 않는다. 그들의 바람은 오로지 한 가지다.

'나'를 알아주는 것. 오로지 내가 쓸모 있는 사람이라는 것을 내가 모시는 이가 알아주는 것. 그것만이 착취당하는 자의 유일한 녹봉이 된다. 선비는 자신을 알아주는 사람을 위해 목숨을 바치는 법이며 신녕도 다르지 않았으므로 그는 중전이 자신을 알아주는 말에 마음이 녹았다. 신녕은 더이상 투정도 부리지 못하고 고개를 푹 수그렸다.

"그러니 벌이 아니라 상이라 한 것입니다. 은혜를 알아야 사람인 법이지요. 소신, 중전마마의 하해와 같은 은혜를 갚을 날만을 바라고 있사옵니다."

은혜를 알아야 사람. 중전은 그 말이 마음에 걸렸다. 미간에 사정없이 주름이 잡힌 것을 스스로는 알지 못했으나 신녕은 자신이 무언가 말실수라도 한 것이 아닌가 싶어 입술이 바짝 바짝 말랐다.

"은혜를 갚지 않으면 군자라고 할 수 없지."*

---

* 유은불보비군자有恩不報非君子.

"그러하옵니다."

"원한이 있는데 갚지 않으면 그 또한 군자라고 할 수 없어."*

용이라 부르면 용이 되고, 강철이라 부르면 강철이 되니. 아내는 한낱 선달을 용이라 불러 임금으로 만들었으나 선달은 그 아내를 강철이라 불러 작은 교태전 안에 가두어두었다.

하지만 원은 이제 다시 자신의 본모습으로 돌아가고 싶었다. 그러기 위해서는 방원이 그에게서 빼앗아 가진 이름을 되찾아와야 할 텐데, 어떻게 해야 하는가. 원은 깊게 숨을 들이마시고 길게 내쉬었다. 그런 중전의 마음을 알고 있다는 듯 신녕궁주가 또렷한 목소리로 말했다.

"중전마마께서는 본래 용이셨으니 지금 잠시 헤매신다고 하여 다시 용이 되지 못할 리 없습니다."

자신이 무슨 말을 하는지도 모르면서 신의만을 가진 신녕의 말에 우습게도 차갑게 식었던 중전의 심장이 뛰기 시작했다. 피가 돌고 굽은 등이 펴지고 뱃심이 차올라 고개가 위로 치켜올려졌다. 오래 앉아 허약해진 허벅지가 탄탄해지고 희게 변하였던 머리카락이 다시 검어졌다. 주름이 사라지고 눈에 총기가 돌았다. 누가 이 사람을 두고 교태전에 갇힌 불쌍한 여인이라 하겠는가. 중전은 다시 살아나고 있었다. 오로지 한 사람이

---

* 유구불보비군자有仇不報非君子.

그를 용이라 불러주었기 때문에.

"원하시는 바를 이루실 때까지 소신이 함께 걷겠습니다."

신녕궁주는 조금의 망설임도 없이, 합죽선을 칼처럼 차고는 무사들이 하듯 고개 숙여 절했다.

길이라는 것은 나아가기 위해 있는 것이니 끝에 무엇이 있을지 알지 못하더라도 걷는 수밖에 없다. 거창한 결말을 위해서가 아니다. 이름 없이는 아무것도 시작할 수 없으니 이것은 겨우 시작을 위한 싸움에 불과하다. 그래도 상관없다고 중전은 생각했다. 어쨌든 그는 용이었으니 싸움을 두려워한 적이 없다. 그리고 그것은 신녕 역시 마찬가지였다.

그들은 한밤의 것들이었다. 비정상적이고 감성적이며 괴력난신인 괴물들이었다. 하나 그들은 고양이매의 비호 아래 있으니 한낮의 것들에게 꼭 진다고만은 할 수 없으리라.

중전이 웃자 부엉 하고 임금이 두려워하는 새가 울었다.

외전 ◉ 육도윤회

머리 없는 시체

경복궁은 국정 업무를 위한 외전外殿과 생활을 위한 내전內殿으로 구분된다. 근정전을 중심으로 한 외전에서 조선의 정치가 대소 신료와 함께 흘러간다면 내전에서는 임금을 기다리는 사람 수백이 모여 예비자를 길러내는 데 존재 의의를 두었다.

하지만 그 외전과 내전이란 것도 오로지 주상의 편의와 올바른 국정 수행을 위한 것이니, 내명부 각 처소의 궁주들은 물론 경복궁의 중심에 있어 중궁전中宮殿이라 불리는 교태전의 주인조차도 구중궁궐 아홉 겹으로 쌓은 담을 넘지 못해 타인의 눈과 귀를 빌려 이야기를 듣는 것으로 세상을 짐작하고 있었다.

그러나 세세한 법칙들도 모두 지상의 일일 뿐, 사람의 사정이야 아무래도 좋다는 듯 고양이매는 한아름이나 되는 커다란 팔을 펼쳐 경복궁의 하늘을 활공했다.

멀리서 귀뚜라미가 울었다. 활짝 열린 행각의 벼락닫이문 너머로 도란도란 궁녀들의 이야기 소리가 들려왔지만 양의문을 지키는 김가 개시는 마치 아무것도 들리지 않는다는 듯 뒷짐을 지고 서서 황초립의 그림자 안으로 표정을 숨기고 있을 뿐이다.

행각 안에서는 어린 궁녀 둘과 그보다도 어린 주인 하나가 앉아 산머루 약간을 나누어 먹고 있었다. 누군가를 기다리는 듯 아닌 듯, 이야기를 하기보다는 가만히 앉아 시고 떫은 머루를 인상 쓰며 입에 넣고 있었는데 이것이라도 먹지 않으면 멈춰 있는 공기를 감당할 자신이 없었기 때문이다.

침묵을 깬 것은 경안궁주였다.

"왜 이리 안 와? 오늘 내로 오긴 한다던?"

"근무지를 옮긴 것이지 머무는 처소를 옮긴 것은 아니니까 오기는 오실 것인데…… 기다리기 힘드시면 오늘은 이만 파할까요?"

장미가 입에 넣으려고 했던 산머루를 조용히 내려놓고 아뢰었지만 경안궁주는 막무가내였다.

"그 이야기를 듣기 전엔 못 가. 연못에서 시체가 나왔는데 어떻게 이 일을 그냥 넘어갈 수가 있다니?"

그 말대로였다. 운경당의 자랑인 수진袖珍못에서 시체가 발견된 것이다. 정확히 말하면 시체가 아니라 시체의 일부분이지만 요새 모두들 그 이야기뿐이다.

"에잇. 더는 못 기다리겠다. 뭐든 좋으니 네 아는 만큼이라도 말해봐라."

경안궁주가 허락 아닌 허락을 하자 연홍이 의기양양해하며 입을 열었다. 그나마 나이가 많아 늘 주위를 경계했던 마노아는 오늘 번살이를 나간데다 백희는 출장으로 자리를 비웠기에 평소와는 달리 행각에 듣는 귀가 넷밖에 없어 연홍은 말조심을 해야 한다는 생각조차 잊어버렸는지 거침없이 입을 놀렸다.

연홍의 이야기를 이해하자면 우선 정의궁주라고 불리는 권씨 여인이 어찌 입궁했는지부터 알아야 하는데, 그가 들어온 경위를 설명하자면 다음과 같다.

권 모는 안동에 적을 둔 사대부인데 그의 집안은 대대로 딸을 공녀로 보내기를 좋아했다. 농사꾼이 쌀을 팔고 어부가 고기를 팔듯이 권씨는 딸을 팔아 관직을 사고 땅을 사는 것을 좋아했으니 고려 대에는 물론이거니와 천지가 개벽하여 조선이 되었음에도 그간의 습성은 조금도 변하지 않았다. 원나라가 망하고 명나라가 세워졌어도 사람만 바뀌었을 뿐 황제라는 만인지상의 위치만은 공고하듯 말이다.

명의 황제는 조카를 죽이고 황위에 올랐으며 조선의 왕은 형제들을 죽이고 보위에 올랐으니 둘은 서로 무척이나 닮았는데 원래 자기 것이 아닌 것을 탐하는 욕심까지 비슷했던 모양이다.

명의 황제는 원나라 사람들이 그러했듯이 조선에 공녀를 보내달라 요청을 해왔고 주상은 사대부에게 요청을 미루었는데 유일하게 권씨가 그에 응답했다. 권씨는 기다렸다는 듯이 제일 먼저 손을 들어 가문의 여자를 바쳤는데 그의 충정이 보답을 받은 것인지 아니면 권씨 여인이 조기교육을 잘 받은 것인지 공녀로 갔던 권씨 여인은 황제에게 몹시 총애를 받았다.

오죽했으면 단숨에 비의 자리에 올라 현인비賢仁妃라는 이름을 얻었는데 마침 황후의 자리가 공석이라 현인비는 내명부의 실질적인 일인자가 되어 조선에 남은 권씨들의 권세가 하늘을 찌를 듯했다. 그녀가 이대로 총애를 잃지 않고 회임을 하여 아들이라도 낳게 된다면 정말로 조선인의 몸으로 황후가 될지도 몰랐다. 그러면 권씨 집안은 자연히 황제의 장인 격이 되지 않겠는가.

권씨들이 그러한 꿈을 꾸는 것이 허황된 것만은 아니었던 것이 명나라로 동생을 끌고 가서 팔아먹은 오라비 권영균조차 막대한 선물을 받았다는 소문이 파다했다. 그는 명나라 관직으로 삼품인 광록시경에 제수되었으며 채단 육십 필, 채견 삼백 필, 비단 열 필, 황금 두 정錠, 백은 열 정, 말 다섯 필, 말안장 두 개, 옷 두 벌, 저화 삼천 장을 하사받았으니 권씨의 가족들이 대나무라도 댄 듯 빳빳해진 목을 쳐들고 다니는 것은 당연한 일이었다.

안동 촌부가 조정의 핵심 인물이 되었으니 북촌 사람들의 질투 역시 이루 말할 수 없었다. 이제는 사대부가의 여식을 어찌 감히 오랑캐에게 보내느냐 말하는 사람들은 모두 사라졌으며 딸을 가진 고위 관직자라면 너나없이 다음 공녀 선발을 이제나저제나 기다리게 되었을 정도였다.

상황이 이러하니 권씨의 여식이 주상의 첫번째 간택 후궁이 된 것은 조금도 이상한 일이 아니었다. 형제간의 권력 다툼으로 오른 왕이라며 주상의 정통성을 인정하지 않으려던 명나라 황제는 이젠 주상을 형제처럼 여겼다. 아닌 게 아니라 명나라와 조선에 권씨 후궁이 나란히 등장하면서 명나라의 황제와 조선의 임금은 친척 관계가 된 셈이었다.

그래서였을까. 주상은 권씨 여인을 만나기 전부터 그에게 드는 재화를 아끼지 않았다. 얼굴도 보지 않은 권씨의 여식에게 절개 있고 아름답다는 글자를 골라 정의貞懿궁주라 부르도록 했으며, 성대한 가례식을 약속했음은 물론 그가 불편함 없이 머무를 수 있도록 교태전 못지않게 넓은 부지에 후궁의 처소로는 분에 넘치는 운경당을 지어주었는데 이름만 '당'자를 붙여 교태전과 차등을 두었을 뿐, 화려하고 아름답기로는 교태전에 비할 바가 아니었다. 그러니 그 가례식은 얼마나 성대할 것인가. 권씨들은 기대에 부풀었으나 지존의 굳건한 약속도 국모의 반대를 거스를 수는 없었다.

"상감께서는 어찌하여 예전의 뜻을 잊으셨습니까? 제가 상감과 더불어 함께 어려움을 지키고 같이 화란을 겪어 국가를 차지하였사온데, 이제 나를 잊음이 어찌 여기에 이르셨습니까."

중전은 울었고 주상은 흔들렸다. 중전의 울음은 너무나 깊어서 여러 날을 지나도 마르지 않았고 주상은 그것에 마음이 쓰여 며칠이나 정사를 돌보지 못했다. 그뿐인가. 왕위를 선위한 이후로 정사에 관해서는 한 번도 말을 보탠 적이 없던 상왕까지 쓴소리를 보탰다.

"금상은 장가를 다시 들 셈인가. 내 비록 아들이 없어도 젊을 때의 정으로 인하여 다시 장가들지 않았는데 금상은 아들도 많으면서 어찌 그러시는가."

물론 상왕에게 여자가 없었다는 뜻은 아니다. 관계한 첩이 일곱에 십오남 팔녀에 달하는 자식까지 두었지만 누구에게도 정식 첩지를 주지 않았으니 다시 장가를 가지 않았다는 말도, 아들이 하나도 없다는 말도 거짓은 아니었다. 그러니까 결국 형식의 문제다. 상왕에겐 여자가 여덟 있지만 아내는 틀림없이 하나뿐이므로.

왕실 어른까지 말리는 마당에 아무리 이방원이라 해도 혼례를 강행할 수는 없는 노릇. 때문에 권씨 여인은 열아홉 어린 나이에 마흔이나 된, 얼굴도 모르는 남자의 첩으로 들어오면서도 꽃가마 한번 타지 못했다. 중전의 분노를 피하기 위해 마치 죄인이나 된 양 숨어서 입궐해야 했던 탓이다.

권씨는 몇 명 안 되는 시종들의 뒤를 따라 건천문에서부터 운경당까지 자신의 발로 걸어야만 했는데 변소를 갈 때도 종놈의 허리를 빌려 오갔던 사대부가의 아가씨에게는 처음 있는 일이었다. 수치심 때문이었는지 아니면 그저 다리가 아파서였는지 눈물을 조금 흘렸던 것도 같다.

굴욕을 맛본 대신이라 해야 하는가 보상이라 해야 하는가. 금상은 운경당에 구덩이를 파서 연못을 만들어주었는데 이 가뭄에, 벼농사를 하기에도 아까운 물을 그득그득 채워서는 명나라 사신이 가져온 황금빛 금붕어를 풀었으니 대단한 호사기는 했으나 이것은 부인을 대하는 예라기보단 애첩을 대하는 파락호의 행태에 가까웠다.

누구도 원치 않았던 수진못은 궁인들과 백성들의 반감도 불러들였다. 청계천도 말라붙은 판에 경복궁 후궁의 연못에 물이 흥건하더라, 그곳의 물이면 한양 일대의 논에 모두 물을 대고도 남을 것이라는 소문이 저잣거리에 돌았다.

물론 연못을 본 적 없는 사람들이 하는 말이었으니 말도 안 되는 소리였지만 한양 사는 사람들을 한 사람씩 만나고 다니며 해명을 할 수도 없는 노릇이었다. 그러하니 주상은 연못을 파라고 했을 때처럼 갑작스럽게 이번에는 연못의 물을 빼라고 명했다. 몸종이 실종된 후 궁주가 한적한 연못을 거닐며 겨우 마음을 달래고 있을 때의 일이었다. 한 달도 안 되는 기간 동안 손바닥 뒤집듯 말을 바꾼 주상의 변명은 궁색하기 그지없었는데, 가뭄이 심해 임금조차 수라상의 반찬 가짓수를 줄이는 판에 어찌 후궁이 여흥을 즐기느냐는 것이었다.

아무도 원하지 않는 연못을 만들라 명한 것도 주상이며 없애라 명한 것도 주상이니 정의궁주는 누구도 원망할 수 없었다. 하나 운경당의 불운은 거기서 멈추지 않았는데 연못의 물을 빼는 과정에서 그것이 발견되었기 때문이다.

"수진못에서 발견된 시신 말입니다. 소녀가 듣기로는 그것이 지난번 실종된 한가 단지라 하던데 정말일까요."

모두가 그것이 단지의 시신이라 추측했으나 단언하지는 못했다. 목이 없었기 때문이다.

신녕궁주가 운경당에 방문하여 차를 마시며 몇 가지 질문을 하기는 했으나 그것으로 끝이었다. 궁인들은 정의궁주가 몸종을 죽였다며 입방아를 찧어대기 바빴지만 사실 신녕궁주의 수사선상에서 정의궁주는 제외된 지 오래였다. 몸종을 죽이고 싶다면 번거롭게 실종 사건 등을 일으켜 궁을 시끄럽게 하기보다는 사가로 돌려보낸다는 명목으로 조용히 처리하는 것이 백번 편할 테니까.

하지만 소문이란 것은 신녕궁주의 마음과는 달리 날이 갈수록 부풀어올랐고 언제부턴가 내명부에서 정의궁주의 이름은 '악녀'와 동의어가 되어 아랫것들은 주상 전하의 이름을 입에 올리는 것보다 그를 더 두려워했다. 하니 이 작은 행각에 모여 굳이 그 이야기를 꺼내놓는 두 궁녀와 한 궁주는 참으로

간이 크고 대범하다고도 하겠다.

"자세히 좀 말해봐라. 발견된 시체에 머리가 없다던데 그것이 한가 단지인 것은 어찌 알아보았대?"

"옷이 말입니다. 궁녀들이 흔히 입는 것과 다른 사가의 옷이라 금방 알아보았답니다. 그리고 이건 정말 비밀인데…… 제가 아는 별감에게 곶감을 한 줄이나 바치고 알아낸 건데요."

연홍은 방안에 그들 말고 아무도 없다는 것을 알면서도 괜히 주위를 살피더니 목소리를 낮춰 조용히 속삭였다.

"시체가 하나도 썩지 않았답니다."

"어찌 그럴 수가 있어. 물에 빠져 죽으면 온몸이 부풀어 올라서 참혹하다던데."

궁주가 말도 안 된다는 듯 반박하자 장미가 연홍을 도와 자기가 들은 이야기를 신나게 늘어놓았다.

"그러니 원한이지요. 본래 원한을 가진 시신은 상하지 않는다는 말이 있지 않습니까. 게다가 머리가 없는데도 목에는 아무 상처도 없었대요. 마치 살덩이가 원래 그리 생긴 것처럼 그저 뭉툭했다지요? 처음부터 그리 태어난 사람처럼요."

살로만 채워진 목이라. 등줄기에 소름이 돋아 경안궁주가 으으으 하며 괴로워하는 동안에도 연홍은 효진의 엄지손가락을 떠올렸다.

듣기로는 생각시 적엔 효진에게도 엄지손가락이 있었다던데 하루아침에 사라져버렸다고 했다. 효진의 엄지가 있어야 할 자리에는 아무 상처도 흠집도 없이 맨들맨들한 살이 채워져 있었던 것을 기억한다. 혹 발견되었다던 시신의 상처도 그러할까. 혹 효진의 엄지손가락을 먹은 무언가가 단지의 머리까지 먹어치운 것은 아닐까. 연홍은 그것이 궁금했지만 굳이 입 밖으로 내지는 않았다.

"근데 왜 백희는 그곳으로 간 거야? 백희가 그와 무슨 관련이 있기에?"

"그것까진 모릅니다. 과거에 무슨 인연이 있었는지 그분이 장가 백희를 내놓으라고 이름을 콕 집어서 말했대요."

단지와 연못을 둘 다 잃어버린 정의궁주는 삶의 낙이라곤 하나도 없는 사람처럼 한낮에도 침상에 누워 있게 되었고 건강이 나빠져 시침조차 할 수 없게 되었다. 주상은 신녕궁주에게 정의궁주를 특별히 부탁하는 데에 이르렀는데 갓 시집온 새색시의 상태가 이래서야 체면이 서질 않는다는 것이다. 일국의 지존과 혼인한 영광을 누리고도 몸이 바싹 말라 여위다니 있을 수 없는 일이다.

신녕궁주는 제대로 일해주는 지밀궁녀가 없기 때문에 정의궁주의 심기가 불편한 것이라 여겼는지 원하는 궁녀가 있으면 누구든 보내주겠다고 제안했다. 그러자 정의궁주는 어디서 그 이름을 들었는지 '장가 백희를 보내달라'고 요청해왔다. 어려울 것 없는 일이니 휘영당에서는 바로 인원 차출을 위해 장가 백희가 어느 궁 소속인지 알아보았는데, 하필이면 백희가 교태전 소속이었던지라 곤란하기 이를 데 없었다. 다른 궁이면 몰라도 교태전의 사람만은 자신의 임의대로 할 수 없었기에 신녕은 좋은 말로 정의궁주를 달래며 왕실 법도를 잘 아는 똑부러진 아이를 보내주겠다 약조하였다.

신녕은 약조대로 자신이 수족으로 부릴 만큼 휘영당에서는 나름 일 잘한다 소문이 난 채선을 보내주었는데 신녕 딴에는 큰 호의를 베푼 것이지만 정의궁주에게 그것은 오히려 자신을 감시하려는 것으로밖에 보이지 않았다.

남의 수족에게 자신의 맨몸과 맨마음을 보일 수는 없는 일. 정의궁주는 마음을 닫고 마치 여염집 부녀자들처럼 대부분의 일을 자신의 손으로 해결했다. 아침에 일어나 침상을 정리하고 스스로 세안을 하고 혼자 옷을 입고 자기 전에 제 손으로 머리를 끄르면서 채선의 손길을 피했던 것이다. 채선으로부터 "정의궁주님" 하고 부르는 말을 들으면 오히려 깜짝깜짝 놀라며 도망쳤다고 한다.

"세안도 혼자, 단장도 혼자 하시니 지밀로 들어갔으면서도 궁주님의 맨얼굴을 본 일이 없대요. 게다가 아침에 올리는 죽에 싫어하는 재료가 하나라도 들어 있으면 아예 말없이 그릇을 물린다나요? 무엇을 싫어하니 넣지 마라, 한마디해주는 것이 무에 그리 어려워서 그러는지. 아무리 뛰어난 궁녀라도 독심술을 가질 수는 없는 법이잖아요. 신경을 아무리 써도 시중을 만족스러워하지 않고 담당하는 아이들의 잘못으로만 여기시니 어쩌겠어요."

채선이 최선을 다해 궁주를 보살피려 노력했음에도 정의궁주의 상태는 더욱 나빠지기만 했다. 궁주는 삶의 낙이라곤 하나도 없는 사람처럼 한낮에도 침상에 누워 있기 일쑤였고 식사도 제대로 하지 않았으므로 체중이 심각하게 빠져 맞는 옷이 없을 지경이라 했다.

채선은 웃전을 잘 보필하지 못한 벌로 반년 치 녹봉을 잃고 회초리까지 맞는 치욕을 받은 후에 그 자리에서 쫓겨났다.

결국 정의궁주가 처음부터 요청했던 대로 백희가 그 자리에 들어가게 되었다. 중궁전의 궁녀로서 처소를 옮길 수는 없으니 정의궁주의 상태가 좋아질 때까지만, 이라는 조건으로 당분간 교태전이 아닌 운경당으로 임시 출근하게 된 것이다. 그것이 바로 오늘 아침의 일이었다.

"그런데 왜 이리 안 오는지 모르겠네요. 할일이 많은 걸까요. 아무리 그래도 퇴근할 때가 됐는데 정의궁주는 아랫것들 잠도 안 재우실 셈인가."

두 궁녀와 한 궁주는 머리를 맞대고 백희가 오기만을 기다렸다. 아아, 빨리 백희가 돌아온다면 좋으련만. 얼른 돌아와서 소문만 무성하고 아무도 얼굴을 보지 못한 그 궁주, 몸종의 목을 베어 살해했을지도 모른다는 바로 그 정의궁주에 대해 이야기해주면 좋을 텐데. 여섯 개의 반질반질한 눈동자가 백희의 퇴근만을 기다리고 있었다.

어린 소녀들에게 무서움이란 무료함에 비한다면 아무것도 아니었다. 그들에겐 아무런 선의도 악의도 없이 오롯이 호기심뿐이었으므로 자신들이 들었던 이런저런 이야기를 끊임없이 나누고 확대하고 새로 만들어냈다.

진실이 무엇이며 거짓말이 다 무엇인가. 그들 사이에서는 아무런 상관도 없었다. 그저 오늘의 흥미만 충족시켜준다면 무슨 이야기라도 좋았다. 왱왱 우는 날벌레들이 소녀들의 귓불을 간지럽혔지만 그 외에는 아무것도 없는 무료한 밤이었다.

●

홀로 된 궁주

성균관 악정 권홍의 딸, 정의궁주 권영이 문밖 출입을 안 한 지 벌써 열아흐레나 지났다.

영은 몸가짐을 조심하는 것이 남달랐는데 수없이 많은 공녀를 배출한 집안답게 입궁할 때조차 부정을 막겠다며 얼굴을 천으로 가렸을 정도다. 운경당에 들어서도 합궁 날까지 바깥출입을 하지 않겠다며 내실에 틀어박혔으니 그의 얼굴을 아는 궁녀는 오로지 한가 단지뿐이었는데 그가 사라진 작금에 와서는 운경당 내에서도 주인의 얼굴을 온전히 본 이가 드물다고 한다.

처음에는 영의 이상한 행동들도 부정을 막는 의식 같은 것이라 생각했으나 단지가 사라지고 밤마다 흐느끼는 소리가 문지방을 넘자 궁녀들은 그가 다만 슬픔에 싸여 있다는 것만을 눈치챌 수 있었다. 그는 가끔 소리를 지르기도 하고 물건을 부수기도 하며 울다가 중얼거리기도 했는데 그것은 궁녀들을 공포에 떨게 하기엔 충분했다.

귀신에 씌었기 때문이다, 아니다, 밤마다 울어젖히는 고양이 매 때문에 광증이 생긴 것이다, 하는 소문이 우후죽순 생겨났지만 정의궁주 권영은 아무 궁녀와도 친분이 없었으므로 자신에 대한 소문은 듣지 못했을 것이다. 궁녀들은 내실에는 얼씬도 하지 않았다.

정의궁주의 몸은 점점 쇠약해져 이제는 곡기조차 제대로 받아들이지 못하고 있었다. 아무리 부드럽고 혀에 걸릴 것 없는 음식을 먹어도 얼마 지나지 않아 명치에서 체기가 올라와 다

토해버리고 마는 데야 내수사에서 내려준 탕약도 소용이 없다. 탕약을 먹으면 외려 입맛이 쓰기만 하여 일말의 식욕도 달아나버렸으니 어쩌면 쓰디쓴 탕약보다는 여자아이의 기분을 새롭게 할 달고 예쁜 과자가 더 요긴했을 터다. 하지만 정의궁주의 안색을 살피며 그녀에게 약과 하나라도 가져다줄 사람이라곤 이 넓은 운경당에 아무도 없었다.

궁주는 망망대해에서 길을 잃은 고래처럼 침상 위에 모로 누워 물결처럼 부드러운 비단 금침을 한없이 쓰다듬으며 생각에 잠겼다.

얼마 전까지는 그나마 친정에서 데려온 단지가 옆에 붙어서 시시콜콜 내명부의 궁녀들에게 시비를 걸어가며 그를 돌보았었다. 영이 좋아하지 않는 식재료를 물리고 좋아하는 반찬을 굳이 만들어오라 시키는 것도 단지였다. 자신의 발로 건천문에서 운경당까지 걸어오던 날 단지가 옆에서 어찌나 육두문자를 섞어가며 화를 내주었던지를 영은 기억했다.

처음엔 남의 입을 빌려 욕하는 것이 속시원했던 그조차도 나중엔 누가 들을까 무서워 괜찮으니 그만하라며 말렸을 정도다. 자기 의견 말하는 것을 조심스러워하는 탓에 가만히 내버려두면 한마디도 하지 못하는 정의궁주에겐 외려 단지같이 괄괄하고 목소리 큰 몸종이 제격이라며 운경당 궁녀들은 한목소리로 말했다. 하지만 이제 단지는 없다. 정의궁주는 혼자가 되었다. 입안의 혀처럼 굴던 단지가 사라졌으니 궁주의 베개는 밤마다 젖었다가 다시 마르기를 반복하여 주인의 얼굴을 엉망으로 만들었다.

아아, 무엇부터 잘못되었을까. 어쩌면 그때부터였을까? 단지가 궁에서 감쪽같이 사라진 날 이후로 궁주의 눈에서는 눈물이 마르지 않았으나 권영이 흘린 눈물의 무게는 중전의 것과는 달라서 누구의 마음도 아프게 하지 못했다. 그의 눈물에 가슴 아파하고 화내주던 것은 오로지 단지뿐이었는데.

하지만 백희가 오고 난 뒤, 모든 것이 달라졌다.

"정의궁주께 인사 올립니다. 교태전에서 온 장가 백희이옵니다."

백희가 의례적으로 절을 했을 뿐인데도 궁주는 버선발로 뛰어와 절하는 그를 일으켜세웠다. 채선에게 마음 한 자락 열지 않은 것과는 달리 정의궁주는 백희에게 무척 친근하게 굴었는데, 마치 얼굴도 보기 전부터 그를 사랑하기로 마음먹은 사람 같았다.

"하지 마라. 우리 사이에 뭔 절이고. 동무처럼 대해라. 내가 니보다 어리니끼네 그래, 동기 간처럼 대하믄 되겄다."

"하나 왕실의 법도가……."

"여 누가 온다꼬. 권 궁주 숨넘어간다꼬 어의가 그래 말씀을 올려도 주상은 한번 온 적도 없다."

혼인하기 전에는 이래저래 약속도 하시더라만 인제 와서는 내가 죽든 말든 뭔 상관이겠노. 정의궁주는 코웃음을 쳤는데 물론 우스워서 그런 것은 아니었다.

"가가 니 애기를 마이 했다. 장가 백희. 니가 경복궁에서 제일 사람 글다고."

궁중 법도에 대해 아무것도 모르는 이 양반 아가씨가 말하는 '가'라면 아마 한가 단지를 말하는 것이겠지. 백희는 잠깐 만났을 뿐인 단지의 모습을 억지로 떠올리려 애썼지만 잘되지 않았다. 그러기엔 만난 시간이 너무 짧았다. 백희가 늘 하던 대로 고개를 수그리고 궁주와 눈을 마주치지 않자 정의궁주는 백희의 턱에 검지를 대고 고개를 억지로 밀어올렸다.

"내를 보고 애기해라."

정의궁주의 눈동자와 백희의 것이 일순 마주쳤다.

백희는 몹시 놀랐는데 우선 궁주의 몰골이 영 살아 있는 사람 같지 않았기 때문이다. 눈이 움푹 들어가고 볼이 홀쭉해서 뼈에 겨우 가죽을 입혀놓은 듯했다. 하지만 놀란 것은 그것 때문만은 아니었다. 백희는 궁주의 얼굴을 보고야 잊었던 단지의 모습을 제대로 떠올릴 수가 있었는데, 그 둘의 모습이 너무나 흡사했기 때문이다.

얼굴 생김새는 틀림없이 다르다. 하지만 쌍둥이로 태어나 얼굴이 꼭 같다고 해도 사소한 버릇이나 습관, 자주 쓰는 근육 같은 것들이 미묘하게 달라서 닮은 모습보다는 다른 모습이 우선 눈에 띄기 마련이다. 하지만 이것은 정반대의 경우였다.

단지와 궁주의 얼굴은 분명 생김생김을 따져보면 다른 것이 분명한데 그 풍기는 분위기며 기운이 마치 같은 사람처럼 느껴졌다. 오랫동안 주야로 얼굴을 보면 이렇게까지 닮게 되는가. 마치 백년을 해로하여 얼굴 근육의 미세한 습관까지도 닮아버린 부부 같았다.

"뭘 그래 보노."

너무 오래 보았던가. 백희는 화들짝 놀라 얼른 눈동자를 아래로 두었다.

"숙이라는 소린 아인데."

"마땅히 법도대로 할 뿐입니다."

"동무끼리 고개 숙이는 법도도 있나."

"소인은 궁주님의 동무가 아닙니다."

"무슨. 니는 내 동무가 돼야 할 끼다."

백희는 어리둥절해하며 자신이 어떤 상황에 있는지 파악도 못하고 있었다. 그러자 궁주는 웃으며 백희를 내려다보곤 말을 더했다.

"아이믄 내는 죽을 거니까. 상전을 죽인 궁녀가 어예 되는지는 알제?"

이분을 어찌 모셔야 한다는 말인가. 백희는 그제야 궁주를 빤히 응시했다. 겨드랑이 사이에서 땀이 나기 시작했다.

모시던 상전이 죽으면 궁녀는 어떻게 되는가. 오랫동안 지밀로서 한 분을 모셨다면 웃전이 돌아가시는 것과 동시에 궁에서 쫓겨나 자식 된 도리를 따르듯 상복을 입고 시묘살이를 하며 삼년상을 치러야 한다. 하지만 잠시 출장한 것에 불과하다면 어떻게 되는 거지? 혹 어떤 식으로든 죽음에 가담했다고 의심이라도 받는다면?

백희의 머리가 뱅글뱅글 돌아가며 여러 가지 경우의 수를 떠올렸지만 그 어디에도 안심되는 결말은 없었다. 의금부에 끌려가 옷을 다릴 때나 만져봤던 인두를 온몸에 담그고 누구의 사주를 받았느냐는 질문을 받으며 '소녀는 모르옵니다'를 줄창 외치는 대목까지 상상이 되자 백희의 뒷목에선 땀이 비질비질 흘렀다. 백희가 이렇게까지 생각의 줄기를 길게 타고 온 것은 생각이 많은 사람이라서 그렇겠지만, 무엇보다 정의궁주가 몇 차례나 '죽음'을 입에 올려 백희를 겁에 질리게 만들었기 때문일 것이다.

이러이러해주지 않으면 곡기를 끊고 확 죽어버리겠다.

저러저러하지 않으면 약을 먹고 죽어버릴 것이다.

대들보에 목을 매겠다.

혀를 깨물 것이다.

백희는 처음엔 정의궁주가 그리 말할 때마다 심장이 덜컹거려 자신이 먼저 죽을 것 같은 기분을 느꼈으나 궁주가 실낱같은 목숨으로 별것 아닌 요구를 해오자 나중엔 그가 가여워졌다.

정말 그는 별것 아닌 말만 했다.

일하지 말고 종일 나와 있자. 나와 같은 밥상에서 밥을 먹자. 내가 자수 놓은 것을 볼래? 한양에선 무슨 문양이 유행이지? 우리 같은 모양으로 수를 놓은 주머니를 찰까? 온갖 장신구를 다 꺼내서 서로의 귀에, 팔에, 목에 걸어보자. 내가 네 머리를 손질해주마. 같은 침상에 누워서 잠들기 전까지 이야기를 하자.

어린 여자애들이 친구를 집으로 초대했을 때 같이 시간을 보내며 할 법한 일들이었다. 백희가 황공하고 황송하여 어떻게 그를 대해야 할지 몰라 떨고 있을 때도 궁주는 대체 언제부터 백희를 기다려왔던 것인지 그가 오기 전부터 미리 준비해왔던 것을 착착 진행시켰다. 정말 놀란 것은 상의원 장인들이 들이닥쳤을 때였다.

백희가 운경당에 온 지 반 시진도 되지 않아 상의원 장인들과 침방 궁녀들이 몰려왔다. 그들은 백희를 둘러싸고는 익숙한 솜씨로 백희의 신장과 가슴둘레와 허리둘레 같은 것을 치수화했고 정의궁주는 전에 없이 신이 난 얼굴로 그들을 솜씨

있게 조율했다.

"내 있잖아, 명나라 가신 사촌언니가 비단을 보내줬그든. 내 가례복을 지으라고 주신 긴데 니도 알다시피 이젠 영 쓸모가 없어졌다이가. 어떤 색이 어울릴지 모르겠다꼬 색깔을 골고루 섞어서 백 필이나 보내주셨는데 아깝게 됐지 뭐고. 그러니까는 우리 똑같은 걸로 해서 두 벌을 지어서 입자. 모르는 사람이 보면 형젠가 쌍둥인가 구분도 몬하게."

아무래도 단지와는 이렇게 시간을 보냈던 모양이다. 얼굴이 꼭 닮을 정도로 오랜 시간을 보낸 아이가 사라져 얼마나 외로울까. 백희는 자신을 오래 사귄 친구 대하듯이 하는 궁주가 안쓰러워 고개를 숙이고 그가 하자는 대로 휩쓸렸다. 백희가 거절하는 말을 하지 않자 침방 궁녀들은 새로운 장난감이 생겨 신이 난 듯 비단을 색깔별로 몇 필이나 가지고 와선 온갖 색으로 백희의 몸을 휘감았다.

처음에는 상궁이 직접 고풍스런 상아색 비단을 골라 백희의 어깨를 감았으나 마치 상복처럼 보인다며 퇴짜를 놓았다. 다음에는 좀더 어린 나인이 노을빛 주단을 댔는데 표정을 보아하니 그것도 영 마음에 들지 않는 것 같았다.

"주상께서 입으시는 곤룡포 색깔이 뭐고. 빨간색 아이가. 근데 내까지 그래 입으모 우예 보이겠노. 나뭇가지에 쌍으로 달린 앵도 같을 끼다. 귀애는 몬 받아도 사람처럼은 보여야지."

그러자 이번엔 상궁들이 기품 있어 보이는 감색을 가져와 백희의 몸에 대었는데,

"흥. 이거는 할매들이나 좋아하긋다. 휘영당 궁주에게나 갖다줘삐리라."

하며 더이상 말도 꺼내지 못하게 했다. 담백한 노란기가 흐르는 송화색은 귀밑머리 한 어린애나 입을 듯하다며 얼굴을 찌푸렸고 쪽빛 비단에 대고는 푸르족족한 것이 제대로 염색이 되질 않았다며 트집을 잡았다. 왜 이리 맘에 드는 것이 없느냐며 한참 비단 사이를 뒤적이던 궁주는 옥색도 아니고 감색도 아닌 것을 골라잡더니 맘에 든다는 듯 백희의 어깨에 척 걸쳐두었다. 한여름에 하늘 무서운 줄 모르고 자라나는 진한 나뭇잎 색깔이었다.

"청록색이 예쁘네요."

"청록색이 아이라 갈매색이라 카는 기다. 제대로 염색이 잘됐네. 갈매색은 열매를 의미한데이. 열매를 맺는 것이 후궁의 덕목 아니겠나. 제법 격에 맞다. 이걸로 하자."

백희가 놀라 아니 그런 것이면 제가 입어서는 안 되지요 하고 거절하려 양손을 내저었는데도 궁주는 이미 갈매색에 마음을 빼앗겼는지 소매는 무슨 색으로 할지, 고름은 어떻게 할지에 대해 벌써 상궁들과 논의중이었다.

녹의에는 홍상이 제격이니 치마는 핏빛으로 하고 끝동과 고

름은 더욱 진한 자줏빛으로. 금박은 분에 넘치니 입히지 말고 대신 옷고름에 석류 모양의 자수를 입혀서 모르는 눈으로 보면 모르되 아는 눈으로 보면 은근히 화려하도록.

안동에서 왔다는 권 궁주의 취향은 꼭 개경 사람처럼 세련되었는데 지시가 세세하고 틀림이 없었다. 상궁들조차 자신의 의견을 덧붙이기보다는 아아 그렇게 한다면 무척 곱겠군요 하고 경청하는 것이 과연 한 궁의 궁주답기는 했으나 어린 나이에 언제 그런 식견을 익힌 것인지 신기하기만 했다.

상의원 장인들과 침방 궁녀들을 모두 내보내고 나자 궁주는 이번엔 주안상을 차려오게 하곤 다른 궁녀들을 물렸다. 궁주는 그 넓은 방에 훌륭한 주안상을 내버려두고 술병 하나와 잔 하나만 들고 침상으로 가서 무릎을 세우고 앉았는데 마치 부모의 시선을 피해 침상에서 몰래 술을 마시는 십대 아이 같았다. 어쩌면 사가에서 단지와 이런 식으로 몰래 대작을 했는지도 모른다.

궁주 혼자 자작하도록 둘 수는 없었으니 백희는 안주 그릇과 자신의 술잔을 들고 불경하게도 궁주의 침상 끄트머리에 앉았는데 대체 이게 무슨 상황인지 영문을 알 수가 없어 불안하기만 했다. 궁주는 친히 백희의 잔에 술을 따라주었는데 궁주가 따라주는 잔을 거부할 수 없었기에 백희는 얼른 그것을 받아 마셨다. 쉴 틈 없이 석 잔이나 마시고 나자 궁주는 약과를 하나 집어 백희의 입에 물려주곤 자기도 입에 물었다.

"무라. 단지가 좋아하던 기다."

백희는 아무 말도 하질 못하고 약과를 씹었다.

입궁하고서는 처음 먹었다. 사가에 있을 때도 집이 부유했을 적에 먹어본 기억이 있을 뿐이다. 단지는 약과를 먹어본 것은 물론 그것을 특별히 좋아할 여유가 있을 정도로 자주 맛보았나보군. 어쩐지 말투며 행동거지가 종년이라기보다는 아가씨에 가깝더니 그런 대우는 시비에겐 과하지 않던가. 백희는 이미 죽고 없는 사람에게 그런 생각을 품는 자신에게 가벼운 환멸을 느꼈다. 궁주는 자작을 하더니 백희가 말릴 새도 없이 목구멍으로 그것을 털어넣었다.

"경복궁은 술맛이 엉망이네."

주상 전하께서 혹시 아신다면 경을 치실 것입니다. 백희는 이렇게 말했지만 궁주는 무서워하기는커녕 허허실실 웃기만 하더니 "니는 참말로 암것도 모른다"고 말했다. 그는 취기를 얼른 오르게 하려는 듯 서둘러 몇 잔을 더 마셨는데 정신을 차려보니 백희 역시 궁주가 하듯이 술잔을 비워대고 있었다.

두 사람은 아무 말 없이 육포며 다식을 씹다가 목이 메면 다시 술을 마시는 것을 반복했는데 말 한마디 없이도 취기가 올랐는지 정의궁주의 목부터 뺨까지 붉어졌다. 그제야 궁주는 말할 기분이 들었는지 입을 열었다.

"있잖아. 주상 전하하고 중전마마는 부부제?"

무슨 말을 하려는 것인지 알 수 없어 백희가 동그란 눈을 치켜뜨자 궁주는 얼른 말을 덧붙였다.

"그거 있잖아. 서로가 서로에게 오로지 하나뿐인 그런 거. 배우자 말이다."

역시 술을 마시면 입단속이 쉽지 않은 것인지 '일국의 왕에게 그런 게 어디 있습니까. 임금은 후궁들과 궁녀들 모두의 지아비입니다' 정도로 말하려고 했는데가 혀가 백희의 통제를 벗어나 "아무래도 그렇지요?" 하고 지껄여댔다. 후궁한테 대체 내가 무슨 소리를 하는 건가 하고 백희가 자책하기도 전에 정의궁주는 자기 몫으로 또 한 잔을 따랐다. 너무 많이 마시는 것이 아닌가. 이번에는 백희가 손등으로 궁주의 술잔 위를 덮으려 했으나 궁주는 싱긋 웃으며 변명했다.

"이건 단지 몫이다."

백희는 결국 더 말리지는 못하고 궁주가 마시는 것을 보고만 있었다.

"명나라의 인정을 받으려고 권씨의 딸을 굳이 택하신 것을 안다. 그래서 아마 내는 모든 것이 정치적으로 흘러가리라 생각했던 것 같다. 하지만 중전이 눈물을 흘리니 주상이 마음 아파하더라. 귀찮아하는 것이 아니라 정말로 어쩔 줄 몰라하더란 말이다. 그렇지. 배우자라면 겉은 아무리 이익을 쫓는 듯이 행동해도 마음까지 속일 수는 없는 법이다. 이럴 줄 알았다면…… 아이다. 내는 이런 말을 할라던 기 아인데."

궁주는 입을 다물었다. 마치 선택을 할 수 있었다는 식으로 거짓말을 하고 있지 않은가. 여기까지 오는 수밖에 없었으면서 말을 할수록 자신의 마음과는 상관없는 이야기를 하게 된다. 정말로 하려던 이야기는 이게 아닌데. 내가 정말로 하려던 이야기는…… 아, 이제 이야기를 들어줄 사람은 사라졌지.

'그 애'와는 이런 이야기를 할 필요가 없었다. 우리는 마치 주상과 중전처럼 서로 울어줄 수도 있었다. 그래. 서로 울어주는 관계라면 나는 그 애밖에 알지 못하는데. 궁주는 데워진 침상에서 몸을 돌려 기대 누우며 그 애를 떠올렸다.

나의 배우자는 어쩌면 그 애였는지도 모르겠다. 나의 몸종, 나의 자매, 하나밖에 없었지만 이제는 영영 잃어버린 나의 배우자. 하지만 다시는 그 애를 볼 수 없다. 하늘 아래 영은 한 사람뿐이라 더할 수도 나눌 수도 없다.

모로 기대어 누운 정의의 눈이 무엇을 보고 있는지 백희는 알 수가 없었다. 두 사람은 술에 취해 침상에 기대어 꾸벅꾸벅 잠들었고 백희가 다시 일어난 것은 해시*가 지나서였다.

목이 말라 잠에서 깨어난 백희는 어두운 곳에서 차마 불을

---

* 밤 9시~11시.

켤 수가 없어 창문으로 쏟아져내리는 달빛에 기대어 더듬더듬 손을 뻗었다. 그는 선반 위에 올려둔 자리끼 물병을 실수로 툭 쳤지만 다행히도 두툼한 채담彩毯* 위에 떨어졌으므로 깨지지는 않았다. 후우. 가슴을 쓸어내린 백희가 물병을 집어들기 위해 허리를 굽혔을 때, 우연인지 필연인지 아래 선반이 살짝 열려 있는 것이 보였다.

궁녀들이란 그렇다. 열려 있는 것은 닫고 싶어하며 어질러져 있는 것은 곧바로 치우고 싶어한다. 삐뚜름하게 놓인 물건을 똑바로 두는 데는 시간이 조금밖에 걸리지 않고 올바르게 배열된 것은 사람의 마음을 편하게 하므로. 백희는 늘 하던 버릇대로 선반 문을 닫기 위해 손을 댔는데, 아주 작은 틈이었지만 그 안에 있는 것이 무언지 정확히 보았다.

눈.

틈 사이로 보이는 것은 눈동자였는데 동물의 것이 아니었다. 어떤 동물과도 비슷하지 않은, 사람의 눈동자였다. 그 외에는 아무것도 아니었다. 다른 것일 리가 없다. 이 눈동자를 알고 있다. 백희는 선반을 조금 열어 자신의 의심을 확인한 후, 떨리는 손으로 조용히 선반을 닫았다. 선반은 사람이 들어가기에

---

* 주로 고려시대에 바닥에 깔던 카페트의 일종. 짐승의 털을 씨실로 태피스트리 기법으로 문양을 짜서 먹이나 안료로 그림을 그리는 깔개 혹은 벽걸이를 말한다. 현재는 조선철로 더 잘 알려져 있다.

는 지나치게 작아서 겨우 머리 하나 들어갈 수 있을 듯했다. 겨우 머리 하나만.

그때 백희의 뒤에서 인기척이 느껴졌다. 언제 일어나 있었는지 백희의 등뒤에서 서늘한 목소리가 들렸다.

"들켰네."

그 목소리는 웃고 있는 것처럼 들렸다.

도망가야 해. 도망가야 해. 그렇게 생각했지만 다리가 움직이지 않았다. 마치 누군가가 발바닥을 바닥에 꼭 붙여놓은 것처럼 미련하게도 굳어버렸다. 거미가 팔랑거리는 나비마저도 한순간에 줄로 옭아매어 잡아먹듯이 정의궁주는 움직이지 못하는 먹잇감을 쉽게도 손에 넣었다. 그의 손이 백희의 흠 없는 목을 어루만졌다.

아직은 희미하게 붙어 있는 백희의 목숨줄이 이제 궁주의 손에 쥐어져 있었다. 이제 죽었구나 생각하여 백희가 눈을 질끈 감았는데 궁주는 그럴 생각은 없었는지 다른 손으로 백희의 손을 잡아 자신의 목에 갖다댔다. 처음에는 아무것도 느낄 수 없었지만 얼마 지나지 않아 손끝의 감각은 어둠 속에서 더욱 예민해졌다. 백희는 궁주의 목을 훑었다. 처음에 만져진 것은 오돌토돌하게 올라 있는 긴장된 땀구멍이었다. 그다음에는 볼록 솟은 혈관과 그것을 지나는 혈맥이 만져져야 했으나……그런 것은 없었다.

혈맥이 뛰지 않는다. 백희는 떨리는 손으로 밤중 구들장만큼이나 차가운 궁주의 목을 천천히 한 바퀴 쓰다듬었다. 왼쪽 끝에서 목울대를 지나 한 바퀴를 돌아서 다시 왼쪽 끝까지. 머리와 몸통을 분리하듯, 그의 목덜미에는 칼로 자른 듯 뚜렷한 경계선이 있었다. 목통의 한 바퀴를 돌아 그어진 금은 마치 잘린 것을 억지로 이어붙여둔 것 같았다. 백희는 놀라 얼른 손을 떼냈다.

백희는 바쁘게 눈동자를 움직여 도망갈 길이 없나 살폈으나 너무나 어두워서 문이 어느 쪽에 있는지도 알 수가 없었다. 무엇보다 자신을 가로막고 있는 궁주의 시야를 피할 수가 없었다. 그의 눈은 어둠 속에서도 먹잇감의 행태를 훤히 지켜보는 고양이매처럼 날카롭기만 했다. 게다가 궁주의 한쪽 손은 아직 백희의 목덜미 위에 있었으니 백희는 누구에게도 기댈 수 없어 오로지 자신의 편인 비비를 마음속으로 바라는 수밖에 없었다.

나오거라. 나와. 나와 위장을 나누어 먹고 숨을 나누어 쉰다면 얼른 지금 나와서 나를 구해달란 말이야.

하지만 비비는 백희가 모르는 사이 벌써 그를 버리고 궁궐 어딘가로 숨어든 것인지, 아니면 목구멍에서 잠들어 있는 것인지 대답도 없이 조용하기만 했다. 나를 지키고 도망치게 할 사람이 오직 나 하나뿐이라니. 백희는 절망감을 느꼈다. 정의궁주는 대체 무엇이관데 이러는가. 사람은 아니겠다. 사람은 아니야. 백희는 이렇게 생각하고 떨리는 목소리로 겨우 물었다. 옛날 비비에게 그랬듯이.

"대체 그대는 누구요?"

대답을 바라고 한 질문은 아니었다. 그러나 궁주는 함박 웃으며 너무도 쉽게 대답해주었다.

"한가 단지. 내 이름은 한가 단지라고 한다."

"말도 안 돼. 어찌 그런 말을!"

백희가 소리쳤으나 그는 동요하지도 않았다. 자신을 한가 단지라고 소개한 그는 품속에서 날카로운 비수를 꺼내 백희를 공격하는 대신 자신의 목에 갖다대었다.

"도망가며는, 죽어뿔 끼다."

백희는 도망갈 수가 없어 풀썩 주저앉았다. 겁에 질린 백희가 소리조차 지를 수 없어 헐떡이는 숨을 내뱉을 때도 그는 마침내 이 이야기를 할 수 있어 속이 시원하다는 듯이 무척 평온한 얼굴이었다.

자신이 한가 단지라고 주장하는 권가 영의 이야기

그대를 거칠게 대한 것에 대한 사과를 먼저 하마. 그치만도 내게도 사정이라는 것이 있고 정의궁주의 몸으로 할 수 있는 일은 많지 않으니 그대가 내 입장이었다 캐도 크게 다르게 행동하지는 몬했을 거라. 내는 오랫동안 염원해온 일을 이루었으나 인자는 모든 것을 후회하고 있다.

백희. 이것은 배신에 대한 이야기다. 세 번이나 배신당해 자신을 잃어버린 여자의 이야기제. 내 이야기를 들은 담에는 귀를 물에 씻지 않아도 된다. 대나무숲에 붓지 않아도 되고. 누구에게든지 말해라. 아무도 안 믿을 끼니까.

한가 단지. 내 이름은 한가 단지다. 오래전부터 주인을 모시는 종이었고 그것을 후회한 적은 한 번도 없다. 사실 뭐 후회할 수나 있드나. 내가 종년으로 태어나고 그 애가 아가씨로 태어난 것이 전생의 업보이든 부모의 잘못이든 간에 아무튼 나는 그것 자체가 싫은 적은 없었다. 아마 다른 종년들보단 사는 게 쉬웠던 모양이제.

그 애와 나는 어릴 때부터 먹을 것이며 입을 것을 공평하게 나누어 가졌고 심지어는 서로의 입장마저 나누는 것을 좋아해 가지고 옷을 바꿔 입는 놀이를 자주 했다. 주인마님을 속이고 동무들을 속이는 게 참말로 재미났는데 경복궁에 와서까지 이럴 줄은 몰랐제.

그 애의 얼굴을 아는 사람이 어디 하나라도 있드나. 운경당은 물론이고 경복궁의 누구도 그 애를 몰랐지. 그래서 놀이는 더 재밌었다. 우리는 하루는 궁주가 됐다가 하루는 몸종이 됐다가 하면서 놀았다. 그 애가 사라지기 전까지.

인제 우리는 입장만 바꾼 것이 아이라 목숨도 나눠 가졌는데 그조차도 아무도 모르게 돼뺐다.

아니. 나는 '그날' 이야기는 안 할 끼다. 그 애라며는 그날 이야기를 잘할 수 있겠지만도 내가 할 이야기는 아닌 기라. 내 이야기는 따로 있다.

인자부터 내가 할 이야기는 조선이 조선이기 전에, 명나라가 명나라이기 전에 일어난 일인데 신기하게도 이 이야기의 주인공 역시 영이라.

영이라는 글자는 뜻이 많지만서도 두 사람 이름은 한자도 같다. 안녕하신가, 할 때의 영寧인데 그대도 알겠지만 편안하다는 뜻이라. 그 이름을 가진 여자는 한평생 편안하지 못했지만도 이름이라 카는 것은 사실 사후에 붙여지는 것이 아니라 미처 제대로 살기도 전에 자신도 모르게 붙여지는 기지. 자신을 잘 나타낸다기보다는 도리어 어버이의 바람을 잘 드러낸다 할 수 있다. 그 이름을 지은 부모는 그이가 어떠한 상황에서도 편안하길 바랐을 것이라 생각한다. 뭐, 그를 불편한 상황에 몰아넣은 것도 기실 그의 부모이기는 하지만서도.

영이라는 아가씨는 태어나기는 퍽 고귀하게 났다. 어미 되는 이에게서 멀리 대륙을 제패했던 설선한薛禪汗*의 피를 아주 조금이나마 받았고 아비에게서는 크고 튼튼한 발을 물리받았다. 영은 그 아비하고 하나도 닮지는 않았지만도 꼭 닮은 발가락을 가졌다.

웃어도 된다. 농담은 아이지만. 영의 발은 정말로 크고 튼튼했그든. 영은 그 발로 인해 죽을 뻔도 했으나 그 발로 인해 목숨을 구하기도 했다. 어찌 사람이 발 때문에 죽는가 생각하겠으나 벨일 아닌 것으로 살기도, 죽기도 하니 세상일이라는 것이 참 희한도 하지.

집으로 들어갈라 카다가 고양이가 우는 바람에 멈춰선 덕으로 코앞으로 떨어진 벼락을 피한 사람이 있데이. 만날 왼쪽으로 다니다가 꿈자리가 사나워서 하필 그날만 오른쪽으로 가는 바람에 마차에 치여서 죽은 사람도 있고. 그런 거에는 인

---

* 원나라의 초대 황제이자 몽골제국 제5대 칸인 세첸 칸을 이른다.

과도 없고 잘못도 없다. 영의 경우에는 그래, 그것이 발이었던 기다. 그래, 발. 지금 그대의 다리 아래 달려 있는 거 말이다.

영은 본래 활달한 아가씨였다. 이리저리 잘도 돌아다니니 당연히 건강했는데 글타고 길들여지지 않은 망아지처럼 철딱서니 없게 군 것은 아니고 귀한 집 따님들이 그러하듯이 교육을 잘 받은 그런 아였다.

어릴 때부터 글자를 배우고, 자수며 그림은 물론 악기를 연주하고 춤이 몸에 익도록 오랫동안 연습하기도 많이 하고. 영은 그 모든 것에서 재미를 찾을 줄 알았고 또 어느 정도는 타고난 재능도 있었다. 천성이 상냥하고 밝으니 모두가 영을 좋아했는데 그 애가 공녀로 뽑혔을 때 마을 청년 몇몇은 눈물로 밤을 지새우기도 했지만…… 뭐, 그건 그래 중요한 이야기는 아니고.

아무튼 영은 한 번도 남에게 미움을 받아본 적도 경멸을 받아본 적도 없었다. 영의 내면에는 용기가 있었고 태도에는 결단력이 있었지만 딱히 그래서 그런 것은 아니고 그냥 운이 좋았던 거지. 아비의 수많은 딸 중에 그 애가 공녀로 가게 된 것은 그저 운이 나빴던 탓이고.

공녀 선발 공고가 떨어졌을 때 그저 나이가 적합했기 때문에 영은 수많은 여자아이를 제치고 뽑히게 되었다. 하지만 그때만 해도 영은 자신이 특별히 '선발'되었다고 생각했다. 가는 그런 아였다. 자기가 남들보다 한 치 정도는 위에 서 있다고 생각하는 아라. 그러니 뭐 다른 아를 보내는 것보담은 어른들의 걱정이 덜했기는 했겠지만도.

암만 그래도 다른 나라로 시집가는 것이 두렵지 않았겠냐고? 아니. 영은 그런 것을 두려워하는 아가씨가 아니라. 영은 어디서든 행복해질 자신이 있었다. 이를테면…… 그래, 영은 얼굴도 못 본 남편을 이미 사랑했을 정도였다. 당연하지. 어떤 남편이든 자신을 사랑하지 않을 수 없을 거거든. 영은 그런 아라니까.

하지만 사람 일이 어찌 그리 맘대로만 되겠는가 말이다. 국경을 넘는 순간 영의 모든 재능과 아름다움은 사라져버리고 말았다. 선녀 같던 영은 한순간에 천덕꾸러기가 돼뿄다. 그 이유는 단순했는데 영의 발이 컸기 때문이라. 단지 그것 때문에 영은 천하에 둘도 없는 추녀가 되고 말았다.

이 땅에서 큰 발은 오래 걸을 수 있게도 하고 오장육부를 튼튼하게도 하는 고마운 것이지. 남녀 간에 큰 상관이 없는 기다. 한데 원나라 사람들은 기집아가 발이 큰 거를 보며는 여자답지 몬하다고 손가락질을 한다대. 본래 말타기를 잘해서 중화를 점령했던 사람들이 아니가. 그런데도 발이 작은 여자들을 곁에 두기를 좋아한다니 희한한 풍속이라. 하지만 뭐 영이 암만 똑똑하다 한들 풍속을 이길 수가 있겠나. 영의 운명은 완전히 뒤바껴뿠다.

야만적이라꼬? 뭐, 여자를 달라는 나라나 주란다고 또 갖다 파는 나라나 야만스럽기로는 다를 게 뭐가 있겠노. 나라를 초월하고 풍속을 초월해서 그저 우예 한 번이라도 여자를 잘 팔아먹어볼까 연구하는 사람들이 이렇게나 많은 것이 참말로 한심하고 우습다. 전생에 무슨 죄를 지었기에 하필 노새가 아이라 여자로 태어났는가 싶을 정도라니까.

나는 그 나라 사람들이 어떻게 쩍은 발을 만들어내는지 이야기를 들었다. 니는 그런 말을 들어본 적이 있드나.

발을 만든다니까. 발을. 원래 작게 태어나는 기 아이고 사람이 발을 만들어낸다꼬. 참나 사람들 머리 좋다이까. 을마나 머리가 좋은지 어떻게 발을 쩍게 만드는 기술까지 만들어냈는지 모르겠다.

쩍은 발을 만드는 것은 간단한 일이 아니라. 천으로 싸맨다고 자연히 줄어든다면 편리하겠지만서도 사람 몸이 그렇게 되어 있는 것이 아니니까는 뿌러뜨려야지 우야겠노. 그니까는 몬해도 아가 여섯 살이 넘기 전에 시작해야 한다.

뼈가 아직 굳기 전에, 말랑말랑한 아이의 발을 꽁꽁 싸매가지고 엄지발가락을 놔두고 나머지를 안쪽으로 꺾어 부러뜨리면 발바닥 안쪽으로 발가락이 곱아든 상태에서 아물게 된다. 그 상태에서 또 뾰족한 자갈 위를 걷게 하는 거라. 상처를 내고 아물게 하고 또 상처를 내고 아물게 하면 희한하게 뼈가 꺾어진 채로 아물어서 활처럼 휘어지는데 그거를 '황금 연꽃'이라 부른다. 근데 말이다, 그나마도 모든 여자가 할 수 있는 것은 아니라 카드라. 시중을 들 여자는 있어야 되니까는 밭을 갈거나 물건을 나르는 여자들에게는 '황금 연꽃'을 만드는 것이 금지되어 있데이.

근데 말이다. 사람이 참 희한한 기 아무리 아프고 고통스러운 것이더라도 일단 금지를 시키면 어떻게든 하고 싶어한다는 거라. 가난한 사람이라도 자신의 딸이 귀한 곳에 시집갔으면 하는 마음으로 몰래몰래 '황금 연꽃'을 만드는 기라. 잘못하면 발이 불구가 되는데도 그런단다.

암턴 그런 발을 삼촌금련三寸金蓮이라 하는데 발 하나가 삼촌*밖에 안 된다는 뜻이라. 나는 그기 어쩌면 꼭 기린 발 같지 않겠는가 하고 상상해본 적이 있다. 용의 머리에 사슴의 몸, 소꼬리와 말발굽을 가졌다는 기린 말이다.

기린은 성정이 자애로워서 생명을 해치는 법이 없다대. 그 발굽에는 흰 털이 돋아나서 살아 있는 풀 한 포기도 밟지 않고 벌레조차도 살생하는 법이 없단다. 한데 아무도 죽이지도 못하고 바닥을 디딜 수도 없는 그 발로, 기린은 어딜 갈 수 있겠노?

---

* 일 촌은 약 3.3센티미터다.

어딜 갈 수나 있겠나?

이야기가 많이 엇나갔구마. 영의 이야기로 돌아가자. 암턴, 영은 발이 크다는 이유만으로 그 애가 가진 모든 장점을 잃었다. 복숭아빛 뺨도 윤기 나는 머리카락도 아무도 봐주지 않았고 나긋나긋한 걸음걸이나 춤사위나 악기를 연주하는 모습도 보일 필요가 없었다. 그 애가 나타나면 모두 그 끔찍하게 크고 두툼한 발을 보고 놀랐기 때문이다. 영은 부마국에서 온 몬생긴 공녀로 낙인찍혔기 때문에 그 먼길을 왔음에도 황제의 후궁은 될 수가 없었다.

아께 이야기를 시작할 적에 내가 뭐라 했는가 기억하나? 영은 큰 발로 인해 죽을 뻔도 하고 목숨을 구하기도 했다 했지? 만약 영의 발이 조막만하고 고와서 손바닥 위에 올라갈 정도였다며는 그 애는 틀림없이 황제의 후궁이 되었을 끼다. 그리고 죽었겠지. 왜냐고? 천지가 개벽해뿄거든.

나라가 망하고 새로운 나라가 등장하는 것은 몇백 년에 걸쳐 한 번은 반드시 일어나는 일이다. 근데 하필이면 공녀들의 가례식 직후에 그런 일이 생길지 누가 알았겠나. 영을 제외한 공녀들이 황제나 친왕들의 후궁 아니면 시첩이 되어 가례식을 올린 지 이레 만에 천지는 개벽하고 황제의 목은 땅으로 떨어져뿄다.

망국의 황제가 죽었는데 그의 가솔들을 어뜨케 가만히 놔

둘 수가 있겠노. 황제와 그의 형제들, 그들과 혼인한 모든 여자와 그를 모시던 남자들이 죽어나가고 궁궐은 피로 물들고…… 영의 커다란 발을 증오하는 사람들이 죽어 나자빠질 때도 그 애는 튼튼한 두 발로 땅을 딛고 서 있었단다. 그 애는 누구의 여자도 아닌, 아무의 후궁도 아닌 '고려 여자 영'일 뿐이라 살아남은 기다.

새로 등극한 황제는 영의 커다란 발을 보고도 다행히 징그러와하지는 않았다. 오히려 동정했지. 어찌 귀한 몸으로 나서 '황금 연꽃'을 만들기는커녕 큰 발을 가지고 왔는가 하고.

그래서 황제는 영이 고국으로 돌아갈 수 있도록 아량을 베풀어주었다. 음식과 돈과 말과 마차를 내려주었고 새로 입을 옷까지도 내려주었지. 영은 다시 국경을 넘을 수 있게 되었지만도 본래의 곱고 활기찬 아가씨로 돌아오지는 못했다. 이제 그는 아가씨가 아니라 돌아온 공녀였고 황제가 그를 취하지 않은 것은 어쩌면 영의 탓일지도 모른다는 소문이 고국에 돌기 시작했기 때문이다.

소문은 이랬다. 영이 절개를 지키지 못하는 음란한 여자이기 때문에 원의 황제도 명의 황제도 영을 취하지 않고 고국으로 돌려보낸다는 기다. 특히 고려를 망하게 한 신돈이라는 자가 그런 말을 많이 했다대.

"부인은 절개를 지켜야 하는데 영은 원나라에서 음란하다는 소문이 있었으니 매우 부끄러운 일입니다. 종묘와 백성들의 이목을 생각하여 영을 처단하소서."

그래서 고국의 왕은 영이 국경을 넘기 전에 그 애를 없애버리라 명을 내렸단다. 타국에서 사선을 몇 번이나 넘은 영을 동향 사람들이 죽일라 하는 기다.

자신을 단지라고 말한 궁주는 거기까지 말하고 백희의 표정을 살폈는데 백희는 어느새 이야기에 진심으로 빠져들었는지 영의 불행에 눈물을 글썽이고 있었다.

백희의 뒤로 커다란 그림자가 보였다. 열어둔 들창 너머로 보름달이 환했는데도 그림자는 백희의 앞이 아니라 뒤를 향해 있으니 그것은 사람일 수가 없으리라. 빛깔 역시 그림자들이 흔히 가진 검은빛이 아니라 마치 오래된 우물을 들여다보듯 물풀이 뒤엉킨 짙고도 푸른 색이었다. 그가 좋아하는 갈매색을 닮았다. 이야기가 진행될수록 꾸물꾸물 커져만 가는 그림자를 향해 단지는 이야기를 이어나갔다.

임금은 영을 죽이라는 명을 받들 장수를 물색했다. 한데 사실, 이 일은 그다지 남에게 떠들 만한 일이 아니잖아. 게다가 아무에게나 시킬 수 있는 일도 아니었거든. 그래서 입이 무거운 장수를 택해야 했는데 임금이 입이 무거운 장수라는 것을 알 정도라면 훌륭한 장수이기도 하지 않겠나. 결국에는 이름 있고 지체도 높고 명망 있는 인물이 그토록 불명예로운 임무를 맡게 되었다.

명예로운 장수는 죄 없는 아가씨를 죽이는 것이 싫었을 끼다. 죄책감도 느껴졌을 끼고. 오랑캐의 목을 베어 나라를 지키는 일이라며는 장수가 제일 잘하는 일이니 거침없이 해냈을 것이지만도 나라에 힘이 없어 공녀로 바쳐졌다가 또 그 나라가 망하는 바람에 돌아온 사람을 죽이라는 것은 심정적으로도 도리적으로도 받아들이기 힘들었겠지. 하지만 왕명을 거스르는 것도 어려운 일인지라 충성심이 강했던 장수는 무척 괴로워했다.

새 나라의 황제에게서 포로인 공녀를 인계받아 국경 지대로 데리고 오는 것까지는 어려울 게 없었지. 하지만 수도로 들어가기 전에 왕명을 수행하는 것은 도저히 몬하겠는 기라. 차라리 얼굴을 보자마자 죽여버렸으면 좋았겠지만서도 몇 날 며칠을 함께 여행한 사람을 우예 까닭없이 죽일 수 있겠노. 그래서 장수는 고민에 고민을 거듭하다가 공녀 외에 다른 사람을 죽여서 공녀로 위장하면 되겠다는 계획을 세웠다. 누구를 죽여야 탈이 없을지 알 수 없었으니까는 장수는 공녀에게 직접 물어봤단다. 그대 대신에 여자 하나를 죽여야 한다면 누구를 죽이면 좋겠냐고.

자, 인제 여기서 문제를 내겠다. 반드시 희생자가 필요하다며는, 공녀는 자기 대신 누구를 죽이라 말했겠노?

"이야기에 나오는 인물인가?"

백희가 입을 열기도 전에 백희의 뒤에 서린 그림자에서 목소리가 들렸다. 언제부터 그곳에 있었던 것인지 비비가 마치 병아리를 품은 암탉처럼 백희를 감싸안듯 서 있었다.

"등장은 했으나 굳이 언급하지는 않은 인물이다."

한가 단지는 그의 질문에 대답했으나 놀라지는 않았다. 비비는 뱀처럼 샛노란 눈동자를 꿈뻑꿈뻑 감았다 떴다. 세로로 위축된 동공이 완만하게 풀릴 무렵 비비는 겨우 입을 열었다.

"귀한 가문의 여식을 혼자 보내지는 않았을 터. 영에게는 몸종이나 하인이 붙어 있었을 거다. 그를 죽이라 했겠지."

한가 단지는 만족스럽다는 듯이 웃었다.

"정답이다."

정답이다. 영에게는 물론, 오랫동안 그를 모셔온 몸종이 있었지. 어린 시절을 함께 보내기도 하고 머나먼 국경을 넘어서까지 동고동락해온 몸종이었다. 몸종은 어려서부터 영과 함께 자라 마치 자매와 같았지만 어찌 종이 아가씨와 진짜 자매가 될 수 있겠노. 영은 장수에게 가서 이렇게 말했다.

"제게 단지라는 몸종이 있으니 그 애를 죽이십시오."

그날 밤, 장수는 국경 근처의 절벽 아래에 움막을 지었다. 반나절만 더 걷는다면 고국으로 돌아갈 수 있을 만한 거리였으니 타국에서의 마지막 밤이었다.

영은 그날 밤을 거사일로 잡았는데 그날, 단지에게 어찌나 친절하고 상냥하게 굴었는지 모른다. 단지가 의심하지 않도록, 그 애에게 최고의 밤을 만들어주기로 한 거지. 닭을 잡기 전에 배부르게 벌레를 멕이는 것처럼 말이다. 영은 단지를 불러가 이래 말했다.

"살아서 고국에 돌아가기가 무섭다. 공녀가 되어서 죽지 않고 살아왔다고 부모와 집안이 얼마나 실망하겠느냐. 그러니 오늘은 네가 나를 위로해다오."

그 말을 들은 단지의 마음이 얼마나 아팠겠노. 단지 역시 주인의 마음을 편하게 하는 일이라면 무엇이든 하겠다고 했을 것이다. 뭐, 단지, 그 어리고 아무것도 모르는 무지랭이가 뭘 할 줄 알겠노마는.

그럼에도 불구하고 마지막 밤은 무척이나 즐거웠을 것이다. 마치 어렸을 때 그랬던 것처럼 서로가 서로의 유일한 친구였던 때를 떠올렸겠지. 왜 안 있나. 여자애들이 친구들끼리 하는 일들 말이다. 함께 바느질하믄서 수를 놓고, 서로의 솜씨를 칭찬하기도 하고. 두 사람만 아는 농담에 웃기도 했을 끼다. 그다음에는 온갖 복잡한 방식으로 서로의 머리카락을 땋아서 틀어올리주고 입술에 연지를 발라주고. 둘 중 아무도 혼인은 해본 적도 없으면서 마치 새색시를 꾸며주는 것처럼, 안 있나.

그다음에 영은 가지고 있는 가장 화려한 옷하고 장신구를 꺼내서 단지의 몸을 치장해줬다. 잘 차려입고 보니 단지도 꽤나 봐줄 만했겠지. 두 사람은 마치 쌍둥이 같아서 누가 몸종이고 누가 주인인지 모를 지경이었을 끼다. 단지는 마치 지가 고귀한 집안의 아가씨라도 된 듯이 영의 옆자리에 착 달라붙어가 야살을 떨었다.

두 사람은 같은 상에서 같은 음식을 먹고 해가 떨어지믄 같은 침상에 누워서 조잘조잘 이야기도 했다. 침상에서 술잔을 기울이며 누가 봐도 예의 없을 짓도 하고. 그렇게 얼마 되지 않아 단지는 영의 침상에서 깊은 잠에 빠져들었다. 이제껏 가마를 타고 온 영과 달리 단지는 영의 가마 뒤를 따라 매일매일의 강행군을 오로지 두 다리로 걸어서 버텨왔으니께네 무척 고단했을 끼다.

어둠이 내리고 단지가 싸늘한 침상 위에서도 구름 이불을 덮은 듯이 편안하게 단잠에 빠져들었을 때, 영은 몰래 움막을 벗어나 언덕을 올랐다. 깎아지른 듯 가파른 절벽 위에 도달했을 때는 찬이슬을 맞으며 오래도록 때를 기다리던 장수가 있었을 끼다. 두 사람은 합심하여 천 길 낭떠러지 아래로 커다란 바위를 밀어 떨어뜨렸다. 바위는 데굴데굴 굴러서 틀림없이 움막을 깔아뭉갰고.

겁에 질린 영 대신에 장수가 단지의 시신을 수습하기 위해 현장으로 돌아왔을 때 그는 시체를 찾을 수 없었다. 핏자국은 커녕 어떤 죽음의 흔적도 없었으니까. 마치 아무도 없는 빈 움막이 무너진 것처럼 보였다.

장수는 이상하다고 생각은 했지만도 자신의 손을 더럽히지 않을 수 있어 오히려 다행이라고도 생각했을 끼다. 그것이 보이기 전까지는. 단지의 몸이 여섯 부분으로 나뉘어 무너진 움막의 잔해 사이에서 하나씩 기어나오고 있었으니까.

사람이 말이다. 큰 충격을 받으면, 그래서 가슴이 터질 것처럼 아파지면 정말로 몸이 아픈 듯한 기분이 들그든. 마음이 아프고 심장이 터질 듯이 조여오면 말이다, 슬픔이 극심해지며는 말이다, 그러면 보통 애간장이 끊어진다고들 안 하나. 영이 단지를 배신했을 때, 단지의 애*는 끊어지고 말았던 기다. 칼 한 번 맞지 않고 슬픔에 토막 난 애간장이 단지의 연약한 뱃속을 헤집어버렸다.

애가 끊어지문 우째 되는지 아나. 몸에 피가 마른데이. 그 다음에는 근육하고 살이 끊어지고 뼈가 이탈하고. 심장에서

---

* 창자.

먼 곳부터 살덩이가 지 멋대로 떨어져내린다. 튼튼한 발에 무엇이든 할 수 있던 팔, 누구에게도 보이지 않은 몸뚱이가 모두 산산조각이 나는 기다. 모두 분리되는 기다.

어떤 도마뱀은 있제, 외부에서 천적이 달려오며는 꼬리를 자르고 도망간다 카더라. 단지의 마음이 그랬다. 아니, 몸이 그랬다케야 하나. 어쨌든 믿었던 주인에게 배신당한 마음이 산산조각이 났으니까는 결국은 그 몸을 자르는 수밖에 없었던 기다. 모두 다 잘라내며는 마치 도망이라도 갈 수 있는 것처럼. 하지만 있제, 죽을 수는 없었다. 절대 죽을 수 없지. 배신감에 떨다가도 그런 생각이 나그든.

영이 나를 배신할 리가 없다. 사실 무언가 이유가 있을 것이다, 그런 일말의 기대와 희망이 있단 말이다. 마치 육시戮屍*를 당한 듯이 여섯 갈래로 갈라진 이 몸뚱아리는 죽지도 살지도 몬한 채로 흩어지고 있는데 그 와중에도 여섯 몸뚱이가 오로지 하나만 찾고 있는 기다.

영. 영을 찾아야 한다. 영에게 이유를 들어야 한다, 오로지 그 일념만이 도망치는 몸뚱이에게 주어진 유일한 명령이라 이거다. 하지만 명예로운 장수가, 아무것도 모르는 그 아둔한 것

---

* 시체를 죽인다는 의미로, 죽은 사람의 시신을 묘에서 파내 머리와 팔, 다리, 몸을 여섯 조각으로 다시 참형하는 형벌을 가리킨다.

이 그런 거를 알겠나. 장수는 단지의 여섯 몸뚱아리를 본 순간 놀라서 죽어뻤다. 입에는 게거품을 물고 눈은 감지도 못하고 한순간에 죽어뻤다. 그리고 이후에 단지를 보는 모든 사람이 다 그래 죽었지. 한 사람만 빼고.

정의궁주가 잠시 이야기를 멈추고 백희를 보았으나 백희는 정의궁주를 보고 있지 않았다. 백희는 약간 겁에 질린 듯 보이기도 하고 무언가에 집중하는 듯이 보이기도 했다. 자신의 이야기를 듣지 않고 무엇을 하는가 싶어 그 시선을 따라가 올려 보았더니 내실의 복도로 이어진 창호문에 사람 그림자 같은 길쭉한 것이 보였다. 궁녀인가. 누구도 들지 말라 했을 텐데 괘씸하군. 궁주는 목소리를 높였다.

"내 오늘은 방해하면 가만두지 않겠다고 여러 번 일렀지 않나. 정의궁주의 명령에는 무게가 없드나. 물러가거라!"

그러나 소용없었다. 닫힌 창호문 밖에서 달빛을 온몸으로 받아낸 그림자가 움직이기 시작했다. 그것은 이제 이곳으로 들어오기 위해 문고리를 잡았는데 들썩 하고 문이 한 번 움직이긴 했으나 걸쇠에 막혀 열리지는 못했다. 그때부터는 정의궁주도 더는 화를 내지 못했다. 그것은 내실로 들어올 자격이 충분했으며 아무도, 심지어 운경당의 주인인 정의궁주라 하더라도 그것을 막을 권리가 없었기 때문이다.

창호문에 내려앉은 그림자는 분명 사람의 형상을 하고 있었으나 목이 없었다.

김가 개시의 추격

궁녀들이 행각에서 이야기를 나누고 백희가 곤경에 빠져 있을 무렵, 강수는 뛰고 있었다. 황초립을 쓰고서 붉은 철릭을 휘날리며 질주하는 강수의 모습은 타인이 보기에는 무척 멋스러운 데가 있었으나 실상 그의 입에서는 단내가 났고 맥과 호흡은 엉망진창으로 솟구쳐 쓰러질 듯 위태로웠다.

지난 이십 년간 방에 갇혀서 서책만 봤다는 말은 거짓말이 아니다. 그는 정말로 오랫동안 뛰지도 걷지도 않았고 어떤 날은 자리에서 일어서지도 않고 며칠씩 혹은 몇 주씩 밥을 굶어가며 참선하는 노승처럼 앉아 공부를 했으니 체력이 바닥으로 떨어진 것도 어쩔 수 없는 일이다. 하나 강수의 체력이 아무리 떨어졌다고 해도, 그가 아무리 허수아비 별감 노릇을 하고 있다 해도 교태전 앞을 뛰어다니는 다리 한 짝을 보면서 가만히 있을 수는 없는 노릇이었다. 강수의 앞을 뛰어가고 있는 저것은 분명 사람의 다리렷다. 아주 두껍거나 길지는 않으니 소년이거나 여인의 것일 수도 있겠지만 확실치는 않다.

허벅지 위를 칼로 자른 듯 반듯하게 잘린 단면에서는 피도 뼈도 보이지 않고 맨들맨들한 살로 채워져 있어 마치 누가 떡으로 빚어놓은 것만 같았지만, 떡과 다른 점이 있다면 저 다리는 정말로 움직이고 있다는 점이리라. 한 발로 쓰러지지도 않고 힘차게 말이다. 그리하여 무늬만 별감인 강수가 정말로 김가 개시의 역할을 충실하게 이행하며 그 뒤를 쫓고 있는 것이다.

다리는 인적이 드문 골목으로 빨려가듯 들었다 났다 하더니 한 처소 앞에 이르자 별 망설임도 없이 바닥을 크게 디뎌 단숨에 담을 넘었다.

지금 무슨 일이 일어난 거지. 강수는 순간 담장 앞에서 어찌해야 할지 몰라 우두커니 멈춰 설 수밖에 없었는데 담 너머로 신녕궁주의 머리통이 삐죽 보였기 때문이다.

그러고 보니 이곳은 휘영당이 아닌가. 강수는 후궁의 처소에 자신이 들어가도 되는지, 신녕궁주에게는 뭐라고 해명해야 할지 망설였다. 그러는 사이 신녕궁주는 강수가 쫓던 것과 달아나고 있는 것을 빠르게 눈으로 훑더니 자신이 무엇을 해야 할지 단번에 파악했는지 늘 들고 다니던 합죽선으로 다리를 쳐서 쓰러뜨리고는 다른 한 손으로 다리의 발목을 낚아챘다. 마치 토끼의 목덜미를 노려 사냥하는 부엉이만큼이나 민첩했다.

다리는 신녕궁주의 손안에서 파득파득 흔들렸지만 자신의 운명을 아는 듯 크게 저항하지는 않았다. 강수는 길게 숨을 내쉬며 안심했는데 그 동안에도 신녕궁주는 강수의 눈을 빤히 바라보고 있었다.

"설명하실 게 있을 듯한데 안 들어오시고 뭐하십니까."

"제가 안 가려고 안 가는 것이 아니라……."

강수는 밟을 곳이라곤 하나 없어 보이는 매끈한 담장에 어떻게든 발을 올려놓았지만 자꾸만 미끄러졌다. 몇 번 의미 없는 흙발자국을 흰 벽에 남기자 신녕은 짧게 한숨 쉬고는 어미 고양이가 새끼 고양이의 목덜미를 물어 옮기듯이 담장 너머로 손을 뻗어 강수의 뒷덜미를 꾹 잡았다.

"아니. 거기를 잡아주신다고 해도……" 담장을 넘을 수는 없습니다. 그렇게 대답하려고 했지만 입보다 몸이 빨랐다.

다음 순간 강수의 몸은 자신의 의지와 상관없이 들려 반 바퀴를 거꾸로 날아 땅바닥을 굴렀다. 흙바닥에서 먼지를 마시면서도 강수는 대체 신녕이 어떻게 자신을 들어올린 것인지 전혀 이해하지 못하고 있었다.

이게 여인의 힘으로 가능한 일인가. 설마 신녕궁주도 괴인인가. 복잡한 얼굴로 신녕궁주를 올려보았더니 궁주는 일어나는 것을 도와달라는 뜻으로 받아들였는지 강수의 손을 끌어당겨 이번에도 단번에 일으켜세워주었다. 마치 어른이 어린아이를 끌어올리듯 압도적인 힘이었다.

"대체 왜 입구로 들어오지 않고 벽에다 발을 대는 겁니까. 회벽칠을 한 지 얼마 안 됐으니 나중에 선생이 다 닦아놓으십시오."

강수의 얼굴이 붉어졌다. 마음이 급했던 탓에 문으로 들어가면 된다는 당연한 생각도 하지 못했다.

"궁주께서도 괴인이십니까. 어찌 여인의 힘이……."

"쓸데없는 소리 말고 이것이나 받으세요."

신녕이 다리를 던지듯이 강수에게 안겼다. 강수는 비명을 지르면서도 어쩔 수 없이 다리를 받았고 어쩐지 맨다리를 보기가 민망하여 자신의 긴 철릭 자락으로 그것을 감싸안았다.

"한데 오늘은 차림이 왜……."

마주선 신녕궁주는 평소의 감색 당의 차림이 아니라 새앙머리를 틀어올리고 다소 단출한 저고리를 입은 나인의 복색이었으므로 강수는 속으로 이상하다고 생각하던 참이었다.

"출신이 비천하여 이 옷이 가장 편합니다. 그것은 제가 쫓으려던 것인데 선생께서 잡아주셨으니 수고를 덜었습니다. 감사합니다."

신녕은 무사가 검을 다루듯이 합죽선을 칼처럼 차고 고개를 작게 숙여 감사를 표했다. 그러는 동안에도 강수의 품안에 있는 다리는 계속 꿈틀대며 움직였기 때문에 강수는 긴장을 놓을 수가 없었다.

"대체 이게 뭡니까?"

"제가 묻고 싶은 말입니다. 대체 이게 뭡니까? 괴인인가요? 아니면 귀물입니까? 여우가 변하거나 빗자루가 둔갑한 것입니까?"

신녕의 말에 강수는 자신의 안개 낀 기억 속을 빠르게 훑었으나 답을 떠올리기가 쉽지 않았다.

"전부 일리가 있는 추측이라 즉답하기가 쉽지 않은데요."

"정말 도움 안 되는 대답이네요. 학자들은 다 그렇습니까?"

신녕이 불평하듯 입술을 쭈욱 내밀더니 강수의 옆에 털썩 앉았다. 강수는 흠칫 놀라 신녕의 반대쪽으로 조금 비껴 앉았는데 외려 신녕은 신경도 쓰지 않는다는 듯 합죽선을 펼쳐 자신의 얼굴에만 바람이 닿도록 부쳤다.

"아무래도 많이 알수록 경우의 수가 늘어나서 판단하기 어렵다……는 정석적인 대답을 하고 싶지만 솔직히 말해 제가 나이가 좀 많습니다."

강수의 말에 신녕이 안다는 듯 고개를 끄덕였다.

"들었습니다. 신라 무열왕 때 분이시라고. 그러면……."

머릿속으로 신녕이 숫자를 헤아리며 계산을 채 끝내기도 전에 강수가 대답해주었다.

"무열왕 때 관직에 올랐던 것은 사실이나 이미 그때 이백 살이 넘었으니 정확하진 않아도 아마 천 년은 살았을 겁니다."

"호오. 흥미롭군요."

신녕궁주가 전혀 믿지 않는다는 어투로 말하자 강수는 긴장이 풀렸는지 웃었다.

"믿지 않으셔도 괜찮습니다. 사실이니까요. 그런데 말입니다, 천 년쯤 살고 보니 기억력이 예전 같지 않아서요. 분명 어디서 본 기억이 나긴 하는데 잘은 모르겠네요. 하하하."

한심하군. 이런 걸 변명이라고 늘어놓다니. 강수가 스스로 그렇게 생각했을 때 신녕도 똑같이 생각했다.

한심하군, 이 남자. 어디까지 믿고 의지해야 하는가. 신녕은 강수의 흐트러진 머리카락 위에 분명히 존재하던, 하지만 지금은 보이지 않는 뿔을 떠올렸다. 그리고 자신의 손끝에 닿았던 서늘한 감촉과 따끔하게 파고들었던 아픔을 기억하려고 애썼다.

"한 번 더 만져봐도 됩니까?"

신녕의 말에 대답하는 대신 강수는 고개를 숙였다. 신녕의 손이 강수의 머리 위를 얼마간 오갔고 단단한 손바닥에 날카롭고 서늘한 그것이 상처를 내자 신녕은 다시 마음을 다잡는 수밖에 없었다.

의혹보다 언제나 사실이 우선이다. 어차피 자신만 알고 있어봤자 아무런 진척도 없을 정보라면 누구의 도움이라도 필요했다. 이렇게 멍청해 보이는 자도 괴력난신에 있어서만큼은 자신보다 낫겠지 싶어 신녕은 제가 알고 있는 것을 숨김없이 털어놓기로 마음먹었다.

"얼마 전 운경당 수진못에서 여인의 몸이 발견됐습니다."

"압니다. 궁녀들이 종일 그 일로 재잘거리더군요. 머리가 없었다면서요?"

신녕궁주는 그 말을 듣더니 심각하게 고개를 끄덕였다.

"모습이 하도 끔찍하여 몇 명이 죽어나간 탓에 입막음은 제대로 되었다고 생각했는데 완전하지는 못했군요. 일부 사실입니다. 머리가 없었지요. 그것이 문제가 아니라는 게 문제긴 합니다만."

발견된 것은 시체가 아니었다. 신녕궁주의 말마따나 그것은 몸이었는데 정확히 말하자면 마치 살아 있는 듯이 움직이는 몸의 부분들이었다.

그것은 양팔과 다리, 머리와 몸통으로 나눠진 몸의 여섯 부분이었으나 발견했을 때 이미 머리와 다리는 없었고 옷으로 싸여 있어 미처 도망가지 못한 몸통과 팔마저도 잃어버리고 말았다. 회수하던 사람이 너무 놀란 탓에 비명을 지르거나 기절해 버렸기 때문이다.

하긴 잡을 수 있는 위치에 있다 하더라도 제정신인 사람이 어찌 도망가는 팔의 토막을 잡을 수 있겠는가. 처음엔 갓 태어난 사슴처럼 불안한 걸음을 디디던 그것들은 얼마 지나지 않아 근육을 사용하는 것에 완전히 익숙해졌는지 무척 빠른 속도로 움직였고, 각각의 것이 마치 의지가 있는 듯이 말 그대로 도망을 쳤다. 그러했으니 보지는 못했으나 머리와 다리 또한 썩거나 상한 것이 아니라 어디론가 도망갔을 거라 추측하는 것이 당연했다.

“믿고 있는 궁녀들과 함께 조를 짜서 그것들을 쫓고 있었습니다. 그런데도 아무 성과가 없어 근심이 컸는데 선생 덕분에 고민 하나를 덜었군요. 아직은 목격자가 많지 않아 입단속이 되고 있습니다만 소문이 퍼지는 것을 언제까지 막을 수 있을지 모르겠습니다.”

“별감들에게 지침을 주고 공조하는 것은…….”

“사내들의 입방아를 궁궐에서 단속하라고요? 흥. 그런 힘든 일은 사양하겠습니다.”

신녕이 콧방귀를 뀌었다. 하긴 만약 별감들에게 알리고 함구하라 이른 다음에 몸의 회수를 분부했다면 지금쯤 한양 도성 안에 있는 사람들이 모두 경복궁의 사정을 손바닥 보듯 훤하게 알았을 것이다. 별감들은 출퇴근하는 자며 술을 좋아하는 젊은이가 많아 입 무거운 이들을 찾기가 어려웠다. 궁의 일을 처리하려면 궁에 적을 둔 궁인들을 활용하는 것이 최선이다.

“안 그래도 선생께 도움을 청할 생각이었습니다. 공민왕 때의 기록에서 몸이 토막났음에도 살아 있는 사람에 대한 이야기와 함께 선생의 이름을 발견했거든요."

"……제 이름이요?"

"기록에 따르면 선생은 그 부분들을 모아 제대로 된 한 사람으로 합친 적이 있으십니다. 기억나지 않으십니까."

강수는 고개를 가로저었다.

"그러면 신기원요伸妓寃妖라는 말도 들어본 적 없으십니까."

"이 다리의 이름이 그렇습니까?"

"실제 이름은 알 수 없으나 기록에는 그렇게 되어 있습니다."

신녕의 말에 강수는 "신기원요" 하고 입으로 중얼거려보았으나 영 낯선 것이 이전에 발음해본 적이 없는 것 같았다.

"원한을 가진 음란한 요괴라. 절대 본명일 리가 없군요. 하지만 기억을 되살릴 단서가 될지도 모르니 적어는 두겠습니다."

강수는 품에서 작은 필첩을 꺼내 목탄으로 기록했다. 그는 본래 사소한 일들에 대해서는 잘 기억하지 못했다. 천 년의 일을 모두 마음에 두었더라면 강수는 여태 제정신으로 살아 있지 못했을 것이다. 집착하지 않고 흘려보내는 것만이 그를 살아 있게 했으므로 강수는 많은 것을 잊었음에도 일희일비하지 않았는데 이번만은 꽤 초조해 보였다. 그의 쓸모를 그의 기억력으로 갈음해야 했기 때문이다. 그는 다리를 꼼꼼히 살펴보며 언젠가 이것을 본 적이 있는지 떠올리려 애썼지만 잘되지 않았다.

그러다 문득 강수는 다리의 발을 자신의 손 위에 올려두고서 자신의 손가락 마디로 발바닥의 크기를 재보았는데 팔 촌이 넘었다. 허벅지의 가장 두꺼운 부분은 십오 촌, 그러면 발목은 분명……. 다리 이곳저곳의 치수를 재며 기억을 더듬던 강수는 번쩍번쩍 번개가 치듯 머릿속을 스쳐지나가는 몇 가지 상을 마치 제삼자처럼 들여다보았다.

"뭘 좀 알아내셨습니까?"

신녕이 강수 쪽으로 상체를 기울이자 강수는 화들짝 놀라 다리를 감싸안던 손을 놓쳐버렸고 다리는 순간 커다란 힘으로 그의 복부를 걷어차고는 순식간에 통제를 벗어나 어디론가로 달려나갔다. 신녕이 급히 손을 뻗었지만 다리 쪽이 조금 더 빨랐으므로 잡을 수가 없었다. 강수는 자신의 배를 문지르며 미안하다는 듯 고개를 숙였다.

"죄송합니다. 제가 일을 번거롭게 만들었네요."

하지만 신녕은 강수를 타박하거나 비난하지 않았다. 어쩔 수 없다는 듯 혀를 한 번 찼을 뿐이다.

"괜찮습니다. 신경쓰지 마세요. 내명부의 일을 단속하는 것은 제 일이니까요."

신녕은 누이가 동생에게 하듯이 흐트러진 강수의 철릭 자락을 툭툭 쳐서 옷매무새를 바로잡아주고 삐뚜름하게 기울어진 황초립을 똑바로 머리에 씌워주었다.

"학자는 부채를 만들지 않고 부채에 대해 알려준다고 하셨던가요. 그것이면 됩니다. 전 제 일을 할 테니 선생은 선생의 역할을 해주세요."

신녕이 합죽선을 접었다. 다리를 잡으러 갈 생각이었는지 신발의 위아래를 끈으로 돌돌 말아 묶기 위해 한 다리를 굽히고 있자 강수는 신녕의 옷자락 끄트머리를 잡아당겼다. 신녕이 강수 쪽으로 고개를 돌리자 그는 꼭 망설이는 사람처럼 신녕을 빤히 쳐다보았다.

"할말이 있으면 하세요."

"혹 이미 회수하신 것이 있습니까?"

신녕은 어디까지 말해줘야 하는지 몰라 잠시 고민했지만 말을 아예 하지 않았으면 모르되 말을 하다 마는 것은 성격에 맞지 않아 고개를 끄덕였다.

"팔과 몸통을 회수했습니다. 신기하게도 가까이 두었더니 지남철指南鐵*처럼 서로 끌어당기어 한덩어리가 되더군요."

"맞습니다. 그들은 서로 다시 붙으려는 성질이 있습니다. 그러니 가지고 계신 몸뚱이를 풀어주는 것이 어떠합니까?"

신녕은 얼굴을 찌푸렸다. 기껏 잡은 것을 놓아주라니 마음

---

* 자석.

이 동하지 않았던 것이다. 하지만 강수는 재차 청했다.

"잡아야 할 도둑이 여섯인 것보다 하나인 게 낫지요. 그것들을 풀어두면 결국은 한곳으로 모일 테니 잡기가 더 쉬울 것입니다. 그것들을 영영 잃어버릴까봐 불안하시다면 명주실을 매어두는 것도 좋겠지요."

강수의 말이 일리가 있다고 생각했는지 신녕은 입을 삐죽 내밀고는 멀리서 명을 내리기만 기다리고 있던 궁녀에게 눈짓 몇 번과 고갯짓으로 명령했다. 그리 하거라, 라는 뜻이었다. 궁녀는 이내 사라졌다.

"그리고 방금 생각난 것이 있습니다만…… 혹 마음에 여유가 있다면 소인의 이야기를 들어주시겠습니까. 일부는 기억이 드문드문합니다만 이야기를 하는 중에 정리가 될 수도 있을 듯하여……."

"그런 것이라면야 얼마든지요."

신녕이 고개를 끄덕이자 강수는 그제야 신녕의 옷자락 끄트머리를 놓았는데 그 짧은 사이에도 긴장을 했는지 온 손바닥에서 땀이 배어나 옷감에 축축한 손자국이 생겼다.

임금에게는 유덕 선생이니 뭐니 부르던 사람이 대체 무엇 때문에 자신 앞에서 이렇게 긴장하는지 신녕은 알 수가 없었다. 강수의 옆에 털썩 주저앉은 신녕이 합죽선을 펼쳐 두 사람 모두의 얼굴로 바람이 가도록 자분자분 부쳐주었는데 그것이 생각보다 시원했던지 이번에는 강수가 신녕 쪽으로 상체를 기울였다. 물론 신녕궁주도 피하지 않았다.

강수의 기억

앉아서 이야기할 때는 아니니 걸어가면서 이야기하시지요. 아직도 공사중인 전각들이 많아 바닥이 고르지 못한 것이 이토록 다행일 수가 없군요. 진흙구덩이인 바닥에 찍힌 발자국이 더없이 선명하니 따라가는 것은 어렵지 않을 듯합니다.

우선 궁주께 양해를 구할 것은 소인의 기억이 명확지 않다는 것입니다. 오래된 일이므로 어쩌면 시간과 장소를 착각할지도 모르며 일의 선후관계를 오해하여 기억하는 일이 있을지도 모릅니다. 이것은 다만 제 기억을 또렷하게 되살리기 위한 것이므로 작금부터 소인이 하는 이야기를 유흥이라 생각지 마시고 사실이라고도 생각지 마시고 그저 아무 판단도 마시고 들어주십시오. 판단하고 정의하고 추론하는 것은 이후에 오류를 수정하고 난 뒤에 하는 편이 실수를 줄일 수 있으리라 사료됩니다.

궁주께서는 공민왕 때의 기록에서 이 미천한 이름을 발견하였다 하셨으나 송구스럽게도 사건을 목격했을 당시 나라를 다스리던 임금이 누구였는지는 제법 헷갈리는군요. 그래요. 어쩌면 공민왕 때일 수도 있겠지요. 하지만 그 다리는 분명 유덕 선생이 가져온 것 같은데 그렇게 계산하면 우왕 때가 아닌지. 죄송합니다. 생각을 거슬러올라가다보니 혼잣말이 길었군요.

궁주님의 이해를 돕기 위해 신변잡기 같은 이야기를 조금 하자면, 소인은 성균관이 성균감이라고 불렸을 때부터 그곳에 있었습니다. 이전에 그곳은 국학이었다가 국자감이었다가 성균감이 된 것이었는데 어렸을 때부터 무척이나 들어가고 싶었지만 신분이 미천하여 한 번도 가본 적이 없는 곳이었지요.

성균감에 들어갈 때도 과거를 치르고 들어간 것은 아니었습니다. 말하자면 오래 유학을 공부한 자격으로 특례입학을 하여 연구자로서 머무른 것이에요. 입학시험도 치르지 않고 들어왔으니 그리 떳떳한 학생은 아니었으나 대신 학적에 이름도 올리지 않았고 녹봉도 받지 않았으며 작은 방 하나를 제공받았을 뿐 박사도 조교도 아닌 채로 그저 숨만 쉬고 살면서도 성균감에서 일어나는 모든 일에 협조하였으니 이제 와서는 부끄러울 일도, 숨길 만한 일도 아니지요.

그리 오랫동안 서책을 보고도 배울 것이 남았냐고요?

언제나. 언제나 배울 것이 있었습니다. 부끄러운 말씀을 드리자면 소인은 배움이 더딘 학생이랍니다. 똘똘한 아이라면 열 살 전에 천자문을 떼고 스무 살을 전후하여 한시를 지어 두각을 드러내지요. 하지만 소인은 처음 이십 년 동안 겨우 글자를 익혔고 나중 이십 년 동안 한시를 읽고 쓰는 재미를 깨달았으며 이백 살이 넘어서야 과거에 급제하여 관직에 나갈 수 있었으니 매우 형편없는 학생이랍니다.

남들보다 몇 배나 느리고 더디게, 하지만 더없이 꾸준하게 공부했으니 배움이 느리다 하여 조급함을 느끼거나 괴로워해 본 적은 없습니다. 다행히도 제게 시간만큼은 넘치도록 많았기 때문입니다. 저는 공부에서 있을 수 있는 모든 실수를 해보았기 때문에 후학들에게 조언할 수 있는 말을 많이 알았습니다.

저는 성균관 모든 학생의 선진이었고 강의하지 않는 선생이었습니다. 몸은 골방에 틀어박혔으나 눈만은 형형하게 치켜뜨고서 성균관의 역사가 될 아이들의 길잡이가 되는 것을 크나큰 기쁨이자 영예로 알고 살았습니다. 제게는 성균관에서 생활할 때 보고 들었던 일들이 아직도 멈춰 있는 듯이 느껴집니다. 저는 다시는 오지 않을 그 시간을, 공간을 이따금 기억으로나마 들여다보곤 합니다.

궁주님의 지아비이자 만인지상의 지존되시는 분께서도 얼마간 제 도움을 받지 아니하지는 못하셨습니다. 그분은 질문도 많고 의심도 많아 늘 저를 괴롭히기 좋아했으니 말해 무엇하겠습니까.

첫 만남이 다소 기괴했던 터라 유덕 선생은 저의 기행이 퍽 오랫동안 기억에 남았는지 성균관에서 재회하고부터는 온갖 기담을 듣고 와서는 해결해달라든가 진상을 알아내달라는 명을 내리길 좋아했지요. 예. 그것은 아무래도 부탁보다는 명령에 가까웠습니다. 그때는 임금도 아니었는데 말입니다.

그 무렵에 유명했던 괴담이 하나 있습니다. 유덕 선생이 남경에 다녀오는 길에 들었다고 합니다. 국경 지대의 병사들 사이에서는 꽤 유명한 이야기라면서요.

사실 국경 지대의 병사들 사이에서는 언제나 괴담이 만연합니다. 다 다른 것 같으면서도 결국은 다 비슷한 이야기가 많아 그다지 재밌는 것은 없지만요.

언제 무슨 전투에서 죽은 귀신이 아직도 밤이 되면 그곳에서 전투를 치른다든가, 작전상 마을을 없애버리거나 백성들을 학살했는데 병사에게 원한을 가지고 죽은 사람들이 밤만 되면 깨어나 병사들에게 해코지를 한다든가 하는 이야기들이 태반입니다. 간혹 혼인을 약속했던 정인이 돌아오지 않아 자살한 처녀 귀신 이야기 같은 변주도 있습니다만 일단 병영에서 일어난 이야기들은 병영을 배경으로 하는 것들이 많지요.

그러다보니 지엽적인 군사 지역의 내부를 속속들이 꿰고 있어야 재미가 있답니다. 따라서 밤을 새워 보초 서는 병사들에게는 마치 지금 당장 겪는 듯한 실제의 공포와 재미를 주는 이야기라도 그것이 병영을 떠나는 순간 생명력도 진실성도 잃어버리고 그저 흔한 괴담이 되고 맙니다.

하지만 유덕 선생의 이야기는 다소 뜻밖의 것이었습니다. 시작은 여타의 괴담들과 비슷합니다. 감시초소에서 불침번을 서는 두 명의 병사 중 선임이 먼저 잠에 빠지는 겁니다. 그러면 후임 병사 하나가 덜덜 떨면서 보초를 서는 것이죠.

자정이 지나고 새벽이 되어 북극성이 빛나면 멀리 어둠 속에서 쿵쿵 소리가 들립니다. 산짐승인가, 아니면 적의 침입인가. 후임이 그것을 어찌 혼자 판단할 수 있겠습니까. 확인하려고 후임이 선임을 깨우지요. 그러면 이야기를 들은 선임이 말하는 겁니다.

"직접 가서 보고 와라."

가기 싫지만 선임이 시키는 데야 뭘 어쩌겠습니까. 후임 병사는 횃불을 들고 들판으로 나갑니다. 하지만 횃불을 이리저리 비추어봐도 아무것도 보이질 않아요. 바닥에는 짐승의 발자국조차 없고요. 내가 뭘 잘못 봤나 하고 원래 있던 초소로 돌아오면 선임이 또 자고 있는 겁니다. 깨워서 상황 보고를 해야지요.

일어나십시오 하고 몸을 흔들어서 깨우는데 이상하게 선임의 몸이 헐거워지고 있습니다. 머리가 툭 떨어지고 손발이 바닥에 나뒹굽니다. 꼭두각시 인형의 끈이 끊어진 것처럼 머리부터 양손과 양다리, 몸통이 제각기 나뒹구는 것을 본 후임은 놀라서 다리의 힘이 풀립니다. 쓰러지면 그대로 기절할 수 있겠지요. 하지만 귀신은 후임을 그대로 두지 않습니다. 선임의 얼굴이었던 것은 생전 본 적도 없는 여자의 얼굴로 바뀌어 있습니다. 여자는 핏발이 선 눈동자를 이리저리 굴리며 묻는 겁니다.

"영은 어디 있나?"

그대로 후임은 까무러치지만 이야기는 여기서 끝나지 않습니다.

다음날, 선임이 얼굴을 툭툭 치며 깨우는 겁니다.

"너 팔자 좋다? 언제까지 잘 것이냐?" 하면서 화를 내겠지요. 그러면 후임은 덜덜 떨면서 간밤에 온몸이 토막 난 귀신을 목격했다고 말합니다. 하지만 선임은 놀라지도 않습니다. 이미 알고 있는 겁니다.

"또 그 여자로군. 영을 찾더냐?"

그 말에 후임은 또다시 놀라게 됩니다. 선임은 자기가 아는 이야기를 몇 개 해주겠지만 제대로 된 이야기는 없습니다.

영이라는 이름의 정인에게 버림받은 여자라는 둥, 격해진 싸움에 자신의 진영陣營이 어디인지 잊어버려 아직도 자신의 자리를 찾고 있는 귀신이라는 둥 확실치 않은 이야기들뿐입니다.

아무도 '영'이 무엇인지 정말로 알지는 못합니다.

궁주께서는 어떻게 생각하십니까? 영. 영이 무엇이기에 귀신은 그것을 찾을까요?

영이라고 하는 사람에게 원한이 있는 것인가 하는 식으로 쉽게 생각할 수도 있으나 어쩌면 좀더 심도 깊은 질문인지도 모릅니다.

우선 춘추전국시대에 영英이라는 소국이 있었습니다. 초나라의 성왕이 그 나라를 멸망시키고 수도로 삼았지요. 어쩌면 영의 유민이 과거에 이곳까지 흘러들어온 것은 아닐까요? 그 오랜 시간이 지났으면서도 조국의 잊힌 영광을 기리려고 드는 것은 아닐까요?

그것도 아니라면 영령英靈, 즉 귀신은 아닐까요? 귀신이 귀신에 대해 언급하는 것이니 '영이 어디 있는가' 하는 질문은 곧 '나는 어디에 있는가'라는 자아성찰의 의미를 담고 있는 것은 아닐까요?

영은 또한 명령命令을 의미하기도 합니다. 그러면 명령은 무엇인가, 하는 의미일 수도 있겠으나…… 네, 맞습니다. 그것은 제 생각에도 억지인 것 같습니다. 명령을 이야기하는 것이라면 명령은 무엇인가, 라고 물었겠지 명령이 어디에 있느냐고 묻지는 않았을 테지요.

영은 명령 외에 법령法令을 의미하기도 하지요. 혹시 이것이 정답일까요? 그러면 세상에 법은 어디 있는가 하는 질문이 됩니다. 이것 또한 매우 어려운 질문이군요. 그런 질문에 대답해 줄 수 있는 사람이 있을 것 같지 않습니다.

질문은 하나인데 해석이 지나치게 자유분방합니다. 그 까닭은 물론 귀신이 "영은 어디 있나"라는 말 외에 아무 단서도 남기지 않았기 때문입니다.

당시 유덕 선생에게 '영'에 대한 소인의 해석을 들려주었으나 아무래도 만족하지 못했던 모양인지 선생은 결국 저를 부추겨 국경까지 가도록 만들었습니다. 말을 타고 그 먼길을 떠나다니 지금으로선 상상도 할 수 없는 일입니다만 저도 그 무렵엔 약간이나마 더 젊었고 체력도 지금보다는 좋았으며 무엇보다 유덕 선생이 너무나도 귀찮게 굴었기 때문에 그를 이길 수가 없었습니다. 그 고집이 얼마나 대단한지 궁주께서는 아시리라 생각합니다.

유덕 선생이 대체 무슨 마술을 부렸는지는 모르지만 저 같은 학자가 국경까지 가서 대단하신 선생의 부친을 만나뵙고 격려까지 들었을 정도니 아마 원한이 가득한 땅을 정화시킨다든가 하는 말도 안 되는 핑계를 대었을 거라 짐작만 하고 있습니다. 유덕 선생은 정말로 거짓말을 일품으로 잘하시니 누구도 의심할 수 없게 일을 처리하였겠지요.

며칠이나 말을 달려 국경까지 가서 또다시 여러 밤을 헤매었습니다. 밤마다 귀신이 나타났다는 곳을 이곳저곳 옮겨다니며 귀신을 찾았는데 그런 것들은 원하지 않는 사람에겐 잘도 나타나면서도 찾는 이에게는 좀처럼 보이지 않더군요. 노숙을 며칠이나 했는지 모릅니다. 제대로 된 식사도 없이 마른 포와 누룽지만으로 며칠을 버티다 지치고 피곤하여 이제 더는 못한다는 생각이 들었을 때 겨우 그것을 만났습니다.

이야기대로 우리는 초소에 앉아 그것을 기다리고 있었습니다. 선임과 후임 병사는 아니었지만 대충 비슷하게 선진 학사와 후임 학사이긴 했지요.

괴담과 달리 그것은 밤에 나오지는 않았습니다. 어스름한 노을 무렵이었는데 그날따라 하늘이 무척 아름다웠기 때문에 유덕 선생과 저는 대화도 없이 국경 지대의 먼 지평선을 보고 있었습니다. 연분홍과 보랏빛이 어우러진 노을은 텅 빈 황야의 지평선을 허물어뜨려서 이국의 풍경을 자아냈지요.

그때 지평선 어딘가에서 시선이 멈추는 겁니다. 꼭 무슨 얼룩처럼 지평선 부근에서 무엇이 꿈틀꿈틀거립니다. 잘못 본 것인가 하고 계속 보고 있으려니 그것이 점차로 커지기에 무언가가 멀리서 다가오는 것이구나 하고 깨닫습니다. 그래도 다른 곳으로 피할 생각은 하지 않았습니다. 기껏해야 주인을 잃은 말이거나 그것도 아니라면 멀리서 소식이라도 실어 보낸 것이라 여겼습니다. 우리가 있던 초소는 울타리로 가로막혀 있었기 때문에 안심했는지도 모릅니다. 나무를 깎아 만든 울타리는 모양새는 볼품없었지만 사람 키보다 큰 말뚝으로 박혀 있었기에 정말로 군대가 돌진하는 것이 아니라면 우리는 안전할 것이었습니다. 하지만 글쎄요, 그것은 저희의 예상을 쉽게도 뛰어넘더군요.

멀리서부터 검은 형체가 점점 커지더라고 아까 말씀드렸지요. 그런데 그것이 어느 순간부터 속도가 무척 빨라지는 겁니다. 쌀알만한 크기에서 도토리만한 크기로 바뀌는 데 한 다경* 정도가 걸렸다면 도토리만한 크기에서 주먹만 해지는 데까지는 촌각을 다툴 정도였습니다. 그제야 그것이 어쩌면 사람이 아닐지도 모른다는 생각이 들었습니다. 마음으로는 몇 번이고 도망가고 싶었으나 유덕 선생이 제 팔꿈치를 잡았기에 저는 곧 심란해졌습니다. 휘날리는 머리칼에 사람 얼굴을 한 그것은 노을빛을 받아 피라도 흘리는 것처럼 붉은 형체였는데 역광이었기에 얼굴은 알아볼 수가 없었습니다. 그래도 하나는 알겠더군요. 그것은 말도 아니고 말을 타고 움직이는 사람도 아닌, 그저 사람이었습니다. 하지만 대단히 빨랐기에 착각한 것이지요.

그것은 말처럼 빠른 속도로 달리면서도 이상하게도 걸음걸이가 휘청휘청하더군요. 몸의 각 부분이 한몸처럼 움직이는 것

---

* 차 한 잔 마실 정도의 시간.

이 아니라 헐겁게 못을 박아둔 목각 인형처럼 삐걱대며 움직이고 있었습니다. 그제야 저는 그것이 어쩌면 괴담에 나오는 귀신일지 모른다고 생각하게 되었지요. 유덕 선생도 동의한 듯했지만 여전히 내 팔꿈치를 잡고 있어 전 도망칠 수가 없었습니다. 그때까지만 해도 전 괜찮다고 생각했습니다. 제 앞에는 울타리가 있고 제 옆에는 훌륭한 검사가 있으며, 그는 부친만큼은 아니어도 훌륭한 궁수이기도 했으니까요.

잠시 그것이 사라졌습니다. 시야를 가로막은 울타리 때문이었습니다. 이대로 영영 나타나지 않으면 좋겠다 싶었으나 소인의 바람과는 아랑곳없이 쿵 하고 땅이 울릴 정도로 커다란 도움닫기 소리와 함께 울타리 위로 그것이 튀어올랐습니다. 흐릿한 눈으로 보았을 때는 키가 크고 빠른 사람이나 괴인이 아닐까 생각했으나 가까이서 보니 그 모든 예상이 빗나갔다는 것을 알 수 있었습니다.

그것의 목 위로 머리가 없었어요. 어깨 위로 아무것도 없었단 말입니다. 저는 정말 기절하는 줄 알았습니다. 그것에는 눈이 달려 있지 않았기 때문에 우리가 어디에 있는지 단번에 알 수는 없는 것 같았습니다. 하지만 머리가 없어도 머리가 있던 시절의 습관을 버리지 못한 듯이 어깨를 빙그르르 돌리며 마치 주위를 한 바퀴 둘러보는 듯 우리를 찾더군요.

머리는 나중에야 울타리를 넘어왔는데 마치 집을 이고 다니는 달팽이처럼 목을 다리 삼아 울타리를 기어다니며 움직였습니다. 몸통보다는 천천히 움직였지만 달팽이나 자라보다는 빠른 속도였습니다. 그렇게 가까워져서야 얼굴 생김새를 알아볼 수 있었는데 가만 보니 여성의 얼굴이었습니다.

아름다웠냐고요? 무슨 그런 말씀을. 상식을 벗어나는 기괴한 것을 보면 미추를 느낄 겨를이 없는 법입니다. 머리통은 느릿느릿했으나 팔이나 다리는 무척이나 날랬기에 저는 놀라서 말도 못하고 있는데 유덕 선생은 기다렸다는 듯이 몇 개의 줄을 끌어당겼습니다. 미리 덫을 몇 개 설치해둔 모양이었습니다만 모두 실패였습니다. 그것들은 마치 함정이 있다는 것을 아는 것처럼 바닥에 미리 파둔 구덩이도 나무에 엮어둔 그물망도 모두 피해서는 우리를 향해 달려오고 있었습니다. 이대로 국경 안으로 침입하려는 것 같았습니다. 명부에서 지상으로, 어둠에서 빛으로 달려나온 무단 침입자들은 노을을 등지고 조각난 신체들을 앞세워 돌진했습니다.

함정이 실패했다고 가만히 있을 유덕 선생이 아니지요. 선생의 몸이 날래고 강인했던지라 자신을 향해 달려드는 그것의 손목을 잡아챘습니다. 손목을 얼른 어깨 뒤로 꺾어서 결박하려 했던 모양인데 팔이 뚝 하고 떨어지는 데야 웬만한 것으론 놀라는 법이 없는 유덕 선생도 소리를 지르더군요. 유덕 선생이 그것을 포박하려 할수록 그것은 몸을 뚝뚝 끊어냈습니다.

마침내는 여섯 조각으로 나뉘었어요.

이제 됐다. 희한한 것은 충분히 봤으니 그만 돌아가자. 제가 그렇게 이야기했는데 유덕 선생은 듣지도 않았습니다. 되레 도망치는 여섯 토막 중 다리를 하나 포획하는 데 성공하였는데…… 그 여인이 자신의 다리를 돌려달라고 어찌나 화를 내던지요. 호기심이 많은 유덕 선생이 그의 이름과 사연을 알려주면 다리를 돌려주겠노라 말했던 기억이 납니다. 하여 유덕 선생은 결국 원하던 대답을 들었으나 소인은 다른 짓에 정신이 팔린 터라 제대로 듣지 않아 그 여인에 관해서는 기억이 하나도 나질 않으니 송구할 따름입니다.

하나 이름도 사연도 흐릿한 와중에 그때 제가 보고 만지고 치수를 재봤던 다리에 대해서는 아직도 제대로 떠올릴 수 있습니다. 여인과 유덕 선생이 이야기를 나누는 동안 제가 그 다리를 포박하고 있었는데 마침 제게는 새로 산 줄자가 있었고 써보지 않을 이유가 조금도 없었던 까닭입니다. 사실 그 때문에 그들의 대화가 기억에 남지 않은 건지도 모르겠습니다.

당시 저는 원나라 황실 기준의 줄자를 사용했습니다. 다리의 길이는 이십사 촌, 즉 두 척 반 정도 되었고 발목 둘레는 오 촌 칠 푼이며 허벅지 둘레는 십오 촌이었고 발의 크기는 팔 촌이 좀 넘었습니다. 고로 체형으로만 보자면 다리의 주인은 오 척*이 조금 넘는 여성이라 추측할 수 있을 것입니다. 궁주님과 키가 비슷하겠습니다.

표정이 그리 좋지 못하시군요. 이런 것이 궁금한 것이 아니시라고요. 제가 가장 중요하다 생각한 정보에 대해 말씀드렸는데 만족스럽지 못하신 모양입니다.

하긴, 저는 늘 이런 습관 때문에 스승께 혼이 나곤 했었습니다. 배움에 있어 숲을 보지 못하고 나무만 본다고요. 한데 아직도 버릇을 고치지 못한 것은 아마 제가 고칠 생각이 없어서 그런지도 모릅니다. 숲은 누구나 볼 수 있으나 나무 각각의 이름을 알아내고 비교하고 분석하여 분류하는 것은 학자만이 할 수 있는 일이니까요.

어떤 사건을 소상히 기록할 때도 마찬가지입니다. 무엇을 언제 어떻게 보았는가, 어떤 상황에서 보았는가 하고 단순 기록을 하게 되면 관찰자 개인의 시선에 따라 혹은 당시의 기분과 감정 상태에 따라 주관적인 정보가 개입되기 십상입니다. 하지만 치수나 크기, 무게 같은 객관적 정보들은 변치 않는 것이므로 제딴은 더 중요하다 느끼는 모양인지 언제나 그런 것들을 우선하여 기억해왔습니다. 모든 것을 쉽게 잊어버리는 제가 나중에 혹 궁주님의 이름과 용모마저 잊는다 해도 오 척 장신의 왼손잡이 여검사가 오른손으로 백여 근에 달하는 성인 남자

* 오 척은 약 166.5센티미터다.

를 단번에 들어올린 괴력에 대해서는 잊지 않을 것이라는 말입니다.

다시 다리 이야기로 돌아가겠습니다. 방금 제 품을 떠난 그 다리를 기억하십니까? 아마 궁주께서는 제게 그 다리를 주기 전에 웬만한 정보는 눈으로 훑어 얻을 수 있으셨겠지요.

제가 사랑하는 친우에게 듣기로 검객에게 가장 중요한 것은 거리감이라 하더군요. 자신이 든 무기가 얼마만한 길이인가, 또한 상대의 무기는 얼마나 긴가. 그리고 두 사람 사이의 거리를 종합하여 둘이 팔을 뻗었을 때 누구에게 먼저 칼끝이 닿을 것인가를 본능적으로 계산하여 휘두르는 것이라 들었습니다. 말로만 해도 이렇게나 복잡한데 몸을 쓰는 이들은 어쩌면 그런 것들을 한 번에 계산해내는지 모르겠습니다. 그런 자들이야말로 학문을 하면 좋을 터인데 신기하게도 몸으로 깨달은 순간적인 공식들을 실제의 식으로 옮겨 적지는 못하더군요.

제가 다리의 치수를 줄줄 읊은 것은 기억력에 대한 자랑만은 아닙니다. 궁주께서 알아들으실 것이기에 말씀드린 것이지요.

이제야 깨달으신 모양입니다. 맞습니다. 제가 이전에 마주친 적이 있던 그 다리의 치수와 오늘 소인이 쫓고 궁주께서 잡으셨던 그 다리의 치수는 완벽하게 일치합니다. 공민왕 대에 제가 이 다리를 만났다는 기록이 정확하다면 저는 사십여 년 만에 정확히 모든 치수가 일치하는 또다른 다리를 만난 셈이며 기록보다 소인의 기억력에 따라 계산하여 혹 우왕 대를 기준으로 한다손 치더라도 이십 년이나 되는 공백이 발생합니다. 그 긴 시간을 거슬러 똑같은 상황에 처한 완벽히 같은 치수의 다른 다리를 만난다는 것은 어불성설이지요. 그러니 어쩌면, 저는 그때 그 다리를 다시 만난 것인지도 모릅니다. 몇십 년의 세월을 건너서 다시 같은 다리를.

기록처럼 다시 다리와 몸통을, 몸통과 머리를 이어줄 수는 없겠느냐고요. 글쎄요. 제가 정말로 그런 일을 했는지도 기억나지 않으니 아마 어렵겠지요. 그것의 이름이라도 안다면 모르겠습니다만…… 이름을 어떻게 알아내느냐고요? 왜 그런 어리석은 질문을 하시는지 모르겠군요. 그야 이름을 알아내는 데는 한 가지 방법밖에 없지 않습니까.

물어보는 겁니다.

지금은 입이 없어 대답하는 것이 어렵겠으나 언젠가 머리를 만나는 때도 오겠지요. 그때 어떤 일이 있었기에 그렇게 되었느냐 묻고 어떤 원한을 가졌는지도 묻고 이름 또한 물어보는 겁니다. 그들이 대답한다면 우리는 그 이름을 가지고 그들을 부릴 수도 있을 겁니다. 자신을 속박할 것을 알면서 누가 대답을 해주겠느냐고요?

세상에, 궁주님. 궁주께서는 자신을 속박하는 수많은 관계 속에서 살아가고 계십니다. 한데 그 모두를 미워하십니까? 인연은 고통이오나 살아가는 이유가 되기도 합니다. 그것에 초연한 이가 있다면 부처일 것이니 사바세계에 머무르기보다는 천상에 있겠지요. 혼자 살 수 있는 사람은 아무도 없어요. 귀신이라고 다르겠습니까. 이름을 불러줄 사람이 없다면 그들이 어찌 이승에 머무를 것이며 저승엔들 머무를 수 있겠습니까? 물어본다면 그들은 반드시 대답해줄 것입니다. 우리가 걱정해야 하는 것은 대답을 하지 않을까 하는 문제가 아니라 그 대답의 진실성입니다.

귀신이며 요물들은 누구나 진실 하나에 거짓말 두엇을 섞어 이야기를 엮는 데 몹시 능합니다. 그들은 오로지 동정을 받기 위해서 혹은 그저 놀리기 위해서 아무렇지도 않게 뻔뻔스러운 눈물을 흘리기도 하고 믿기 쉬운 거짓말을 만들어내기도 합니다. 하나 급히 만들어낸 거짓에는 언제나 빈틈이 깃드는 법이니 우리는 온갖 거짓 속에서도 진짜 이야기를 들어낼 수 있도록 정신을 바짝 차려야 합니다. 그래야만 진짜 관계를 맺을 수 있기 때문입니다. 모든 것이 명료해진 가운데서 진짜 이름을 들을 수만 있다면, 그렇게만 된다면 모든 것이 달라질 것입니다.

이쪽 전각에서 발자국이 끊겼습니다. 이렇게 먼 곳까지 온 것은 처음이지만 하늘을 보니 북쪽이 틀림없고 멀리 연못이 있으니 누구의 처소인지 대번에 알겠습니다. 한데 운경당의 문을 지키는 별감도 궁인도 보이지 않으니 이상하군요. 마치 우리를 초대하는 것처럼 문이 열려 있네요. 그래도 내실에는 사람이 있는 모양이군요. 불빛이 보입니다. 이 궁의 주인이신 정의궁주께서 잠을 이루지 못하시는 모양입니다.

잠깐, 잠시만요. 저쪽에 목 없는 귀신이 보입니다. 거 보십시오. 다 풀어두면 자기들끼리 몸을 합친다 하지 않았습니까. 이제 그것이 저 안으로 들어가려는 모양입니다. 어쩌면 저 안에 머리가 있는지도 모릅니다.

아니오. 지금 들어가선 안 됩니다. 머리가 저곳에 있다는 소리는 누군가 숨겼다는 것이지요. 자기들끼리 풀어야 할 이야기가 있을 때 타인이 괜히 끼어들었다가는 모든 것을 망치기 십상입니다. 궁주님과 제가 끼어들 적절한 때가 올 때까지 잠시만 이대로 계시지요.

아아. 그렇지요. 학자에게 학자의 역할이 있듯 궁주께도 궁주님의 역할이 있는 것을 소인이 잊었군요. 궁주님의 역할이 사건을 파헤치는 것이라면 제가 막을 수가 없겠군요. 그러면 이렇게 하지요. 저곳에 들어가지 않고도 이야기를 들을 수 있는 방법이 있습니다. 여기서 이야기를 듣다가 개입해야 하는 순간이 오면 그때 들어가는 것이 어떠십니까?

강수는 신녕궁주의 어깨를 눌러 그대로 쪼그려앉게 했다.

그가 넓은 소매에서 오래된 낱장의 종이를 꺼내 무어라 읽자 모습은 볼 수 없되 작은 벌레들이 모여 웅웅하는 소리가 틀림없이 신녕궁주의 귀에 들렸다. 강수가 부리는 작은 괴물들인 모양이었다.

운경당의 궁주는 자신들의 이야기를 들을 사람은 아무도 없으리라 생각했을 것이다. 하나 방심이란 것이 언제나 그렇듯 다소의 틈이 있었으며 강수는 그것을 놓치지 않았다. 아무도 관심을 기울이지 않기에 어디든 갈 수 있는 벌레들은 하나도 빠짐없이 모두 강수의 권속이었다.

여름밤에는 어느 처소든 덧문을 활짝 열어놓아 지나가는 바람의 냉기라도 잡으려고 애 썼으니 날벌레들이 그 안으로 날아드는 것은 쉬웠다. 그것들은 시간차를 두고 말소리를 옮겼는데 들고나는 벌레들이 하나의 커다란 집합을 이루어 마치 하나의 유기체처럼 움직이더니 사람의 구강구조를 흉내내기 시작했다. 웅웅대는 날벌레 소리는 점점 커지더니 곧 사람의 목소리처럼 바뀌었는데 가만히 듣고 있자니 여자의 목소리에 가까웠다. 살짝 쉬어 있기는 했으나 앳된 흔적이 가시지 않아 기껏해야 십대 혹은 이십대의 목소리로 들렸다. 여자의 목소리는 자신의 신세를 구구절절 늘어놓기 시작했고, 신녕궁주는 혹 자신의 부채질로 날벌레들이 다칠까 염려되어 합죽선을 접어 소매에 집어넣고는 정좌하여 공중에서 들려오는 이상한 이야기에 귀를 기울였다. 두 사람은 그림자 아래 표정을 숨기고 마음이 흡족해질 때까지 얼마든지 이야기를 훔쳤다.

●

영은 나눌 수 없으나 더할 수는 있다

창호문에 내려앉은 것의 그림자에는 목이 없었으나 분명 사람의 형상을 하고 있었다. 하지만 아무 말도 아무 행동도 하지 않고 마치 이야기를 엿듣는 듯이 가만히 서 있었다.

"그게 왔다. 와버렸다. 그게."

동공이 확장된 정의궁주가 자신의 두려움을 최대한 내리누르며 낮은 목소리로 속삭였다. 백희는 가타부타하는 대신 작은 담요를 그의 어깨에 둘러주고 안심시키는 말부터 했다.

"안심하십시오, 궁주님. 소녀가 문단속을 하였습니다."

백희의 말대로 여닫이문의 걸쇠가 단단히 걸려 있었다. 하지만 정의궁주는 그것만으로는 믿음직스럽지 않았는지 벽에 붙여두었던 반닫이를 질질 끌었다. 문 앞을 가로막기 위해서였다. 백희 역시 그것을 도왔다.

궁주가 더이상 말을 잇지 않았으므로 내실에는 한동안 침묵이 감돌았으나 복도에서는 드륵드륵드륵 하는 소리가 끊이지 않았다. 문을 열기 위해 몇 번이나 다시 시도하는 소리였다. 정의궁주는 다리에 힘이 풀렸는지 그 자리에 주저앉으려 했으나 백희가 얼른 그의 어깨를 잡아 부축했다. 잠시 만졌을 뿐인데도 뼈가 도드라졌다. 이대로는 쓰러질 것 같아 백희는 그를 침상에 걸터앉게 하고는 자리끼 물을 떠서 정의에게 주었으나 그는 물을 입가에 가져가지도 못했다. 지나치게 손을 떨었던 탓이다.

"궁주님. 하나 여쭈어도 되겠습니까."

"그래."

정의궁주가 힘없이 고개를 끄덕이자 백희가 최대한 목소리를 가다듬었다.

"어째서 그런 거짓말을 하시는 겁니까?"

백희의 말에 정의궁주의 얼굴이 새파랗게 변했다.

"감히. 네가……."

"감히 미천한 소녀가 한말씀 올리자면 궁주께서는 성균관 악정 권홍의 딸이며 주상 전하의 첫 간택 후궁이십니다. 곧고 아름답다는 글자를 받아 정의라는 궁호를 하사받았으니 미천한 이름으로 스스로를 속이는 일은 그만두시지요. 궁주님은 단지가 아닙니다."

정의궁주가 백희를 노려보았다. 할 수만 있다면 눈빛으로도 그를 죽일 수 있을 것 같았다. 하지만 백희는 당당하고 단단했는데 그것은 물론 그가 이런 종류의 일에 익숙했기 때문이다. 귀신이 드나들고 누가 누구를 잡아먹으려 하는 일 말이다.

"내 말이 거짓말이라꼬. 증거가 있으니까네 하는 말이것제."

비비는 백희의 말에 매우 흥미를 보이며 그의 옆에 와서 오른쪽 무릎을 세우고 앉아 지체 높은 나리를 알현하듯 손목을 잡았으나 백희는 냉정하게 비비의 손을 툭 쳐냈다. 백희는 비비의 말과 행동이 들리지도 보이지도 않는다는 듯 오로지 정의궁주만 똑바로 쳐다보며 대답했다.

"궁주께서는 영이라는 공녀가 단지를 배신하고 바위를 굴려서 그를 살해했다 하셨습니다. 하나 바위에 깔려 죽은 사람이 어찌 그것을 알겠습니까. 자신을 누가 죽였는지 누가 배신을 했는지 생각할 겨를도 없이 죽었을 텐데요. 하나 단지를 죽인 공녀라면 죄책감에 사로잡혔을 법도 하지요."

백희의 말에 정의궁주의 눈동자가 흔들렸다. 백희가 반박할 것이라곤 상상도 못했던 모양이다. 백희는 정의의 표정을 읽고 자신의 추론에 자신감이 생긴 듯 차분하게 이야기를 이었다.

"제 짐작대로라면 단지는 돌에 깔려 죽는 대신 공녀에게 살해당했을 것입니다. 자신을 살해하는 공녀의 모습을 두 눈에 담고 죽었을 것입니다. 그러니 배신감에 애가 끊어지고 몸이 끊어질 수 있었던 것입니다. 그런 모습을 보았으니 가해자인들 제정신이리까. 궁주님이 이토록 자신이 단지라고 주장하시는 까닭도 죄책감 때문일 겁니다. 궁주님. 궁주님이 단지를 죽여 수진못에 빠뜨리셨습니까? 그래서 저를 단지와 겹쳐보시며 옷을 입히고 술을 먹여서라도 죄책감을 더시려는 겁니까?"

"아니다! 내는…… 내는 그저 복수를……."

정의궁주는 거의 쓰러질 것처럼 보였다. 백희 자신의 손으로 공들여 땋아올린 그의 머리장식이 풀려 정의의 목덜미 아래로 떨어졌다. 하지만 백희는 거기서 이야기를 끝낼 생각은 없었다.

"궁주께서는 경상도 지방의 향음鄕音을 사용하고 계십니다. 대대로 안동에 터를 잡고 세력을 키워온 권씨의 따님이라면 당연한 일이지요. 저는 단지 또한 만나본 일이 있고 그가 분명 중부 사람의 말씨를 사용했던 것을 기억합니다. 궁주님의 말투가 궁주님의 신분을 이야기해주고 있지 않습니까. 단지의 죽음은 안타까우나 궁주께서는 단지 꿈을 꾸고 계신 것뿐입니다."

"지금 이게 꿈이라고?"

백희의 말에 문밖에서 이야기를 듣고 있던 그림자가 요동치기 시작했다. 그것은 마치 화를 내는 듯이 벽에든 문에든 몸이 닿는 어디에든 세게 부딪치며 큰 소리를 냈다.

쿵. 쿵쿵.

쿵쿵쿵. 쿵쿵쿵.

사람의 형상을 하고 있으나 목이 없는 그것은 어쩌면 자신의 머리를 찾고 있는지도 몰랐다. 그것은 쿵쿵 소리를 내며 여닫이문 안쪽에서 수없이 자신의 신체를 찧어댔다. 정의궁주의 얼굴이 하얗게 질렸으나 백희는 전에 없이 침착해 보였다.

"이야기가 그럴듯하면 혼령도 속는 법입니다. 저것은 실체도 무엇도 없는 그저 이야기의 흔적일 뿐입니다. 몸이 조각난 괴물이 실제로 있을 리가 없지 않습니까."

그림자는 자신의 존재가 부정당하자 온몸을 비틀며 저항했다. 그것은 더욱 거세게 부딪쳐왔다. 문이라도 부술 것처럼.

쿵쿵.

쿵.

쿵쿵쿵.

복도에서 내실로 들어오려는 시도가 거칠어졌다. 그것은 처음에는 창호지에 구멍을 뚫어 걸쇠를 들어올리려 했으나 반닫이가 문 앞을 가로막고 있다는 것을 알고 난 뒤에는 팔로 반닫이 위쪽을 거칠게 내리쳤다. 얇은 문은 쉽게 부서졌고 그것의 상체는 이미 반쯤 내실로 기어들어오고 있었다.

이제 막을 수 없다. 백희가 그렇게 생각했을 무렵, 정의궁주가 혼자 다가가 문을 막았던 반닫이를 혼자 힘으로 밀어서 치워버렸다. 둘이 함께 겨우 옮겼던 것을 어떻게 혼자 힘으로 치울 수 있었는지 모르겠다. 혼자 걷는 것도 힘들어하던 사람에게 대체 무슨 힘이 솟아난 것인지.

반닫이를 치운 정의궁주는 문을 열어 괴물과 마주했다. 그것은 기묘한 모습이었다.

목 없는 몸과 정의궁주가 마주보고 섰는데 서로의 키가 비슷하여 마치 쌍둥이처럼 보였다. 둘은 서로 말없이 한동안을 노려보았는데 귀신의 커다란 손바닥이 철썩, 정의의 뺨을 쳤다. 정의는 휘청대며 그 자리에서 몇 걸음 물러섰다가 다시 일어났다. 입가에서 핏줄기가 흘렀다. 입안이 터진 모양이다.

"이게 실제가 아니라며는 내 인생에 진짜는 아무것도 없다."

정의가 손을 올려 목 없는 귀신의 어깨를 잡았다. 머리 없는 귀신 역시 새빨갛게 부어오른 정의의 뺨을 쓰다듬듯이 부드럽게 만졌다.

마른 어깨와 톡 튀어나온 쇄골을, 미끈한 목을 지나 정의궁주의 헝클어진 머리카락을 쓰다듬는 귀신의 손은 처음에는 소중한 연인의 신체를 만지듯이 한없이 조심스러웠으나 조금씩 강도가 세어지더니, 머리카락을 만질 즈음에는 열 개의 손가락이 머리카락 사이로 엉켜 그것을 쥐어뜯는 모양새가 되었다. 귀신은 궁주의 머리를 잡고 입이라도 맞출 듯 강하고 거세게 끌어당겼는데 그때 정의궁주의 가느다란 목에서 뚝하고 나무 부러지는 소리가 났다. 순식간에 일어난 일이라 아무런 비명조차 없었다.

정의궁주의 머리가 부러져서 바닥으로 떨어졌다. 퉁 하고 떨어진 그것은 마룻바닥을 또르르르 한 바퀴 굴렀다. 떨어지는 정의궁주의 머리를 잡으려는 듯 목 없는 귀신이 손을 뻗었으나 그것 역시 몸통에서 분리되어 바닥으로 떨어졌다. 귀신의 어깨를 움켜쥐었던 정의궁주의 양팔이 흘러내렸고 여덟 개나 되는 두 사람의 팔 다리가 몸에서 떼어졌으니 그들의 몸뚱아리는 인형의 부품들처럼 바닥에 두둑이 쌓였다.

아직도 뜨거운 열기가 가득한 몸의 조각들은 서로에게 끈적끈적하게 들러붙더니 다시금 사람의 형상이 되어가고 있었다. 하지만 어느 것이 정의궁주의 다리인지 어느 것이 귀신의 몸통인지 알 수는 없었다. 이제 두 사람은 한 사람이 되고 있었다.

두 사람이다

백희가 돌아왔다.

교태전의 궁녀들은 괴담회가 다시 열리기만을 고대했으나 모임의 대장 격인 경안궁주가 한동안 중전에게 불려다녔으므로 다시 괴담회가 재개되기까지는 일주일이 넘게 걸렸다. 물론 그간 연홍 장미가 백희에게 운경당 소식을 묻지 않은 것은 아니나 백희는 "나중에, 나중에" 하며 그 모든 요청을 물렸기에 어린 나인들은 입을 꾹 다물고 참는 수밖에 없었다.

그러나 이윽고 그들이 한자리에 모이게 되자 도리어 참을 수 없게 된 것은 경안궁주 쪽이었다. 경안궁주는 백희가 운경당에 출근한 순간부터 만 하루도 지나지 않아 정의궁주에게서 쫓겨난 일까지 모든 상황을 듣고자 했으나 백희는 고개를 저었다.

"좀 봐주십시오, 궁주님. 저도 이제 꽤 연차가 쌓인 궁녀라 누구나 제가 실각하기만 기다리고 있답니다. 제가 사라져야 누군가 그 자리를 채울 수 있기 때문입니다. 그런데 이곳저곳에 말을 옮기고 다닌다는 소문이라도 나면 제가 어찌 존귀하신 중전마마를 계속 뫼실 수가 있겠습니까."

경안공주의 조그마한 얼굴이 새빨갛게 물들어 화가 벼락처럼 내리기 직전, 백희는 얼른 우는 아이의 입에 엿을 물리듯이 새로운 괴담을 알아왔으니 대신 다른 이야기를 들려주겠노라 덧붙였다. 경안공주는 거짓말처럼 그 말 한마디에 다시 눈을 반짝였는데, 이때만큼 경안공주의 춘추가 미령한 것이 기쁘게 느껴지는 때도 없었다.

백희는 괴담회가 재개되자 오래 시간을 들여 발이 큰 공녀 아가씨와 몸종 아이의 이야기를 해주었는데 정의공주가 말한 것을 그대로 읊지는 않았다.

우선 그들의 이름은 언급도 하지 않았다. 혹 어떤 일로 인해 연상이 되어 운경당에 해가 될까 두려워서였다. 그 외의 것은 대체로 들은 대로 말했으나 신기원요에 대한 부분은 싹둑 잘라냈다. 역시 잘린 몸에 대한 이야기가 혹 수진못에서 발견된 시체 이야기를 연상시킬까봐 두려워서였다.

그러다보니 그다지 무서운 이야기가 되지는 못했지만 오랜만의 괴담회에 분위기가 달아올랐다. 공녀에 대한 이야기였기 때문인지 이야기는 자연히 공녀 선발에 대한 것으로 흘렀다.

"공녀 선발요?"

모르고 있던 것은 백희뿐이었다. 경안은 고개를 끄덕이며 연홍이 미리 준비해놓은 사과 정과를 씹었다. 작년 가을에 진상된 사과를 햇볕에 꾸덕하게 말렸다가 설탕을 켜켜이 쌓아두어 숙성시킨 것이었는데 계절이 세 번이나 지났는데도 빨간 껍질이 상하지 않았으며 여전히 새콤해서 입안이 싱그러웠다.

"몰랐구나. 그 왜, 명나라 현인비 이야기는 알지? 명나라 황제께서 그리 예뻐하신다는 조선인 공녀 말이다. 온갖 보석을 안기며 귀애하신다잖아. 그러니까 이제 다른 조선인 여인은 어떤가 궁금해지신 게지."

백희는 순간 잘 이해가 가지 않았다. 조선인 공녀가 마음에 든다면 다행인 일이다. 그대로 백년해로하여 아들딸 잘 낳고 살면 되는 일이 아닌가. 그런데 조선인 공녀가 마음에 들었으니 또 조선인 공녀를 들인다고? 백희의 마음이 표정에 너무 드러났던 모양인지 경안궁주가 풋 하고 웃었다.

"전혀 이해할 수 없다는 표정이구나. 그래. 시집도 못 가는 궁녀가 사내 마음을 어찌 알겠느냐."

물론 모른다. 사내 마음을 어찌 알겠는가.

경안궁주는 손가락에 묻은 설탕을 쪽쪽 빨더니 이번엔 사과 정과 옆에 있는 생강 정과를 집었다.

"봐라. 나는 사과 정과를 좋아하지만 이것만 먹지는 않는다. 이것이 내 입에 제일 잘 맞는다는 것을 알고는 있지만 계속 이것만 먹다보면 입맛이 둔해져서 그다지 맛있게 느껴지지 않기 때문이니라. 그때는 이렇게 그릇을 보면서 이번에는 생강 정과를 먹어볼까, 아니면 도라지 정과를 먹어볼까 고민하는 것이야. 좋아. 이번에는 생강 정과를 먹어보자 하고 하나 먹어보면 생각만큼 맛있지는 않다. 알싸하게 개운하니 입안이 정돈되어 좋기는 하지만 역시 사과 정과만은 못하다는 생각이 들어 다음엔 더욱 사과 정과를 찾게 되지. 난 사과 정과가 제일 좋지만 가끔 생강 정과를 먹어줘야 하는 게야. 내 말, 알아듣겠느냐?"

알 듯 말 듯한 이야기였다. 고작 십대 초반의 아기씨가 어디서 이런 말을 들었는지 모르겠다. 제 아비에게서였을까 아니면 제 오라비에게서였을까. 알 수 없는 노릇이다. 물어서 안 되는 것이기도 하고. 백희는 입을 꾹 다물었다.

"대답을 안 하는구나. 발칙한 것."

경안궁주는 즐겁다는 듯이 웃었다. 이 이야기를 가볍게 즐길 수 있다는 것은 아직 그가 혼인하지 않았기 때문일 것이다. 마치 자신이 영원토록 사과 정과와 생강 정과를 번갈아가며 먹을 수 있으리라 믿는 것 같은 웃음이었다.

"그런데 아까 그 몸종 이야기 말이오. 문득 궁금해졌는데 정말로 공녀가 몸종을 죽인 것이 맞소?"

괴담회의 시작부터 입을 꾹 다물고 있던 노아가 처음으로 입을 열었다. 궁녀들의 시선이 집중되었다.

"생각해보면 이상하잖소. 돌에 깔려 죽은 아이가 어찌 주인이 자신을 배신했다는 것을 알아챌 수 있단 말이오?"

그것은 백희 또한 문제삼았던 것이다. 백희는 노아와 순간 마음이 이어진 것 같아 기쁘고 좋았다.

"나도 그 점이 이상하기는 하지만 들은 대로 말한 것이야."

백희의 말에 노아는 고개를 끄덕끄덕하긴 했지만 여전히 머릿속이 제대로 정리되지 않은 듯 눈동자를 왼쪽 아래로 내리깔았다. 생각할 것이 많을 때 노아는 종종 그렇게 했다. 한참 동안 생각하더니 노아는 그제야 몇 가지를 정리했는지 백희를 똑바로 보고 물었다.

"그 이야기 말이오. 정의궁주께서는 누구에게서 들었다고 했소?"

"글쎄. 그걸 묻지는 않았는데."

"이야기를 시작할 때 형님이 그랬잖소. '이것은 배신에 대한 이야기다. 세 번이나 배신당해 자신을 잃어버린 여자의 이야기'라고."

"그랬지."

"세 번이나 배신당한 여자는 공녀요, 몸종이요?"

생각해보지 않았다. 보통은 화자가 주인공이니 단지가 세 번 배신당하는 것이어야 하는데 단지는 아무리 봐도 세 번이나 배신당한 것 같지는 않았다. 그렇다고 영, 즉 공녀라고 보기에도 근거가 빈약했다. 공녀는 고난을 겪었으며 역경을 헤치고 살아남았지만 배신을 당하지는 않았다. 크게 보면 고려라는 국가가 그를 배신했다고 볼 수는 있겠지만 결국 장군은 그를 죽이지 않았으니 아무래도 직접적인 인과는 없다. 백희가 대답을 하지 못하자 뜬금없이 연홍이 입을 열었다.

"몸종이 만약에 죽지 않았다면요?"

궁녀들이 이번에는 연홍 쪽으로 시선을 돌렸다. 연홍은 경안공주의 끈적끈적한 손가락을 손수건으로 닦아주며 말했다.

"몸종과 공녀는 서로 옷을 바꿔 입는 놀이를 자주 했다고 했잖아요. 그러면 그날 죽은 것은 몸종이 아니라 공녀일지도 모르는 것 아녜요?"

"그건 말이 안 되지. 장수와 함께 돌을 굴렸는데 장수가 몸종과 공녀도 구분 못하겠어?"

장미가 반박했으나 연홍은 주장을 굽히지 않았다.

"장수를 만나기 전부터 옷을 바꿔 입었을지도 모르잖아. 생각해봐. 시집갔던 나라가 망했으니 공녀는 위험해진 셈이지? 새로운 황제가 옷과 가마를 내려주었다고 해도 위험한 상황이 나아지진 않았어. 그러면 안전 문제 때문에 공녀와 몸종이 서로 옷을 바꾸어 입고 국경까지 이동한다 한들 이상한 일도 아니야. 처음 만나는 장수를 신용할 수 없어 옷을 바꾸어 입은 일을 불문에 부쳤다면……."

"하지만 그렇게 되면 누가 정말로 공녀인가 하는 것은 몸종과 공녀밖에 모르게 되지 않느냐?"

경안공주가 말하자 연홍이 무릎을 치며 자신의 주장에 힘을 실었다.

"그것이 세 번의 배신 중 마지막 배신인 거죠."

"마지막? 그럼 두 번의 배신은 그전에 이루어졌단 말이야?"

경안이 묻자 연홍은 무엄해 보일지도 모른다는 사실조차 완전히 잊어버린 채 팔짱을 끼고서 자신이 들은 이야기를 되새겼다.

"애초에 고려에서 공녀들이 많이 갔잖습니까. 그런데 오로지 이야기의 주인공인 공녀만 소박을 맞았습니다. 다른 공녀들의 발에도 분명 '황금 연꽃'은 없었을 텐데 어째서 주인공만 퇴짜를 맞은 걸까요? 전 그것이 몸종의 배신일 거라고 생각합니다. 몸종이 일부러 발이 커 보이는 신발을 신긴 것이에요. 사실 웃전들은 자신이 모든 것을 선택한다고 생각하지만 우리는 알잖아요? 우린 쟁반에 물이 담긴 잔을 다섯이나 올려두어도 우리 주인이 특정한 잔을 선택하게 할 수 있지요."

연홍이 미리 준비해둔 쟁반을 들어 경안궁주에게 내밀었다. 무엇이든 하나 고르라는 듯이 쟁반을 슬쩍 움직이자 경안은 잠시 고민하면서 다섯 개의 잔을 눈으로 훑다가 하나를 골랐다. 금붕어가 그려진 잔이었다.

"그럴 줄 알았습니다."

"아무렇게나 말한 거지? 내가 무엇을 고를지 네가 어찌 알아?"

"평소 좋아하시는 잔이잖아요. 그래서 그 잔에만 유자청을 조금 넣어 달짝지근하게 만들었답니다. 나머지는 맹물이에요. 의심스럽다면 마셔서 확인해보세요."

경안은 다섯 잔의 물을 모두 마셔보고서야 과연 하며 고개를 끄덕이더니 기분이 좋지만은 않은 듯한 표정이 되어 잔을 다시 내려놓았다.

여기에 유자청이 들어 있어서 다행이지 독이 들어있다 한들 누가 알겠어. 경안은 그렇게 생각하며 궁녀들의 얼굴을 하나씩 쳐다보았다. 다들 조금씩은 배신을 준비하고 있는 사람들 같아 보여 마음이 불편했지만 연홍은 경안의 불안을 아는지 모르는지 자신이 생각한 추론이 즐거워 어쩔 줄 모르는 것 같았다. 장미가 그런 연홍을 보고 싱긋 웃었다.

"역시 연홍이는 다르네. 나는 언제 환생해가지고 복수하나…… 그것만 기다렸는데."

"환생?"

연홍이 되물었다.

"그렇잖아? 억울하게 죽은 사람은 반드시 환생해서 복수해야 하는 법이야."

환생, 그리고 복수라는 말에 백희가 멈칫했다. 몸종이 신기원요가 된 이야기는 하지도 않았다. 하지만 모두들 으레 그러려니 생각하는 것이다. 억울하게 죽은 사람이라면 복수를 하는 것이 당연하다. 그것이 이번 생에 이루어지지 못한다면 다음 생에서라도.

"환생하면 어떻게 복수하는데?"

"염라대왕이 공명정대하시다면 담번엔 몸종이 아가씨로 태어나고 아가씨가 몸종으로 태어나야지. 그래서 아가씨인 몸종이 몸종인 아가씨를 죽여버리는 거야."

장미가 말도 안 되는 이야기인 줄 자신도 안다는 듯이 하하 웃었지만 경안궁주는 침묵을 지켰기에 웃음은 길게 이어지지 않고 금방 끊겼다.

"멍청하긴. 그렇게 되면 그다음 생엔 아가씨였다가 몸종이었다가 다시 아가씨가 된 사람이 몸종이었다가 아가씨였다가 다시 몸종이 된 사람에게 복수를 해야 하지 않겠느냐? 그래서는 영원히 끝나지 않겠다."

궁주의 말에 백희의 등이 서늘해졌다.

영원히 끝나지 않는다. 어쩌면 이 이야기는 배신에 대한 이야기인 동시에 세 번 배신당한 것으로는 끝나지 않는 이야기일지도 모른다.

그때 백희의 머릿속에 무언가 떠올랐다. 운경당 선반 틈새에 있던 그것 말이다. 어두운 틈새로 형형한 눈동자를 치켜뜨던 그 머리. 어쩌면 그 머리는 지금쯤 주인을 만났을까.

서로의 옷을 입고 몰래 역할놀이 하는 것을 좋아하던 두 소녀는 이제 서로의 몸과 머리까지 바꿔 끼우며 역할놀이를 할 수 있게 된 건지도 모른다. 그것이 영원히 끝나지 않는 형벌의 일부분이라 해도 혼자가 아니라 둘이라면 견디기가 쉬우리라.

아아. 다행이다.

백희는 자기도 모르게 웃음을 지었다.

이웃고 편안하기를

신녕궁주는 보고서를 쓰기 위해 책상 앞에 앉았으나 붓에 먹을 흠뻑 묻히고도 뭐라고 써야 할지 알 수 없어 한없이 미적거리고만 있었다.

사건이 종결된 것은 분명하다. 단지의 시체라고 추정되었던 것들은 증발했으며 운경당의 근심은 모두 사라졌다. 문제를 붙들고 있을 이유가 없었으니 사건을 종결하는 교서를 쓰고 임금에게도 보고를 올려야 했으나 신녕은 자신이 보고 들은 것에 대해 어떠한 확신도 가질 수가 없어 아무 말도 쓸 수 없었다.

정돈되지 않은 마음은 번다한 문장들을 만들어냈고 그것들은 곧 구겨져서 내실의 바닥을 굴러다녔다. 이따금 채선이 와서 먹을 새로 갈아주고 연적을 채워주고 바닥의 종이를 치워주었지만 신녕궁주는 아직도 제대로 문장을 써내지 못하고 있었다.

그날, 신녕궁주가 운경당의 내실로 들어왔을 때 그곳은 다소 어질러져 있었다. 내실로 들어가는 문이 망가졌으며 반닫이가 뜬금없는 곳에 위치해 있긴 하였으나 목 없는 귀신도 떠돌아다니는 다리도 없었다. 강수의 도움을 받고자 했으나 그는 어느새 사라져서 보이지 않았다. 밤중에 여인들만 있는 곳에 모습을 보이는 것이 좋지 않다고 판단했든가, 아니면 자기 일이 아니라 생각했는지도 모른다. 다시 생각해보니 후자가 더 옳을 것 같다. 학자란 부채의 존재만 이야기해도 충분하다고 잘난 척하듯 말했던 스스로를 떠올리며 신녕은 얕게 한숨을 쉬었다. 그런 말을 괜히 해서는. 신녕은 손 하나가 부족한 것이 아쉬웠다.

신녕은 예전에 정의를 만난 적이 있었다. 먼발치에서 그가 입궁하는 모습을 지켜보았을 뿐이지만 펄럭거리는 붉은 천으로도 정의궁주의 좁은 어깨와 마른 몸을 완전하게 가리지는 못했다. 함께 차를 마신 일도 있다. 발을 한가운데 두었지만 체형과 분위기를 읽기에는 충분했다. 그때는 분명 효순궁주보다도 작고 가냘프다 생각했는데 직접적으로 몸이 닿으니 웬걸, 부축하느라 만진 등과 허리에 적당히 근육이 있어 힘이 있었다. 신녕은 자신의 어깨와 정의의 어깨를 나란히 하여 비교해 보았다.

나이가 어리다더니 그새 키가 좀 큰 건가? 식사를 거른다는 소문은 아무래도 거짓인 모양이었다. 정의궁주는 얼굴만 좀 창백했을 뿐, 마치 바깥일을 하는 궁녀처럼 건강하고 튼튼한 몸을 가지고 있었다. 이토록 떠는 것은 다만 놀라서 그럴 따름이다.

"이 시간에…… 이곳에는…… 어쩐 일로."

턱을 덜덜 떨면서도 정의궁주가 궁주로서의 위엄을 잃지 않으려 애를 썼다. 퍽 안쓰러워 보였으나 그것을 배려하는 것은 궁주의 자존심에 상처를 줄 것이다. 신녕궁주가 별일 아닌 척 그의 말에 최대한 사무적인 말투로 대답했다.

"별감이 목 없는 시체가 돌아다닌다고 신고하였기에 순찰차 들렀습니다. 괜찮으십니까."

정의는 고개를 끄덕였으나 정말 괜찮아 보이지는 않았다. 한여름인데도 마치 겨울밤처럼 떨고 있지 않은가.

"목 없는 귀신은 어디로 갔습니까?"

신녕이 물었으나 아무도 대답을 하지 않기에 그는 혼자 고개를 끄덕끄덕하며 자문자답했다.

"귀신은 산 사람의 기운을 가장 두려워한다고 합니다. 사람이 이토록 많이 모였으니 도망을 친 모양이지요."

아무도 신녕의 말에 가타부타 대꾸하지 않았으므로 그는 가볍게 한숨을 쉬고는 침상에 정의를 눕히고 이불을 덮어주었다.

침상에 누워 있는 정의궁주의 발이 이불 밖으로 빼꼼 나와 있었다. 이불을 다시 추슬러주기 위해 손을 댔는데 이상하게도 저 발등을 어디서 본 듯하다는 생각이 들었다. 신녕은 자신도 모르게 강수처럼 손마디를 이용해 발의 치수를 쟀는데 팔촌이 좀 넘는 것 같았다. 어림짐작으로 다리 길이를 눈으로 보았을 때는 두 척 반 정도 되었고 아까 자신과 어깨를 나란히 했던 것으로 보아 키는 오 척이 넘었다. 정의궁주는 신녕의 눈길을 느꼈는지 문득 감은 눈을 뜨고 그를 올려다보았다. 신녕은 문득 강수가 했던 말이 떠올랐다.

—그야 이름을 알아내는 데는 한 가지 방법밖에 없지 않습니까. 물어보는 겁니다.

그래서 신녕은 물어보았다.

"누구십니까?"

그러자 그는 대답했다.

"제 궁호를 모르시는 것은 아닐 것이고."

"누구십니까?"

신녕이 재차 물었다. 정의는 조금 망설이는 듯이 눈동자를 한 바퀴 굴리더니 순순히 대답했다.

"저는 영입니다."

하지만 강수의 말마따나 그것이 진실인지는 알 수 없었다. 그래도 신녕은 그를 믿기로 했다. 그러지 않으면 어쩔 것인가.

신녕궁주는 강수가 들려준 이야기와 운경당의 이야기를 짜 맞추기 위해 오랜 기록들을 뒤졌다. 영이라는 사람에 대해 알아낸다면 사건의 진상을 알아낼 수 있으리라 생각했던 것이다. 그리하여 신녕은 많은 이름 중 몇 명의 영寧을 찾아낼 수 있었다.

우선 신녕은 원나라에서 고려로 시집온 덕녕德寧공주를 찾아냈다. 그리고 그의 딸이면서 다시 원나라로 시집간 장녕長寧옹주와 어린 나이에 간택후궁이 되어 경복궁에 들어온 권가영이 있었다. 신녕愼寧의 이름자 안에도 영은 있었다. 영은 모두 자신의 의지와는 상관없이 이리저리로 내쳐진 여인들이며 누군가는 자리잡았고 누군가는 영원히 내쳐졌다. 그러나 기록되지 않은 그들의 진짜 이야기 속에서는 끝내 편안하였기를. 그들의 이름처럼.

며칠이 지나지 않아 정의궁주가 건강을 되찾았다는 소문이 들려왔다. 이전보다 살집이 붙고 몸이 커져서 모든 옷을 새로 맞추어야 할 정도라고 했다. 며칠 사이에 체형이 바뀌는 일은 드물기는 하지만 성장기의 소녀들에게 종종 일어나는 일이라고 어의가 공언한 뒤로는 누구도 그것에 대해 문제삼지 않았다.

정의는 이제야 안녕하게 된 것인지도 모른다. 이 세상 누구도 모르는, 반짝거리고 예쁜 것을 알아봐준 단 한 사람을 위해 옷과 얼굴과 이름을 모두 바꿔 입고서 토막 난 몸으로 서로를 찾아 육도윤회를 방황하며.

이후로는 아무도 사라진 궁녀, 단지를 찾지 않았다.

신기원요伸妓寃妖

사람의 모습을 했으나 몸이 여섯 조각으로 나뉘어 있다.

얼굴과 몸통, 왼팔과 오른팔, 왼다리와 오른다리로 이루어져 있는데 모이면 합쳐질 수도 있다. 연결이 된다면 온전한 사람의 형상이 된다.

큰 배신을 당해 죽은 사람이 창자가 끊어지고 몸이 끊어져 신기원요가 되는 일이 있다.

특별히 사람을 해치는 일은 없지만 그 모습이 너무 끔찍하여 사람들이 놀라서 죽기도 한다.

【 궁녀 규칙 조례 】

경복궁에 입궁한 것을 환영합니다.

최근 갑자기 인원수가 늘어난 신입 궁녀들을 가르칠 훌륭한 선생님이 부재하여 종종 안전 문제가 발생하고 있습니다. 이에 다음과 같은 문서를 배포하여 새로 입궁한 궁녀들의 적응을 돕고자 하오니 잘 읽고 그에 따르기 바랍니다. 지시 사항을 어길 경우 안전을 책임질 수 없으니 주의 깊게 읽고 실천해주십시오.

一. 궁에서 고양이매를 조심하십시오. 그것의 원래 이름을 부르지 마십시오.

二. 궁궐 내에 설치된 우물은 어떠한 것이라도 사용하고 있지 않습니다. 만약 사용중인 우물을 발견했다면 그 안을 들여다보지 마십시오. 그곳에는 아무도 없습니다.

三. 어느 궁녀에게든 '왜 이곳에 들어왔는가'를 묻지 마십시오. 오죽했겠습니까.

四. 궁에서는 춘향이 놀이를 엄격히 금지하고 있습니다. 그에 따른 노랫말은 다음과 같습니다.

남원골 춘향 아씨

남원골 춘향 아씨

생일이라 생시는 사월 초파일날

물 좋고 정자 좋으니 정글 정글 내리시오

내리시오 내리시오 슬슬 내리시오

춘향 아씨 생일은 사월 초파일날

슬슬 내리시오 영험하게 내리시오

빨리빨리 내리시오

궁에서는 춘향이 놀이가 금지되어 있으나 그에 대한 대가를 치른 궁녀가 없는 것도 아닙니다.

五. 야간 근무중 휘파람을 불거나 노래를 부르는 행위는 금지됩니다. 그 이유를 알기 위해 위험을 무릅쓰는 짓은 하지 마십시오.

六. 손발톱은 해가 떠 있는 동안 잘라야 하며 자른 것은 반드시 그날이 가기 전에 화롯불에 태워야 합니다.

七. 정월대보름에 달이 보이지 않더라도 무서워하지 마십시오. 드물지만 간혹 일어나는 일이니 괜찮습니다. 하지만 그림자가 보이지 않는다면 그것은 정말 무서워할 만합니다. 그 일은 바로잡을 수 없으니 받아들이십시오.

八. 누가 당신의 성과 이름을 함께 부른다면 대답하지 마십시오. 여기선 아무도 그런 식으로 이름을 부르지 않습니다.

九. 궁에서는 소등 시간을 엄격히 지킵니다. 자시* 이후에는 모든 불을 끄고 잠자리에 들도록 합니다. 개인 호롱불을 이용하는 것도 금지됩니다. 만약 불을 켜야 하는 상황이 생기더라도 절대 창문 밖을 비추지 마세요. 창문 밖에서 무엇을 보았든 간에 그것을 무시하십시오. 그것들이 당신의 정체를 눈치채지 않게 하십시오.

十. 궁궐의 모든 건물은 3층 이하로 건설되어 있습니다. 간혹 윗전 마마께서 어느 건물의 4층에 다녀오라 명령하시더라도 그 말을 듣지 마시고 무시하십시오. 어차피 마마님들은 당신이 그것을 명했다는 사실조차 모르고 계실 겁니다.

十一. 자신의 미래가 궁금하다면 자정에 머리를 풀고 소복 차림으

* 밤 11시에서 다음날 1시 사이.

로 식칼을 물고 우물을 들여다보십시오. 바로 알게 될 것입니다.

十二. 나무 기둥의 점이나 옹이 세 개를 이어 얼굴 모양을 찾아내지 마십시오. 당신이 그를 찾아낸다면 그 또한 당신을 찾아낼 것입니다.

十三. 교태전 동쪽 원길헌은 언제나 잠겨 있습니다. 그곳이 열려 있다면 들어가지 마시고 감찰상궁에게 신고하기 바랍니다.

十四. 버드나무 아래에 서서 비밀을 말하지 마십시오. 그곳에선 단 한 번도 비밀이 지켜진 적이 없습니다.

十五. 소주방 및 생과방, 수라간 등 음식을 조리하는 곳에는 반드시 두 사람 이상이 있어야 합니다. 절대 그곳을 비워두거나 한 사람만 놔두는 일이 없도록 하십시오.

十六. 경복궁 궁녀 중 강씨 성을 지닌 사람은 없습니다. 강씨 성을 가진 궁녀가 당신에게 일을 도와달라고 하거든 거절하십시오. 그리고 절대 통성명을 해서는 안 됩니다. 이미 이름을 말해주었다면 옥색 저고리를 입은 감찰상궁에게 그 일을 고하고 어떻게 해야 하는지에 대한 지혜를 구하십시오. 그러나 적색 저고리를 입은 감찰상궁에게는 아무 일도 고하지 마십시오.

十七. 궁궐에서 고약한 냄새가 난다면 다른 사람에게 물어 확인하십시오. 만약 아무도 그런 냄새를 맡지 못하고 혼자만 맡았다면 그 근원지를 찾으십시오. 그것은 사람이거나 사물이거나 건물, 동물, 혹은 자연물일 수 있습니다. 만약 찾지 못했거든 춘향이에게 물어보십시오. 그는 그런 것들에 대해 대답하는 것을 좋아합니다.

十八. 이 항목에 대해서는 서술하지 않습니다.

十九. 경복궁에서 백인百人이 죽기 전까지 이 내용은 유효합니다.

이 문서는 총 열아홉 개의 항목으로 이루어져 있습니다. 주의깊게 읽고 지침을 따라주세요.
다시 한번 입궁을 환영합니다. 부디 오랫동안 궁궐에 머무를 수 있기를 바랍니다.

작가의 말

이번 이야기는 이름에 대한 것이다.

조선에서 이름이란 확실히 이상하다. 짓는 것에는 큰 공을 들이고도 도무지 이름을 부를 기회를 주지 않는다.

태어나서는 집에서 부르는 아명兒名이 있고 좀 자라서는 동료끼리 자字로 부른다. 어떤 성취를 이루었을 때는 호號를 짓고 그것을 친근하게 부르려고 별호別號를 만든다. 고향을 떠나 성취를 이루었으면 고향의 지명을 이름으로 삼고, 이전에 유명한 관직을 했으면 관직을 이름 삼아 택호宅號를 쓰며, 한 장소에서 오래 살면 집 이름을 가지고 당호堂號를 써서 이름을 대신하는데, 죽은 다음에는 시호諡號를 써서 본명을 가리니 이름이 많아도 너무 많다.

물론 남자들의 이야기다. 여자들에게는 어느 하나도 허락되지 않는다. 사대부가의 여성이라 해도, 심지어는 왕후라 해도 비문碑文에서조차 이름이 없는 경우가 흔하여 지금도 우리는 원경왕후의 이름조차 알지 못한다.

하지만 이 책은 픽션이라 나는 최대한 많은 여자에게 이름을 주기 위해 노력했다. 이름을 불러준다면 몸짓마저도 꽃이 되는 세상이니까. 그러니 여기서는 '궁궐 기담'의 궁녀들이 어떻게 그러한 이름을 가지게 되었는가에 대해 말씀드리려 한다.

우선 장백희의 이름자는 '百喜', 즉 '백 가지 기쁨'이다. 사람 백인을 먹어야 하는 자에게 어울리는 이름이며, 이야기를 여는 인물로서 독자분들에게 백 가지의 기쁨을 주었으면 하는 마음으로 지었다.

마노아의 이름은 내가 좋아하는 만화 『아르미안의 네 딸들』(신일숙 지음)에 나오는 '레 마누아'에서 따왔다. 그에게는 전사의 이름을 주고 싶었다. 고려의 궁녀들이 모두 자결하는 가운데서 혼자 살아남은 그가 전사가 아닐 리 없으니까.

장미의 이름은 실제 조선 궁녀에게서 따왔다. 세종실록에 등장하는 이름인데 장미에 대해서는 무척 재미있는 일화가 있다.

태종 이방원이 세종에게 양위를 한 후, 수강궁에 머무를 때의 일이다. 어느 날 이방원은 궁녀인 장미를 불러 다리를 주무르라고 시켰는데 그날따라 안마가 마음에 들지 않았는지 야단을 좀 쳤다고 한다. 그리고 살짝 잠이 들었다가 너무 아파서 깨버렸다. 장미가 잠든 이방원의 다리를 주먹으로 때려버린 것이다. 이방원이 지금 뭐하는 거냐고 묻자 장미는 이렇게 대답한다. "꾸지람하심에 분이 나서 조심 없이 두드렸습니다."

이방원을 주먹으로 때리고도 목이 달아나지 않은 사람은 장미가 유일하지 않을까. 이후에도 장미는 실록에 몇 번 더 등장하는데 궁금하다면 찾아보시기를.

신녕궁주 신양유의 이름은 『봉신연의』의 '양전'에서 따왔다. 원전이 아니라 후지사키 류의 캐릭터 디자인을 보고 내가 생각하는 신녕궁주와 닮았다고 생각해서 이름을 따온 것인데, 쓸수록 양전과는 다른 인물이 되고 있으며 지금은 내 머릿속에서도 양전과는 다른 얼굴을 가졌다. 키가 큰 것 정도만 비슷한 것 같다.

효순궁주 김연수는 겉으로 보기엔 작고 수줍어 보이는 미인이지만 사실은 강단 있는 인물이다. 하고 싶은 말을 참는 법도 없다. 이것은 하연수 배우에게서 비슷한 이미지를 보았기 때문에 그 이름을 빌렸다.

한단지의 이름은 '그릇'을 뜻하는 명사가 아니라 '오로지'라는 의미의 부사에서 가져온 것이다. 한 사람밖에 모르는 일편단심인 캐릭터에게 단지라는 이름이 잘 어울린다 생각했다.

그 외 다른 인물들의 경우 어린 시절을 함께 보냈던 친구의 이름을 쓰기도 했으며 어감만으로 몇 글자를 골라본 것도 있다.

사람을 어떻게 부르는가 하는 것은 의외로 큰 문제인지도 모른다. 이름하는 것만으로도 상대를 용으로도 강철로도 만들 수 있으니 말이다.

하지만 슬프게도 누구나 용이라는 말을 들으며 살지는 못한다. 그렇다고 해서 실망할 일은 아니다. 우리는 본래 용이었으니 그것을 잊지만 않는다면 언제든 다시 용이 될 수 있을 것이다.

다음 권에서 또 만날 수 있으리라 기대하며 『이름 없는 여자들의 궁궐 기담』을 읽어주신 나의 용들에게 이 책을 바친다.

2024년 1월

현찬양

이름 없는 여자들의 궁궐 기담

초판 발행 2024년 4월 10일

지은이 현찬양

책임편집 박을진 | **편집** 김유진 김혜정
표지디자인 이혜경디자인 | **본문디자인** 이보람
저작권 박지영 형소진 최은진 서연주 오서영
마케팅 정민호 서지화 한민아 이민경 안남영 왕지경 정경주 김수인 김혜원 김하연 김예진
브랜딩 함유지 함근아 고보미 박민재 김희숙 박다솔 조다현 정승민 배진성
제작 강신은 김동욱 이순호 | **제작처** 천광인쇄사(인쇄) 신안제책(제본)

펴낸곳 (주)문학동네 | **펴낸이** 김소영
출판등록 1993년 10월 22일 제2003-000045호

주소 10881 경기도 파주시 회동길 210
문의 031-955-1918(편집) 031-955-2696(마케팅) 031-955-8855(팩스)
전자우편 elixir@munhak.com | **홈페이지** www.elmys.co.kr
인스타그램 @elixir_mystery | **X(트위터)** @elixir_mystery

ISBN 978-89-546-9898-6 03810

엘릭시르는 출판그룹 문학동네의 장르문학 브랜드입니다.

잘못된 책은 구입하신 서점에서 교환해드립니다.
기타 교환 문의 031) 955-2661, 3580